NF文庫
ノンフィクション

第四航空軍の最後

司令部付主計兵のルソン戦記

高橋秀治

潮書房光人社

第四航空軍の最後——目次

プロローグ――マニラ初空襲……15
防空演習の日の空襲／四航軍司令官の指揮／米艦載爆撃機
第一章――新戦場への出征……20
水道で待ち伏せる敵潜／轟沈する僚船／眞部隊連絡所／輸送できぬブルドーザー／戦時標準船の進路／マニラの埠頭／大東亜共栄圏／独航船安芸丸／広島湾・似島／宇品碇泊場司令部／理髪店で忘れた兵器／良江姉との別れ／亡き姉を偲ぶ／松江のひととき／広島駅舎のストーブ／関釜連絡船／奉天駅とアジア号／山海関通過／済南駅前の群衆／南京成賢部隊到着
第二章――バシー海峡の航跡……52
健兵と弱兵／陸軍病院の看護婦／大東亜戦争陸軍給与令／南京第一陸軍病院／陸軍兵長ヲ命ス／南京紫金山中山陵／成賢部隊の教官／候補者隊教育／ホーランジアの危機／大陸縦貫打通作戦／八人の同僚／四航軍マニラに在り／国際都市上海／上海港発～高雄港着／高雄市の憩い／屏東飛行場の追憶／離陸する輸送機／バシー海峡上空

第三章――第四航空軍司令部……82
ニコルス飛行場／マニラ総合病院／威 第一五三〇〇部隊／経理部陣容／営繕科／第六飛行師団司令部／戦場離脱の汚名／六飛師首脳の退路／最高責任者の行動／航空寮宿舎／徳永大佐の参謀懸章／外賀主計中佐の覚書／施設科長・西山少佐／マニラ市の繁華街／五百ペソ軍票／週番下士官勤務／バレン＆アルホンソ／応急退避壕工事／新任の第四航空軍司令官／飛鳥組と中目氏

第四章――二人の将軍の真実……126
山下奉文大将着任／墜落するB-24／台湾沖航空戦戦果は嘘／謎の集中爆撃／壊滅する聯合艦隊／レイテ島多号作戦／第三次輸送作戦／第四次輸送作戦／夜空に浮かぶB-29／陸軍特別攻撃隊／撃墜された岩本大尉機／薫空挺隊／マニラを去る南方軍／高千穂空挺隊／激励する冨永軍司令官／ルソン島三大拠点／冨永軍司令官の大義名分／辞任方上申／航空軍エチアゲ移動

第五章──バレテ峠の死闘……157
荒廃するマニラ市／マリキナ軍兵器廠／マニラ脱出準備／入院患者救出／苦しむ村田少尉／独立自動車中隊／マニラ北方四十キロ地点／アンガット川の敵機／天を仰ぐ三浦大尉／渡河地点の記憶／棒チョコと宝石箱／焦土の街サンホセ／バレンテンの嘆き／バレテ峠／馬頭橋渡河／村田建技少尉の死／眞部隊連絡所／バガバック三叉路／オリオン峠／台湾行き予約券／冨永軍司令官逃亡準備／脱出首脳の理屈／離陸失敗した新司偵／軍司令官の敵前逃亡／偽りだった台湾移動

第六章──去る者と残される者……198
歩兵第十聯隊の軍旗／西山主計少佐遭難／近くに潜むゲリラ／P-38の攻撃／残骸となったP-38／ゲリラが蜂起した事件／高級将校は墜落死／経理部最後の宿営地／病魔に斃れた若者／勤務小隊の兵隊／小銃を紛失した兵隊／バシー酒と憩い／無意味な軍歌演習／残留者再編成／矢野四郎見習士官／警備隊に縛られた住民／ある日本人の好意／第四航空軍解体／敵前逃亡罪の生と死

第七章――マニラ湾の落陽……228
米軍進攻／マニラ四大橋爆破／撤退か死守か／訣別電報／マニラ部隊玉砕／去る警備勤務小隊／集中爆撃の犠牲者／幸運な脱出者／藤村准尉の行動／消滅した経理部／高千穂部隊の集結地／峠に現われたゲリラ／擲弾筒の炸裂音／矢野四郎少尉を偲ぶ
エピローグ――生と死の分岐点……252
マビニ集落へ移動／不審な野火／離別のとき／転属命令／カワヤンへの途／一日間の炊事班長
後記 262

昭和19年12月、陸軍特攻隊旭光隊の出撃に際して、隊員たちに訓示する冨永恭次中将

米軍機の爆撃にさらされるフィリピンのコレヒドール島。マニラ湾口を扼する要害の地だった

フィリピンにおける米機の残骸。被弾墜落した
機体から落下傘降下し捕虜となった米兵もいた

ルソン島のデルカルメン飛行
場にあった第74戦隊将校宿舎

日本軍による爆撃で黒煙を上
げるパナイ島イロイロ飛行場

山下奉文大将

冨永恭次中将

稲田正純少将

昭和19年11月27日、レイテ島のブラウエン飛行場に突入した薫空挺隊の隊員たち。南京主計下士官候補者隊で著者と共に教育を受けた桑木伍長も突入、散華した

昭和19年12月6日、ルソン島アンヘレス飛行場を飛び立って、ブリおよびサンパブロ飛行場に降下、突入した高千穂空挺隊の隊員たち

昭和20年１月９日、マニラを脱出、経理部の輸送トラックでエチアゲへ向かう途中のバレテ峠の山道。戦中はもっと道幅も狭く、急勾配の難路でエンジンに水筒の水を補給しながら進んだ

昭和20年６月13日、オリオン峠の日本軍を攻撃する米軍。峠はカーブが急で視界が悪く著者がトラックで通過する頃はゲリラの勢力圏下にあり、不安と緊張の連続だった

第四航空軍の最後

司令部付主計兵のルソン戦記

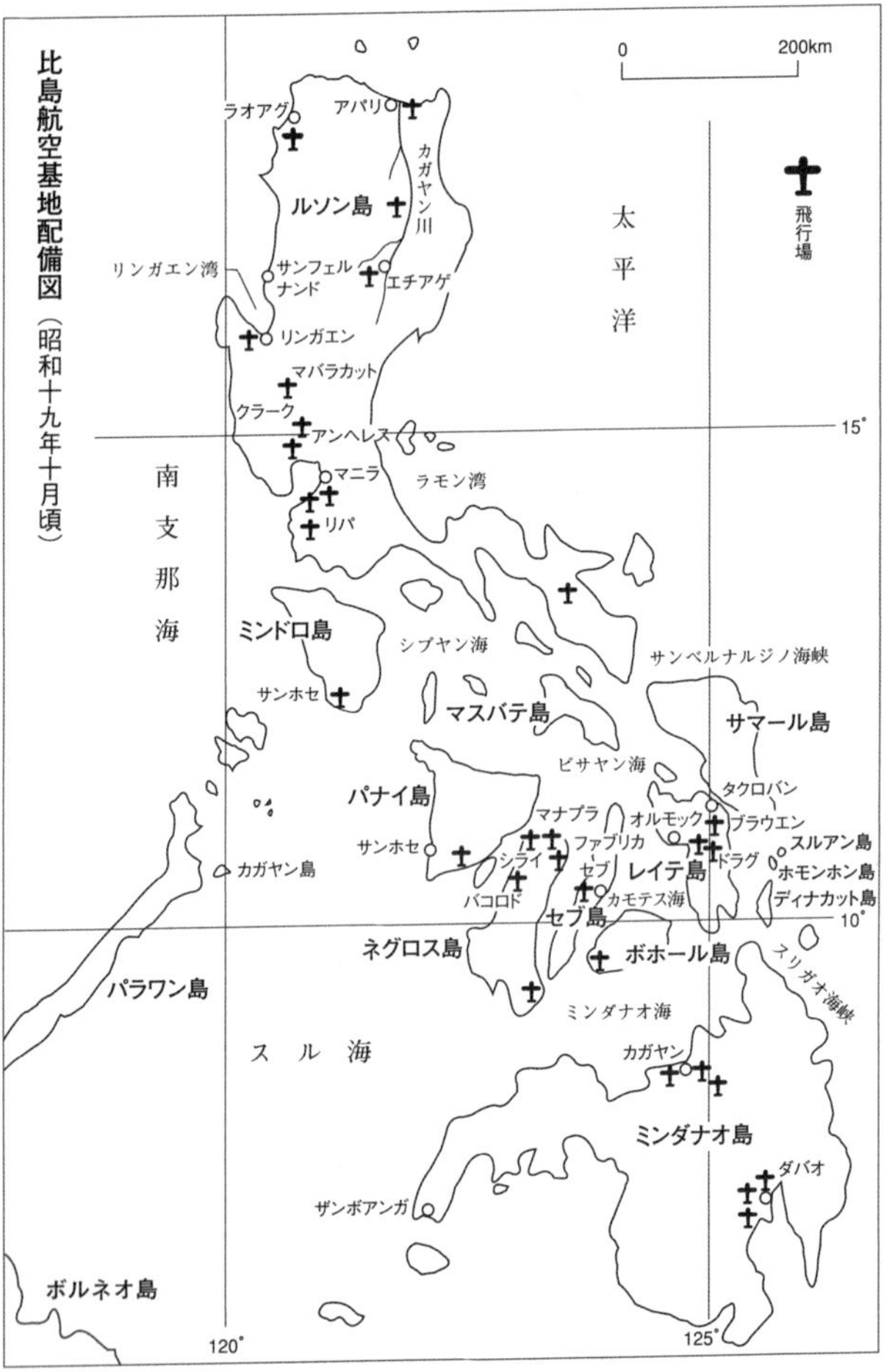
比島航空基地配備図（昭和十九年十月頃）
0
200km
飛行場
ラオアグ
アパリ
カガヤン川
ルソン島
太平洋
リンガエン湾
サンフェルナンド
エチアゲ
リンガエン
マバラカット
クラーク
アンヘレス
15°
南支那海
マニラ
ラモン湾
リパ
ミンドロ島
シブヤン海
サンベルナルジノ海峡
サンホセ
マスバテ島
サマール島
ビサヤン海
パナイ島
タクロバン
マナプラ
オルモック
ブラウエン
サンホセ
ファブリカ
スルアン島
カガヤン島
シライ
セブ
ドラグ
ホモンホン島
レイテ島
バコロド
カモテス海
ディナカット島
セブ島
10°
ネグロス島
ボホール島
スリガオ海峡
パラワン島
ミンダナオ海
スル海
カガヤン
ミンダナオ島
ダバオ
ザンボアンガ
ボルネオ島
120°
125°

プロローグ――マニラ初空襲

防空演習の日の空襲

昭和十九年九月二十一日、この日は、第四航空軍がマニラ市を中心とした防空演習をすることになっていた。午前十時には仮想攻撃隊の飛行機がマニラ市を空襲する予定である。周辺の飛行場に、マニラ防衛の一式戦闘機（隼）、三式戦闘機（飛燕）、ニューギニア当時に聞いた大東亜決戦機と呼ばれた新鋭機、四式戦闘機（疾風）が集結していた。戦局挽回の戦力として期待も大きく、失墜した日本軍の威信をマニラ市民に誇示する機会でもあった。

朝八時前、二階の施設科に将校の姿はまだない。突然、聞き慣れない爆音が聞こえた。気にもせず島上等兵と室内にいると、海岸方向の上空が騒がしくなり、上空の炸裂音が耳を打ち、地響きが伝わってくる。

「何だ、何だ」。窓側によって空を見上げると、高射砲弾が炸裂する硝煙が、青空のあちこちに浮かんでいる。近くから撃つ高射機関銃の発射音は、隣のマニラ航空廠屋上にある対空砲陣地からだ。

「空襲！　空襲だ！」。司令部内のあちこちに叫び声がする。「島上等兵、空襲だ」。彼も顔色を変え、鉄帽を着けながら空を仰ぎ見た。ズシンズシン……爆弾炸裂の地響きと、対空砲火の騒音の中で、ようやく空襲警報のサイレンが聞こえてきた。

マニラ湾を目標に急降下する敵機が一瞬見えて、私の緊張は次第に高まった。皆はどうしたのか振り返る余裕はなく、島上等兵と私の二人でうろうろするだけだった。

どこからか「瓦斯《ガス》だ！」と騒ぎ出す。なるほど空の色が濁り、漂う空気の臭いが変だ。「島、瓦斯だぞ」。二人は慌てた。あいにく施設科の装具掛けは兵舎と違い、防毒面の備えは一つもない。咄嗟《とっさ》に雑巾バケツにある水でタオルを濡らして顔に当て、瓦斯を避けるため三階へ駆け上がった。

海岸方向の上空一面に硝煙が浮かび、紺と灰色で迷彩した米海軍機動部隊の主力機カーチス・ヘルダイバー急降下爆撃機が乱舞している。対空砲弾の破片や流弾が唸って、バサッ、ピューンと落下して危険だ。攻撃目標は港湾か飛行場か？

退避壕へ逃げることもないと思ったとき、「瓦斯なし」の連呼がした。猛烈な発射砲火の硝煙が漂い、だれかの一声が瓦斯騒ぎの原因だった。敵機は約三十分ほど暴れたのち、風のように引き上げていった。

四航軍司令官の指揮

敵の攻撃目標は軍事施設であった。飛行場を主に埠頭周辺と湾内にいる艦船だけで、マニラ市街はまったく爆撃されず、住民の居住区には被害がない。その後、夕方近くまで断片的に数波の空襲があり、だんだん被害状況がわかってきた。

来襲機は延べ五百機に達する大規模な攻撃であった。マニラ港湾の損害はことに大きかった。桟橋付近に集積した燃料・弾薬、その他の軍用物資の七割が爆破消失し、ガソリンはドラム缶四千本が一度に失われた。

すでにガソリンは欠乏しており、空しく燃えるガソリンの火炎はマニラ市上空に広がった。こうした軍用物資は、当時困難になった海上輸送で苦心して運んだものである。それを波止場に放置したままにしたのは、怠慢といわれても仕方ない。マニラ湾では十六隻の艦船が沈められ、美しい夕焼けで知られた湾は、船の墓場に変わっていた。

冨永恭次軍司令官はアメリカ艦載機の砲爆撃下、海岸近くの高射砲陣地で陣頭指揮をしたという。高射砲隊は四航軍の指揮下にあったから不当ではない。だが、その間にクラーク基地の飛行場では、四航軍の飛行機だけでも百機以上を炎上または破壊された。これは防空演習のために、滑走路付近に並べておいたところを攻撃されたのだ。

フィリピンにあった陸、海軍の飛行機は、この日だけで六割を失った。こうした飛行機とガソリンの消失は、間もなく起こるフィリピン防衛のための大きな痛手となった。本来なら、防空演習のために準備しているところに来襲したのだから、罠にかけるように捕捉、応戦できたはずである。それがまったく役に立たなかったのは、戦場の現実を忘れ、防空演習の形式にとらわれていたためである。

それよりもこの緊急時期になって、防空演習をしようとする考え方が問題である。午前十時の開始時刻も、敵情に無思慮にすぎた。この演習を実施したのは、冨永中将の航空に対する無知、無謀をさらけだしたものである。

この日以降、連日にわたり大空襲がつづき、連合軍がフィリピンに来攻することが確実と判断された。われわれはこの九月二十一日に体験した空襲を『マニラの初空襲』と呼び、苦く嫌な思い出として忘れることはない。

米艦載爆撃機

マニラ周辺に対する敵機動部隊艦載機の攻撃は、翌二十二日も前日と同じ頃から執拗につづいた。私は屋上の物陰から敵機の攻撃ぶりを見た。かつてニューギニアで見た米軍機の爆撃は、高低空からの水平銃爆撃であり、攻撃が終わると直ちに反転離脱した。今の攻撃は艦載機による急降下爆撃であり、波状攻撃を繰り返す敵機の全貌は分からない。

雲の合間からパラパラ現われると、翼を振りながら、つぎつぎと目標に向かって降下してくる。海兵隊パイロットは、目前に撃ちあがる弾幕の中へ銃撃して垂直に近い角度で突入してくる。おそらく彼らは必死に照準器を睨み、夢中で機体を操っているのだろう。

ダイビングする急降下爆撃機に二つの機種を見た。カーチスＳＢ２Ｃヘルダイバーと、ダグラスSBDドーントレスである。主翼の形状はほぼ同じだが、カーチスは胴体内に爆弾倉を持ち、尾部がせり上がり、垂直尾翼が大きい。ドーントレスは、急降下時に下げるブレーキフラップ翼に、小さい打ち抜き穴が一面に見える。胴体下に大型爆弾四百五十キロを抱え、保持するアームでプロペラ圏外に下げてから投下する。

私が目撃したのは、カーチスが連なって降下中のときだった。その中の一機が突然、ガクンと空中に停止した瞬間、黒い爆煙に包まれた。あらゆる轟音が響いて私の聴覚は麻痺し、唸りながら近くに落下する破片が分かるだけで、目に映るのはすべてサイレント映像である。

高射砲直撃弾を受けた敵機は四散し、主翼と胴体の一部がくるくる回って落下する。残った大小ジュラルミンの破片は太陽を浴びてキラキラ光り、紙吹雪のようにゆっくり散り落ち、その後に空しく爆煙だけが漂っている。

直撃を浴びたカーチスは、二名のパイロットとともに四散してしまった。投弾を終えた敵機は湾内を超低空で飛び、追尾する射弾を回避しながら、後部機銃を乱射して湾から機影を消した。港湾施設の被害は甚大であろう、次第に周辺から黒煙が立ち昇ってくる。

そのあと機動部隊の来襲は散発になったが、ニューギニア島西方のモロタイ島を発進基地とする大型爆撃機編隊が、初めてマニラに姿を現わしたのだ。

第一章——新戦場への出征

水道で待ち伏せる敵潜

昭和十八年十一月二十一日、私は幸運にもニューギニアを離れることができた。一月初め十八号作戦のラエ上陸以来、希望がない日々だった。

だれかが「一選抜で上等兵になったお前が下士官候補しなくても、一年たてば伍長に任官する」と言ったのを思い出す。

だが、郷土部隊のような連帯感はなく、「鬼の関東軍の気合いを知らんか」と過去の権威を笠に、弱い初年兵に気合いを入れる。それを私はサラワケットで知り、やる気を喪失してしまった。この船団に乗ることができたのは、じつに奇跡であった。

当時は知らなかったが、辻少尉を看護して小林中尉らとキアリの患者収容所を引き上げた後、キアリに着いた第二十二飛行場大隊（以下、二十二飛大）の落伍者たちは幸運である。

彼らはマダンに寄港せず、直接ウエワクの兵站《へいたん》病院に収容され、この船団に便乗している。

部下が集まらず田中中隊長が苛立つはずで、その一人がこの摩耶山丸の舷側に凭《もた》れている。野々川と同年兵の岩崎兵長である。私の炊事泥棒を理由に、ラエ西飛行場で最大級のビンタを食らわせた男だ。下士官候補である岩崎は、すでに伍長の階級章をつけ、新しい軍服を着ている。

私が黙っていると、野々川に「爆撃で耳をやられた」と言い、照れ臭そうな笑みを残して船倉に入った。私たちは三番船倉だが、後送患者たちは船尾の四番船倉に乗っている。

北上する船団に北風がまともに吹きつけ、大きなうねりが舷側を前に流れる。波濤と飛沫の中に僚船が見え隠れし、摩耶山丸は順調に機関の回転をつづけ、波と闘いながらゆっくりパラオ島に向かっている。四日間航行をつづけた船団は、何事もなくパラオ環礁に近づき、静かな海面に入った。

若い船員が「パラオ水道付近は敵潜水艦の待ち伏せ区域だ。前の船団も魚雷攻撃を受けた」という。スピーカーが『入港まで甲板に出るな。救命胴衣を着用し、警報が鳴ったら甲板へ上がれ』と伝える。

「先導駆潜艇がいるので、攻撃をされるはずはない」と思いながら、潜水艦の不在を願った。それとなく船倉で耳を澄ましていると、突如、ドドドーンと大きな衝撃波が伝わった。

船体が鈍く震え、警報ブザーの連続音が船内に鳴り響く。「やったー」と思わず叫びながら、救命胴衣を手に船倉のタラップを駆け上がった。

轟沈する僚船

甲板に駆けあがり、船員の指差す船尾方向約一千メートル先の一隻を見ると、船尾が水煙と爆発の黒煙のなかに崩れ、消失しかけている。二本煙突から薄い煙を吐き、船体中央から舳先《へさき》だけになった黒い船影が、まだ惰力で海上を動きつづけているように見える。

恐れていた潜水艦の魚雷攻撃だ。もはや船倉は危険となり、多くの乗員は甲板の手摺《てすり》に摑《つか》まり、傷ついた僚船を見ながら対潜の攻撃監視をしている。横に立った若い船員が、「やられたなぁ」と予測していたかのように喋《しゃべ》った。彼ら徴用船員は、海没のたびに手当が出ると言い、救命胴衣を着け、貴重品袋を持って、飛び込む準備はできている様子である。

「魚雷だあ！」。叫び声の指差す方を見ると、海面を早いスピードで白い水泡が舷側の横をスーッといくつか走り去った。早い。どこからくるのかと思ったとき、「本船に来るぞ！」。その一本を私は確認した。

右舷斜め前方から近づいてくるのを見て反対側に走り、両手でしっかり手摺を摑み、足を踏ん張った。初めての体験である。どんな衝撃が来るのか覚悟した。

「曲がった。魚雷が曲がった。逸《そ》れた！」。百五十メートル先で見た水線の泡が消え去り、命中確実と全員が思っていたのに、奇跡的に魚雷の航跡が消えている。

やられた船は舳先を高く持ち上げ、海面から消えようとしている。摩耶山丸が全速力で水道を抜け環礁内に入ったのは、十一月二十六日である。

以下はこの被爆した船の三番船倉に乗船し、奇跡的に生還された平田市出身の三島昭久氏が「幸運であった」と述懐された体験談である。

『ウエワク兵站病院で大腸炎により四十度以上の高熱が続き、軍医に「二日間の命」と宣せられ、病院船の到着を待たず艀《はしけ》で輸送船に乗った。戦友の川原太郎軍曹が桟橋で帽子を振り、見送ってくれた。三番船倉で昏睡状態のとき突然、大爆音と共に一メートルほど体が浮き上がり、マストや板切れが落下した。

艦砲射撃だと信じていた。退船ブザーが鳴り、咄嗟《とっさ》に雑嚢、水筒と救命胴衣を着けてタラップを這い上ると、四番船倉以下は千切れてない。海中で駆潜艇に救助されたが、約二千メートル先で我らを海中に下ろし、「本船の輸送指揮官と船長を救助に行くから、しばらく待て」と反転して行く』

眞部隊連絡所

『ハッチの板に摑まっていると、突然、敵潜水艦が浮上して漂流者に銃撃を始めた。救命胴衣を外してハッチの下に潜り、射撃を回避した。約二時間半後、駆潜艇が戻り、海中に爆雷投下を始めた。投下して約五秒後に海底から響く爆発衝撃は強烈で、身体の五臓が裂けるかと思った。被雷後約五時間を経て駆潜艇に救助されたが、体力が尽き溺死寸前であった。パラオ港に上陸したのは夜間で、漂流当時、海上に他の船影がなく、航行中は船倉から上る元気もなく、本船だけの単独航行だと信じていた』

なお、三島氏はパラオ島で体力を回復し、無事内地へ送還された。また私がマダンで別れた辻頼光少尉も、この船団に乗っていた。少尉の戦時死亡通牒に拠《よ》るパラオ第一二三兵站病院へ入院した二十二日の日付は、第十三次輸送船団のウエワク出港の日であり、二十六日入院が正しい。

（昭和五十九年一月、長崎県西彼杵《にしそのき》郡大島町の辻マスエ様から書状が届く。故辻頼光氏の義姉に当たる方で、頼光氏の兄であるご主人は、亡き弟を偲《しの》びつつ昭和五十八年一月に死去されていた。ハルピン誌二十三号に私が投稿した、義弟頼光氏のことを知り、「遠く離れた異国の地でずいぶん苦労を重ね、肉親に看取られること無く消えて行った頼光のことを思い、今更ながら思いも新たに只ただ涙流れるのみ」との感謝の一文を頂戴した。合掌）

パラオ本島の海岸には、今まで見たような空襲の爪痕はなく、防空施設も見当たらない。戦場帰りのわれわれから見ると、「敵機に襲われた経験のない兵隊たちにそれを望むのは無理なことだ」と思う。〝洋《よう》〟は飛行師団、〝眞《しん》〟は第四航空軍の略称である。私たちは本島にある眞部隊出張所を尋ねた。背の高い軍曹が、海水浴の休憩場のような粗末な兵站宿舎に案内して、便乗までの宿泊手続きをしてくれた。

この軍曹と、のちにマニラの第四航空軍司令部で再会するのは互いに知らない。彼は一年先輩の幹部候補生出身、塚本弥太郎氏（滋賀県）である。昭和十八年七月、眞第一五三〇〇部隊（第四航空軍司令部）経理部要員として、彼のほか九名とともに宇品港から竜田丸（一万三千トン）で南方に向かった。彼のみ〔パラオ島眞連絡所〕勤務となって駐留、他の者はニューギニアに向かった。

輸送できぬブルドーザー

パラオ島で内地向け船団が出るまで待機することになる。入隊期限十二月一日は目前に迫り、どのくらい遅れて南京に到着するのか見当はつかない。とにかくニューギニアから出られたことが何よりの幸運で、南京の候補者隊に着けば先は何とかなるだろう。「気楽に行こう」と野々川と話し合う。

貨物廠の被服倉庫で支給を受けた冬服は、珍しい着古しの羅紗《らしゃ》地である。階級章に付いた上等兵の星は真鍮《しんちゅう》製でなく、黄色い星型の布が縫いつけてある。勤務兵が、「先の船団で海没した南京行きの数人にも被服を渡したが、一人はブーゲンビル島から来ていた」と言った。(その兵隊は桑木兵長で、後に薫《かおる》空挺隊の一員として昭和十九年十一月二十七日、高砂族志願兵とともにレイテ島ブラウエン飛行場の胴体着陸攻撃に参加して散華した。後述)

ここはパラオ本島から隔離された地域で、本島人は見かけない。パラオ近海は鰹《かつお》漁業が盛んで、海岸沿いに缶詰や鰹節の製造工場が並び、イカ、カツオの塩辛を売る人たちは沖縄から来ている。彼らの多くは海外雄飛を試み、成功した人たちをルソン島でも多く見かけた。毎日出される宿舎の食事はボロボロの外米とパパイア汁で粗末だが、買ったカツオの塩辛は、臭いが食欲をそそる栄養源だった。

私がパラオ埠頭で会った内田伍長(大牟田市、ラエで私が小銃を暴発したときの衛兵司令)

は、先にブル（ブルドーザー）運転習得のため内地に出張を命ぜられていた。彼は運転を習得して、ブルとともにウエワク行きの船団を待っていたが、「ブルが重すぎて船員が乗せてくれない」とぼやいている。船員は空襲下、揚陸困難なウエワクへ運ぶ重量器材を乗せるのを嫌がっているのだ。私はそのとき、内田伍長が危険を冒して本気で行く気はないように感じられた。

（約一年半前から、飛行場の急速設定に対し研究がなされ、鹵獲《ろかく》器材に類似した国産の設定機械が生産された。この機械化設定隊の一隊だけを東部ニューギニアに派遣することになり、大本営はその第十三飛行場設定隊を第四航空軍の隷下《れいか》に編入し、まずウエワク飛行場で使用後、ホーランジアへ転用する計画を立てた。主要器材の一つに八トンブルドーザーがある）

戦時標準船の進路

パラオ島発、内地行き船団は五隻で、われわれが乗ったのは一番小型で三千トン級の貨物船である。便乗者は曹長二人と兵隊三人で、操舵室下の小部屋へ同居した。

曹長の一人は召集が解除された年配の下士官で、八の字の髭《ひげ》を自慢して内地帰りを手放しで喜んでいた。いま一人の曹長は年が若く、パラオ入口で海没したため、軍刀も装具品も失っていた。私たちは互いに南方で苦労した戦地帰りで、いつか階級を越えて和気藹々《わきあいあい》とした雰囲気になった。

十二月の北風はますます強く吹き、最後尾を船団に遅れまいと走ったが、高い波とうねりに阻まれて次第に船団から遅れていく。

大型輸送船は撃沈による消耗が激しく、建造も長期間を要するため軍は建造容易な、電気溶接ブロック式を採用した。建造を容易にするため、船底の形状も簡単な平底にした。その三千トンクラス戦時標準船の船名を［神〇丸］と、かしら文字に［神］を付けて呼ぶ。戦標船は軽量であるため凌波性に乏しく、強い向かい風を受ける船首が波に乗る。ウォーターハンマー現象である。ピッチングのつど船底が海面を叩き、ドォン、ドォンと船体が響く。

この繰り返しによる損傷を危惧《きぐ》した船長は、船団輸送指揮官と無線連絡の結果、進路を西に変針し、ルソン島マニラへ向かう決心をわれわれに伝えた。

広い太平洋上を単独航行することになり、船長の要請で便乗者も二人一組で、晴雨にかかわらず対潜監視に当たる。変針したため横風を受け、船はローリングで不規則に揺れる。操舵室後の梯子にしがみつき、屋根の上に腹這いになった。低い手摺《てすり》だけの狭い屋根で、双眼鏡を覗《のぞ》いて監視をつづける。夜は白い波頭しか見えないが、不審があれば天井を叩き、ブリッジに知らせた。

船員は親切で船員食堂で歓待してくれる。テーブルの上の止め具は食器類の滑り止めだ。コックさんが石炭レンジの前に足を踏ん張って調理する。揺れに合わせて体の調子をとり、赤々と燃えるレンジの上枠を鍋の大きさに取り換え、慣れた手つきで調理をして並べる。

船員は六、七人で、二十四時間を三交替で勤務し、時間がくると、「ワッチ（交替勤務）

がきた」と言って機関室へ降りる。熱気がこもる機関室は、蒸気エンジンの連桿がいくつも交互に上下し、リズミカルにクランクシャフトを回すその軽い振動を、私は頼もしく感じた。

マニラの埠頭

船員食堂の隣に浴室がある。蒸気で温めてある海水の風呂に入った。貴重な清水は流し用に使う。湯船で尻に蔓延した熱帯潰瘍《ねったいかいよう》の患部に触れると、膿《うみ》の固まりが浮かび上がり、海水の刺激が心地よい。

栄養が回復してきたのかマラリアの再発はないが、熱帯潰瘍の化膿は直らない。腰を下ろすときは両手で支えないと座れず、大切な褌《ふんどし》は膿で濃淡に染まり、カサカサになっている。

約一週間の単独航行をつづけた輸送船は、マニラ湾入口にあるコレヒドール島の側で停船した。この付近に日本軍が設置した機雷原があり、湾内から誘導船が来なければ入港できない。

コレヒドール島は、湾口幅約二十五キロのバターン半島寄りに位置するかつての要塞で、マニラ湾に出入りする船舶がこの横を通過する。迎えに来たのは標識をはためかした大発艇だった。その後ろにつづき、徐行して税関ビル近くの小埠頭に無事に接岸した。

マニラ港はパシック川を挟み、北港と南港がある。南港は突堤の中に大小四つの埠頭が並んでいる。埠頭に降り立つと、しばらく体の揺れがつづいて不安定だったが、踏みしめる陸地は堅く頼もしい。

船長はノリの利いた白襟付きのカーキ色半袖半ズボン姿に革カバンを持ち、パナマ防暑帽をかぶって見違えるほど凛々《りり》しい姿だ。歩きながら便乗した礼を言うと、笑顔を見せて励ましてくれ、ひときわ高い塔が建つ停泊場司令部前で別れた。

南京行きにどんな船便があるのか見当もつかない。とにかく便乗船の連絡をすませ、使ったことのないニューギニアのポンド紙幣と、ここの通貨ペソ紙幣（軍票）と交換した。

兵站宿舎は城内にあると聞いて岸壁を歩くと、並ぶ倉庫周辺で荷揚げ作業をする兵隊の中に、痩せた連合軍兵士たちが袋を担ぐ姿がある。彼らは昭和十七年のバターン半島作戦で捕虜になったのであろう。

日本軍が城内と呼ぶ地区は、スペインの統治時代に建造された石と煉瓦造りの城壁で、現地名はイントラムロスだ。内部をフォートサンチャゴと呼ぶ。海岸から約二百メートルのところに城内へ入る頑丈な城門がある。幼いフィリピンの少年たちがバナナ、パパイア、靴磨き台を手にして群がり、「ヘイタイサン、クツミガク」「バナナ、ワンペソ」と日本語で叫んで集まる。彼らのまなざしは真剣で、何か買うまでは離れてくれなかった。

大東亜共栄圏

私たちは交換したペソでバナナを買い、集まる子供たちを振り切るように城内へ入った。

城門入口の構造は石と煉瓦を積み、漆喰《しっくい》で文様をつけた頑丈なもので、幅が四メートルほどもあり、スペイン風な雰囲気の建造物だ。

城門を潜ると、道は曲がって登り坂となる。磨《す》り減った石畳がつづく狭い道の両側に、明るい漆喰塗りの建物が並んでいる。

道を右に折れると、二階建ての白い建物に、防諜のためか〔〇〇ぶたいへいたん〕と平がなで書いた表札があった。兵站宿舎は奥行きが深い西洋風で、二階が宿舎になっていた。広い部屋の片隅に毛布と蚊帳《かや》が重ねてある。逗留する単独旅行者は私たちのほかは姿を見かけない。将校の旅行者は、その階級によりマニラホテルか偕行社が宿舎に当てられている。

宿舎はうるさい規則もなく開放的で、朝夕の点呼も形式だけですんだ。二階の窓から路上を歩く人たちをぼんやり見下ろしていると、今までのニューギニアの戦場が夢のようだ。毎朝近くに駐留する兵隊の列が「ワッショイ、ワッショイ」と掛け声を出して、駆け足で走り去る。この間稽古は、若くない召集兵たちには堪《こた》える訓練だろうと思う。

日曜日に外出証をもらい、パシック川に架かる橋（日本名万歳橋《ばんざいばし》）を渡ってマニラ市の繁華街へ出かけた。エスコルタと呼ぶこの場所はビジネス街でもあり、商社、マニラ新聞社、食堂、映画館などが並び兵隊相手の慰安所もある。軍の指定業者が開く兵隊相手の日の丸陣屋、甘党陣屋は、ぜんざい、汁粉、大福餅などに人気があって、兵隊が大勢入っている。

映画館通り前の空き地に大きな立て看板がある。［大東亜共栄圏《だいとうあきょうえいけん》］を示す地図で、現地人に日本軍の勝利を誇示するためである。北支からニューギニアにいたる広大な地域の拠点すべてに、占領を示す日の丸がつけてある。当時の国策で政府は大東亜省を設け、満州国、中華民国政府、ビルマ、タイ、フィリピン、その他東南アジアの各地を八紘一宇《はっこういちう》の世界と称した。加古川教育隊で見た地図と一緒で、空々しい嘘の宣伝がどこまで通じるのか。比島に派遣された日本語教育司政官の努力により、少年たちが「見よ東海《ミヨトウカイノ》の空明《ソロアアキ》けて《テ》」と歌っているが、フィリピン人の対日感情はだれにもわからない。

独航船安芸丸

遂にマラリアの発作が起きた。ハンサ蚊に刺されたのか、急に悪寒が始まり、宿舎の隅で横になって毛布にくるまる。野々川が心配して震える私の体に毛布と蚊帳を掛けてくれたが、冷水に漬かったように震えが止まらない。ニューギニア帰りのマラリアと知り、同宿した兵隊が遠ざかるのがわかる。その後もハンサ蚊におかされたマラリア熱で苦しむ旅がつづいた。

内地向け便船に乗るための検疫がある。肛門《こうもん》にガラス棒を入れる検便や予防注射を受けた数日後、指示されたマニラ南港に行った。大埠頭に巨大な一本煙突から薄い煙を出した大型貨客船が接岸している。岸壁には乗船する乗客がひしめき、軍人以外の人々も多くいる。船腹に開いた小さい入口に渡した桟橋のそばで、数名の船員が乗客の乗船券を改め、憲兵も監視する物々しい雰囲気だ。このときは、昭和十八年も残りわずかな十二月二十四日頃である。

本船は一万数千トン級の大型船で、ディーゼルエンジンで二個の推進器を回転させ、平均時速二十四ノット（約四十五キロ）で航行する新鋭貨客船である。台湾の高雄を経由して内地へ単独で走る、いわゆる独航船で、船名を安芸丸《あきまる》という。

乗船者は内地に引き揚げる一般邦人に混じって、軍関係の司政官らしい家族づれも多く見られる。新鋭船とはいえ、無謀とも思える白昼堂々の出航準備だ。「スパイが敵潜に通報したら」との不安はあるが、輸送指揮官にお任せする以外に内地の土を踏む方法はない。

皆がそう納得して乗船し、それぞれの居住区に散っていく。私たちの居場所は客室がある甲板から一段下の船倉だが、仕切りがなく天井が高いので、楽な姿勢で休める。その下は貨物船倉で、高雄港で砂糖袋を積むと聞く。出港は夜中だった。

いつしかうとうとしている体に、リズミカルな心地よいエンジンの響きが伝わっていた。上甲板に上がると、金網を張った大きな吸気筒が二本立ち、その穴にゴーッと音を立てた空気が機関室へ吸い込まれる。

エンジンの音は重厚で、しかも快調に聞こえて心が躍る。二十四ノットのスピードは舷側の夜光虫を飛沫で飛ばし、渦とともに後ろに追いやる。敵潜回避の蛇行もせず、台湾を目指して安芸丸は独走する。「行け、走れ！」。私は北風に吹かれながら、「波濤を越えて」の口笛を夢中に吹きつづけた。

広島湾・似島《にのしま》

われわれ船倉に居住する者は、今までと同じ甲板の炊事場で食事を受けたが、客室にいる人たちは、デッキの大食堂でボーイの給仕で食事するのを見て、不思議な感じがする。本船は順調に航行し、予定通り明日は台湾の高雄に寄港すると聞いた。私は一度、内地の土を踏んでから南京へ行きたかった。

しかし、入隊期日を一ヵ月も遅れている。任地へ最短距離を取るべきと、事務長に旅券を見せて相談した。事務長は「高雄——上海間の南支那海航路は危険海域で、運行しているかわからない。宇品までこのまま乗り、碇泊場司令部で大陸回りで行くか相談しなさい」との好意的な助言が何より嬉しい。

高雄港は一度寄港したところで、見覚えがある。狭い水道を抜けると湾内が広がり、小さい渡船が横行している。漕ぎ手は中央に立ち、左右の櫂《かい》を前に押して漕いでいる。曳き船に押されて安芸丸は、砂糖倉庫が並ぶ岸壁に静かに接岸した。平和な港に見えるが、一年前と比べ何か寂しい感じがする。

喫水を保つため入れた海水を排水して、がら空きだった船倉へ砂糖の積み込み作業が始まる。ウインチで降ろすドングロス袋を、船腹にぎっしり土嚢《どのう》のように積み重ねた。乗船者は全員一人当たり数キロずつの砂糖袋と乾燥バナナ（砂糖漬け）を土産に買い込む。この砂糖は関税なしに内地へ持ち込ませる処置である。積み込みを終えた安芸丸は、ふたたび外洋に出て、太平洋の北風を浴びながら懐かしい内地へ突っ走った。

昭和十八年十二月二十九日、安芸丸は無事に広島湾に入り、宇品港沖約四キロに浮かぶ似島《にのしま》検疫所のそばに錨を降ろした。ここで乗客は全員下船して検疫と所持品の税関検査を受けたのち、宇品港上陸が許される。安芸丸事務長に感謝してタラップを降り、検疫所へ行く渡船に乗り移った。船尾のそばの推進器がある上両舷に〈双暗車注意《2こスクリユウちゆうい》〉と表示した掲示板と、船尾に大きく標してある、〔安芸丸　広島港〕の船名に注目しながら安芸丸を離れた。

《その後、安芸丸（一万一千四百九トン）は、グアム島に派遣される第二十九師団の将兵を乗せ、昭和十九年二月二十六日、広島を出港した。台湾沖で敵潜の魚雷攻撃により僚船の崎戸丸《きどまる》（九千二百四十七トン）が轟沈した。安芸丸は第一船倉に一発命中したが、三月四日、無事グアム島に到着した。その後、昭和十九年七月二十六日、ルソン島西方で被雷沈没した》（「公刊戦史」）

宇品碇泊場司令部《うじなていはくじようしれいぶ》

似島《にのしま》は安芸小富士《あきこふじ》（標高二百七十八メートル）と呼ぶ小高い山があるだけの小島で、当時国外からの帰還者にたいする税関と検疫業務を行なっていた。平屋の広い建物の棟が並び、赤煉瓦造りの高い煙突がときどき煙を上げている。

広場に並んで持ち込み品を広げて検査を受ける。外国煙草を制限以上に持つ男が、何も持たない私の場所に「置かせてくれ」という。当時その気になれば何でも隠せる鷹揚さがあった。検査が終わると建物内に入り、金網製の籠に被服と装具を分類して入れ、裸になって大浴場に向かう。入浴を終えて出ると、蒸気消毒が終わった籠が並べてある。

褌をつけて軍医の前に立ち、身体検査を受ける。後ろ向きに手をつかせた軍医が側にいる若い見習いに、「おい、来て見ろ。これが南方の熱帯潰瘍だぞ」と尻の患部を指差した。そして自分自身も「うーん」と言って、私の尻に見とれていた。南方で戦ってきた兵隊には、いささか腹立たしい仕打ちに思える。

大東亜戦争中、陸軍船舶部隊はすべて秘匿名［暁部隊《あかつきぶたい》］と呼ばれ、各地の主要基地に司令部を設置し、宇品にその中枢司令部がある。船舶輸送司令部と碇泊場司令部がそれである。

宇品の埠頭には革鞄を手にした高級船員たちが、新年を我が家で迎えるべく足早に歩いている。海岸ぞいの碇泊場司令部に入ったのは十二月三十日の師走で、机が並ぶ部屋の中に職員の姿は少なく、若い男の軍属が二人いた。

ニューギニアの戦場から帰った私には、場違いの雰囲気で意外な気がする。その一人に旅行券を見せ、「南京へ行く途中だが、船便はどうなっているか」と尋ねると、「上海行き航路は敵の潜水艦が出没して、現在運航していない。関釜連絡船に乗り、大陸経由ならすぐに行けるはず」と答える。

軍属の対応ぶりを見た私は、「大陸回りは時間がかかりすぎる、十二月一日入隊はとっくに過ぎている。早い船便で行く命令が出ている」と言うと、彼は困惑し、「年末のため係の将校は不在で、自分ではわからない。一応、正月休暇ということで、二人とも帰郷されたら」と言った。

船待ち証明書に「休暇証明書。昭和十九年一月五日午後五時迄。宇品港碇泊場司令部」と陸軍罫紙《けいし》に書いてある。押しが利いたのか、万々歳である。

理髪店で忘れた兵器

碇泊場司令部で休暇証明をもらう下士官がほかにも数人いた。その一人が同郷本庄出身の津森軍曹である。彼が向かう任地はニューギニアと聞き、複雑な気がする。脱出して喜ぶ者がいる反面、死地と知らずに征く軍人がいた。

宇品から市電通りを歩いて広島駅に向かう途中、本通り右側にある中国儲備《ちょび》銀行に寄ったのは、ペソの軍票を円に交換したのだろう。

さっぱりしようと、裏町の路地の小さい理髪店に入った。装具をはずして椅子に腰を下ろすと、ほっとしたのか思わず大きな溜め息がでた。中年の理髪店主が二人を見て、「南方から帰られましたか。ご苦労さまでした、大変だったでしょう」と物知りげに語りかける。黙っていても、装具を見れば彼には察しがつく。パラオで支給された冬服、豚革の編上靴、ズック製の代用背嚢は普通の服装だが、防暑帽、防蚊覆面、コハゼが取れて紐をつけた地下足袋、防毒面《ぼうどくめん》など、戦塵に汚れた戦地帰りの姿だから仕方がない。

南方戦線にかかわらず、地方人との対話は防諜の意味から厳禁されている。特に軍都の広島は憲兵が厳しく監視し、私服で尾行する検挙やスパイ行為の摘発が多いと聞かされていた。

野々川の出身地は名古屋だ。夜になり今夜の列車に乗るのは諦《あきら》め、駅前の旅館で一泊することにした。二階の部屋に津森さんと三人案内され、久し振りに畳の上でくつろいだ一夜を過ごした。

明くる三十一日の広島駅は大晦日で混雑している。三人それぞれ切符を買ったとき、野々川の大変な忘れ物に気がついた。防毒面をあの理髪店で忘れたという。防毒面は各国とも軍事機密に指定し、内部機構は秘密である。二人が持っているのは、パラオで支給された新式の一式被甲《いちしきひこう》と呼ぶ兵器だ。野々川の乗車時刻が迫っていたので、私が捜しに行くことにした。

理髪店に着くと、店の洋服掛けにその被甲が掛けてある。「ほかに兵隊さんがいたので誰のものともわからず、すみません」と詫びたが、憲兵に知れたら大事になるところだ。礼を言って駅に引き返すと、ちょうど野々川の乗った上り列車が動き出したところだ。私の首に掛けた二つの防毒面を指差し、大声を出すと、彼は笑顔を見せ、安心して名古屋へ帰っていった。

良江姉との別れ

広島から松江まで芸備線と木次線を経由して山陰本線に繋《つな》がる。小さい炭水庫を背負った蒸気機関車が、大晦日で超満員の列車を引き、前後にスイッチバックを繰り返して、急坂とカーブがつづく中国山脈を越えた。

私は客車連結部の上下する踏み鈑《いた》に立ったまま動けない。男が幌の隙間から小便をするのを見たが、婦女子は顔色もなく気の毒である。重い装具が体を締め付けるのを、ときどき揺すり上げ、軍人らしく我慢をつづけた。

何時間か経ち、ようやく松江駅で解放された。本庄へ帰る津森軍曹と一月五日の宇品集合を確認して、懐かしい東本町へ向かって歩き始める。昔と変わらぬ通りを歩いていると、以前より戦争のためか暗さが感じられた。

人々が六十三聯隊の兵隊と違う軍装を見て振り返った。松江聯隊の冬服は木綿だが、私のは羅紗生地であり、上等兵の階級章の金星が金属でなく黄色い布が縫い付けてある。戦地帰りの私に注目して敬礼する兵隊に対し、上等兵らしい答礼をした。


紙を張ったガラス戸を開けて我が家に入る。入隊当時はわずかながら菓子、キャラメル、化粧品が並んでいたのが、配給制となり休業状態らしい。父もサト子姉も突然、現われた私を見て、しばらく声もない。軍事郵便に南海派遣と書いてあるので、「ニューギニアかも知れへんで」と思ったそうだ。

「良江姉ちゃん、どこにおるんや」。聞きながら仏壇に灯明《とうみょう》を上げると、二人は涙を浮かべ、「良ちゃんはそこにおるのや」とうつむいた。仏壇の中の新しい位牌を手にとった瞬間、言い知れぬ悲しみに襲われて号泣した。

母親を知らない私を、幼い頃から「秀さん、秀さん」と可愛がってくれ、私も「ねえちゃん」と慕い、我儘《わがまま》も言える大好きな姉だったのに、その姿はこの世にはなく残念の一語に尽きる。加古川で別れたときの姿が見納めだった。

臨終を悟った良江姉は、サト子に「秀さんに手紙を書いて」と、つぎのように頼んだという。「秀さん、ねえちゃんはもう死にます。どうか元気で頑張って下さい」。そして死期が迫り、「ああ、もうくたぶれた。どうでもええわ」と口走り、若い二十九歳の生涯を閉じた。

私がラエにいた昭和十八年七月六日のことである。合掌。

亡き姉を偲ぶ

三味線の師匠である杵屋吟一郎氏と結婚し、舞鶴で所帯を持ったため松江駅から汽車に乗って去る姉に、「行ったら嫌や」と私は泣きわめいた。

新舞鶴で鳴り物（太鼓や鼓）師匠望月《もちづき》の名を取り、地元新地の芸子衆を教えた。夏休みに遊びに行ったとき、真剣な姉の教えぶりを見て感動した。

その後、吟一郎氏は結核を患《わずら》い、京都府の病院へ入院して療養をつづけたが、若くして不帰の人となり、看病をつづけた姉は感染して病に冒された。

昭和十四年、東京へ来た姉は結核性痔瘻《じろう》を患っていた。一時、満州通化へ行き体調を崩して帰松、私が入隊するときは松江南田町で療養をつづけていた。「秀さんに尻の大きな嫁さんを貰《もら》って」と、衣類を大事にしまっていたそうである。戦後の医療技術であれば、姉は元気で暮らしたはずだ。

昭和四十一年五月二十二日、私は銅製の茶托を包んだ和紙に鉛筆書きの手紙を発見した。昭和三年頃、松江新地検番の大坂屋で働いている二人の姉に助けを求める、大阪から良江姉の悲痛な叫びである（原文のまま）。

拝啓　お手紙下さいましてありがとうございました。

先日メノハ送っていただいて、さっそく礼上を出しましたがつきませんでしたか、まことに失礼致しました。

お父様は此頃ではまことにからだよくなりました故、よろこんでおります。秀さんもぶじで毎日通學しておりますから安心下さい。

私はつごうにより丸福《まるふく》をやめましてお父さんの所にかえっておりますから、手紙や送り物は上書《うわがき》の所へおくって下さい。

番地をくわしく入れて下さい。つごうがわるいでせうが少しづつでもおくって下さい。おたのみ申ます。

静子姉さんの病気はいかがでございますか、まことに心ぱいしております。一度かえへれたらかえってきて下さい。

くれぐれもおたのみ致します。では御身大切に、さようなら。

ヨシヱより

静子、里子、様へ。

松江のひととき

まずサト子姉に、私が主計下士官候補を申し出た理由と、南京へ行く途中であることを打ち明けて快《こころよ》く承知してもらい、亡き良江姉の思い出を語った。

明けて昭和十九年の元日である。海軍へ入隊した末次町の田中博君の留守宅へ挨拶に行く。尊父と妹さんが懐かしげに顔を見せ、「博《ひろし》は駆逐艦に乗り組み、ソロモン海でやられて二度も泳いだそうですが、元気でやっていると便りが届いて安心しております」と笑顔で話された。

当時、同じ海軍に決まった寺町の吉山和夫君と私も、末次のプールで暇があれば水泳の特訓をしており、泳ぎにはいささか自信があった。ご家族も博君も無事を喜んでおられた。

隣の丁、東本町三丁目から一緒に入隊した村松某が、南太平洋で一年前に戦死したことを聞いた。おかしい胸騒ぎを覚え、留守宅を尋ねて戦死公報を見た。

『[故] 陸軍上等兵、村松　某

右ハ昭和十七年一月七日　南太平洋上ニ於イテ戦死セリ』

このとき、私は僚船「ぶらじる丸」に乗っており、だれが乗っているか分からない被爆した輸送船を見つめていた。それは村松が乗る「日龍丸」であり、火炎を噴きながら、暗夜の海上に遅れ去っていく（午前一時三十分沈没）。

ラバウルの二十二飛大に転属後、わずか九日目である。その状況を、年老いたご両親に話さずにはおられない。白い位牌が安置された仏壇の前で、涙を流される姿を見て、私は慰めの言葉もなく、霊前に頭を下げるだけだった。

当時、駅通り銀扇付近にある松浦写真館で、父と姉二人ずつ並んで記念写真を撮《と》った。体力が回復したのか、凛々《りり》しい戦地帰りに撮れている。

二日になると嫌な悪寒が始まり、マラリアが再発した。聯隊の衛戍《えいじゅ》病院に電話したが、新年で軍医が不在のため、止むを得ず近くの開業医の往診をうけた。医者にマラリア菌の知識はない。

「肋膜に水が溜まっている」と、注射針で水を抜いて見せ、「向こうへ着いたら、病院で診《み》て貰ったがよい」と言った。だいぶ疲労しているらしく、しばらくは二階の布団の中で高熱に苦しんだ。

正月の双六《すごろく》遊びの絵柄にも、すべて日の丸が描かれて占領地のような印象を与え、人々は南方戦線を華やかなものと信じているようである。

広島駅舎のストーブ

「パプアニューギニアで材木商を始めたい」と状況を聞く人や、町内副会長の田中さんからは、「戦意高揚の話をしてくれ」とも言われた。田中さんに、「ニューギニア戦線では飛行機の補給がなく、操縦者の消耗も増えて苦戦を強いられている」と話した。

彼はこの戦地の実情を知り深く感動し、戦力増強資料として町内会の際、皆に訴える考えのようである。しかし、公の場でニューギニア戦線の現状を口にすることは反戦思想につながる。出来ぬことと断念したようだった。

私は今後二度と松江の土を踏めるとは思っていなかったが、もし幸運にも帰ることができたら、応召前に勤めていた「トキコ」を辞めて、松江で父と姉と一緒に暮らす決心をした。短い休暇だったが、帰郷できたのは幸運である。

マラリア熱も一応下がったが、姉は心配して、私が広島から出発するのを見届ける付き添いを田中豊氏に頼んだ。

先に松江駅に到着して、駅南側の松江聯隊区司令部（現在の中国財務局松江支部）に休暇証明書を見せて届けたとき、数人の軍属と年配の予備役中尉がいて、「ご苦労様でした。武運長久を祈ります」と労《いたわ》りの言葉をかけられ、広島駅までの軍人割引券を貰っていた。

一月四日の松江駅は、ふたたび移動する乗客で溢れていた。その中に本庄の津森軍曹の凛々しい姿が見送り家族に囲まれている。私は自分でも情けない格好で、しかも余分な野々川の防毒面まで首に掛けていた。汽笛一声、いつ帰れるとも知れぬ故郷を後にして、私はふたたび車中で立ちつづけていた。

広島駅に到着したのは夜で、田中さんの知人がいる国泰寺《こくたいじ》の宅を尋ねて彷徨《さまよ》う。地図によると、国泰寺町は直線距離で二・五キロだが、夜の十時頃は尋ねる人影もなく、辿《たど》り着いた時間は深夜になっていた。

翌日、宇品の碇泊場司令部で大陸経由、南京行きの指示を受けた。広島城内にある師団司令部の軍医部で、マラリアの特効薬キニーネ錠剤を貰う。

広島駅で切符を買いに並んでいるとき、悪寒と震えが始まった。冬外套はない。駅舎の中に赤々と燃えるダルマストーブの火を見て、たまらず中に入ってストーブのそばの椅子に座った。震えが止まらぬ私から、駅員が少しずつ遠ざかるのを意識する。マラリアが伝染病だと恐れるのは無理からぬことだ。

関釜《かんぷ》連絡船

広島駅で買った国鉄乗車券通用区間の順路は、つぎの如くである。

内地　……………広島駅発～下関～関釜連絡船～釜山着
朝鮮　……………釜山駅発～京城～平壌～新義州《しんぎしゅう》（鴨緑江《おうりょくこう》鉄橋）
満州　……………安東～奉天（乗り換え）～錦州～山海関《さんかいかん》
中国（戦地）……山海関～天津《てんしん》（乗り換え）～済南《さいなん》～徐州《じょしゅう》～蚌埠《バンプー》～浦口《ほこう》～（揚子江《ようすこう》渡河）～南京《なんきん》到着

広島から戦地になる中華民国、山海関までの乗車券を売ってくれた。切符代金の五十数円は以外に高い金額だが、後で精算されるはずだ。戦地になると旅行券により、現地停車場司令部と兵站の給与となる。

切符を買って国泰寺の家に戻ると、奥さんが恐れて乳児を連れて姿を隠していた。迷惑をかけて申し訳ないが、明朝、広島駅を立つまで仕方がない。同行しているはずの野々川はどうしていたのか覚えがない（国泰寺付近は原爆投下目標の中心となって、被爆四散されたことを戦後知る）。

見送ってくれた田中さんに礼を述べ、広島駅を発車して下関へ着いたのは夜だった。乗船場へ向かって岸壁を歩くと、灯火管制下の薄暗い桟橋の左手に見える連絡船の舷窓から洩れる明かりは大きい船だ。伊豆大島航路の定期便だった橘丸《たちばな》だと聞き、懐かしい三原山を思い出す。

乗船する客と右側桟橋に碇泊する三千トン級の客船に案内され、階段を降りて畳敷きの大部屋へ入る。三等船室で毛布にくるまってマラリアの震えに耐えてうとうとしていると、いつしか本船は出港し、暗夜の朝鮮海峡に乗りだして揺れていた。連続発熱は体力が消耗し、脳症を併発すると聞いている。野々川も心配したが、どうすることも出来ない。

潜水艦攻撃を想定し、「退船訓練！」とスピーカーが叫ぶ。乗客が救命胴衣を着けて右往左往しながら、救命艇置場の上甲板に登る姿を感じても起き上がれない。

寒い、寒い、だれかに縋《すが》りたい。孤独だ。「魚雷が一発きたら最後だなあ」と考えながら、暖気が洩れてくる場所へ這《は》う。鉄扉を押すと、そこは暖かい蒸気が充満する機関室である。嬉しい。狭い鉄格子の上に横になり、どうにでもなれと眼を閉じる。「暖かい、良かった」と呟くと、思わず頬に涙が流れた。

奉天駅とアジア号

側を通る船員は、機関室の狭い通路で横になった私を見ても、何も言わず有り難い。下で蒸気エンジンがゆっくり回転をしている。暖かいが一番危険な場所である。毛布にくるまり、安らかな気分でエンジンの音を耳にする。

釜山港に着き、野々川の手を借りて桟橋を通り、山手に在った小さいホテルの部屋に倒れ込んだ。朝鮮人の顔を見た気がしたが、熱が高く意識が朦朧《もうろう》として、大陸行きの列車に乗り込む力が私にはなく一、二泊したか？

熱が下がって、大陸の玄関口である釜山駅から発車する列車に乗った。線路幅が広軌であるため客車の幅が広い。通路を挟んで二人と三人の五人座席が並び、幅の広い窓にはガラスが二重に嵌《は》めてある。

遠く先頭を走る機関車に引っ張られ、連結した車輛が長い帯《おび》となって走っている。さすが大陸は大きいと感心した。乗客は軍人軍属と一般邦人が主で、定員の人数がゆったりと座っている。

列車は京城を通過し、平地を突っ走る。窓外を流れる風景は灰色に見えて、小高い山々に樹木がない。地肌が露出しているのは、話に聞いた朝鮮禿というたとえか。

平壌を過ぎ、新義州駅の先を流れる鮮満国境の鴨緑江を眼下にした列車が鉄橋を徐行し、対岸の安東駅に停車した。満州国に入ったのだ。わずかな停車時間に通貨交換に下車して、日本円と華北連銀発行の「角《かく》」と「分《ふん》」に交換した。列車を朝鮮鉄道から満鉄（正式には南満州鉄道株式会社と呼び、半民半官の特殊法人）に乗り換える。寒村のホームで買ったものは煙草と、小さい枇杷《びわ》大の朝鮮リンゴである。

この列車は奉天から北上して首都の新京へ行くので、私たちは奉天駅で乗り換えるため下車した。夜の寒気は厳しく、駅の寒暖計は零下を指す。待合所のスチームに満人の子供たちが集まり、綿入れ服のシラミを潰している。

（当時、南満州鉄道の特急「アジア」号が、大連～新京の全区間七百キロを走り、途中の停車駅は大石橋、奉天、四平街の三ヵ所で、平均時速八十キロ以上、最高時速百三十キロだった。「アジア」号機関車は流線形をした「パシナ」型で、一等展望車をはじめ二等車、食堂車、手荷物車各一輛、三等車二輛の計六輛を牽《ひ》き、特急アジア号の名で呼ぶ満鉄のシンボル・マークだった）

山海関《さんかいかん》通過

奉天から天津行きの列車が到着するまで時間がある。野々川と暗い駅前の大通りへ出てみる。街灯が点《とも》るだけの薄暗い町並みは静かで、人の気配はなく、舗装道路に薄氷が張った上を歩くと、つるつる滑った。

やがて列車が到着し、多くの満人が乗り込み、超満員となった。座席上の荷物棚にも男が横になり、場所を占領して澄ましている。前の三人掛けに座った中国系の美しい娘と老婦人は、日本兵に好意を持たない様子で厳しい表情を見せつづけた。二重ガラス窓の外側に氷が張りついて外の景色は見えない。

徐行したり、走ったりして、ようやく停車した駅は満鉄終着駅の山海関（万里《ばんり》の長城の起点で、長城は蜒々とゴビ砂漠までつづく古来中国の要衝）である。山海関駅を越えると中華民国領土の安東駅で、日本軍がいう戦地である。戦後、恩給請求書提出の際、山海関を通過した時日を記入する必要があった。車窓から見た万里の長城は、平地から曲がりながら山頂に登り、すぐ向こうの山間《やまあい》に隠れてゆっくり見る暇もない。国境を越えたのだ。

安東駅で下車して寒いホームを歩く。厳寒の一月、守備隊の警備兵は防寒具に身を固めて、着剣した銃を手に警備に当たり、戦地の緊張を肌に感じる。ふたたび通貨の交換をして受けとったのは、中国儲備《ちょび》銀行券である。

つぎに下車したのは天津《てんしん》駅で、津浦線《しんぽせん》（天津《てんしん》―浦口《ほこう》）に乗り換えるため、ここの兵站に宿泊することになった。頑丈な煉瓦造りの兵站外見は殺風景なものだが、石炭が豊富にあり、内部は暖房が利き快適である。しかも炊事から出た食事の内容は、これまで口にしたこともない豪華なもので驚いた。天津の兵站を通過した兵隊は、口を揃えて最高の給与だったと褒《ほ》める。

天津の数十キロ先の渤海湾《ぼっかいわん》に、唯一の港である塘沽《タンクー》港がある。ここから輸送した物資を天津に集積し、当地の軍貨物廠が各地兵站に補給するため物資が豊富に集積してあり、そのため給与がよかったのだ。

翌日、天津駅から、津浦線の終点である浦口駅に向かう。その先の揚子江を渡ると目的地の南京だ。各駅で停車するつど、乗り降りする住民の争いで発車に手間取り、中国人軍警が棍棒《こんぼう》を振るう制止も効果がない。まさに前途遼遠《ぜんとりょうえん》の旅である。

済南駅前の群衆

戦地に入ると、列車の編成は一般客車が三等車で中国人が乗っている。二等車の一輛半を軍人軍属専用車と表示し、区別してある（戦後、国内の主要列車に連結してあった、進駐軍専用車と同様である）。

装具が自由を奪い、乗り込むのに夢中で、列車の全容を見る余裕はない。警乗兵の腕章を付けた二人の兵隊が銃を手に、通路の群衆をかきわけて車内を巡察していく。

鉄道沿線の警備は各地区の独立守備隊が行なっているが、駅周辺と鉄橋が警備の重点のようだ。ときどき鉄橋が襲撃され、占領地といえど列車の運行は不規則である。夜間は警笛を鳴らして徐行し、ときには停車する。「匪賊《ひぞく》が線路妨害をした」との噂が流れ、乗客が騒ぎ出したが、間もなく動き出す。

人息と暖房で空気が汚れ、不愉快な車中の長い一夜である。食事の準備もなく、休養のため済南《さいなん》の兵站で一泊することにした。

石材産地らしく石山が多く見える。徐行して幅広い鉄橋を渡る両岸に、日の丸を掲げた小さい哨舎が建ち、その前に歩哨が一人、立っていた。渡った川は「黄河《こうが》」であり、滔々《とうとう》と東に流れる大河は渤海湾に注ぐ。停車した駅が済南である。広い駅前広場を通り抜け、兵舎らしい建物の先に〇〇兵站と書いた建物に出会う。内務班風に区切った部屋に、下士官以下数人の先客がいた。

ニューギニアからの珍客と知り、酒保があると教えてくれた。懐かしい酒保へ行くと、運よく「本日三時から饅頭を売り出す」とある。野々川と二人でごっそり買い込み、酒保の兵隊が驚いている。餡の甘みに不足があるのを量で補い、久し振りに満足した。数日前、鉄橋の警備兵が殺されたと聞いたが、治安が悪いようだ。

広い済南駅前に中国人群衆が集まり、荷物を抱え、天秤棒《てんびんぼう》に吊るして列車を待っている。彼らはどのようにして切符を手に入れるのか？　押し寄せる群衆に軍警が棍棒《こんぼう》を振るって殴りかかる。列車が到着すると、彼らは殴られても蹴られても怯《ひる》まず、すきを窺《うかが》って列車に迫りつづける。同胞を容赦なく殴打する軍警たちの顔を、私は腹立たしい思いで見た。

駅員は中国人だが駅長は日本人で、旅行券を見せると、すぐに浦口までの乗車券をくれた。

南京成賢部隊《なんきんせいけんぶたい》到着

済南から乗った列車の混みようは凄まじいもので、ようやく軍人軍属専用車の通路に座ることができた。作家、火野葦平が昭和十三年に書いた徐州会戦従軍記『麦と兵隊』に出てくる、徐州《じょしゅう》や蚌埠《バンプー》にも停車した。共に静かな街である。城門と堅固な城壁に囲まれた、低い鱗葺《うろこぶ》きの低い瓦屋根が連なっている。数ヵ所に小高い仏塔が見える以外は何もなく、先の方まで遠望できた。停車しても乗客の動く気配がないようで、列車はすぐ動き出した。

夜になって空いた食堂車へ入ると、若い日本女性の給仕が「立ち入り禁止です」と言った。野々川と強引に入り込むと、彼女たちも仕方がないと思ったのか車内に入れ、中から施錠して黙認してくれて有り難い。

食堂車の日本人従業員は手際よく椅子を片づけ、テーブルを並べて寝台にしてそのまま横になった。毛布を掛けたと思うと、すぐ鼾《いびき》が聞こえてきた。私たちも同胞の中へ入った安堵感で、暖房の余韻が残る床の上でゆっくり寝ることができた。

列車は遂に津浦線の終点である浦口に到着した。翌朝、南京へ行くことにして最後の休養にと、浦口の兵站で泊まった。

揚子江の両岸に大小各種の船が碇泊している。軍艦「出雲《いずも》」の姿を捜したが見当たらない。帆を張ったジャンクや渡船が、滔々と流れる黄色い大河を横切っている。〈下関〉と書いた渡船場で券を買い、対岸の南京に渡った。

広い道を通っていくと、多くの露店が立ち、飯店が賑わっている。寒い冬空に露店から湯気が立ち登り、けたたましい人の叫び声。店の周りに立ち、大きな茶碗を持って食う中国人労働者の群れ。ニンニクの匂い。それら喧噪《けんそう》の中から逞《たくま》しい中国の朝が始まる感じである。

ようやく尋ねあてた中支那《なかしな》主計下士官候補者隊の部隊名は、〔栄《さかえ》第一六四六部隊〕と〔成賢部隊〕の二つの部隊名が両側の門柱に掲げてある。入口の衛兵所に、銃を手にする軍属さんが立哨していた。

昭和十八年十一月二十一日、ニューギニアのウエワク港を出発以来二ヵ月を要し、遂に目指す主計下士官候補者隊に到着したのは、昭和十九年一月十七日頃である。入隊日の期限を四十七日も過ぎている。二人は不安な気持ちで衛門を潜った。

第二章――バシー海峡の航跡

健兵と弱兵

ここは南京市成賢《せいけん》街と呼び、近くに鉄道の成賢街駅が見える。以前、中国県知事を養成したという煉瓦造りの建物で、三棟建っている。中央が正面玄関で、一、二階が候補者の居室と自習室となる。三階は助教がいる班長の個室になる。別棟には事務室、講堂、医務、酒保《しゅほ》（売店）、炊事場があり、教官の将校は敷地内の官舎に住んでいる。午前は学習中で、隊内は静かだった。

守衛に案内された二人は事務室に入り、候補者隊長（大尉）と部隊長（少佐）に申告した。宇品碇泊場司令部が許可した休暇を疑問視していたが、正式な証明も旅行券に記載してあって納得した。先着している他の六名とはあまりに遅れているので仕方がない。

区隊班長の清水、中西両軍曹に呼ばれ、下士官室でニューギニア戦線の状況を話した直後、「貴様たちは声が小さい！　動作緩慢だ！」と大声で叱責された。単独旅行に慣れた私たちは軍隊の厳しい生活態度を失っている。この一喝で久し振りに緊張を取り戻し、しばらく不動の姿勢のまま叱られた。

小柄な清水班長は志願兵上がりで、私と同年である。訓練は厳しいが、優しい一面もある。つねに下士官候補者隊の助教として訓練を重ね、われわれが授業を受ける時間には剣道、銃剣術に打ち込み、信頼のおける班長だ。私は二階にある班の自習室に入って装具を下ろした。部屋は舎前で両側に寝台が五個ずつ並び、上等兵と一等兵が半数ずつ同居している。互いに候補者名に、シーサン（先生）と敬称をつけて呼びあっていた。彼らは中支那派遣軍の各隊から選抜され、候補者となった文字どおりの精兵揃いである。

南京成賢部隊にある中支那主計下士官候補者隊の区隊班長だった清水軍曹（左）と中西軍曹

陸軍病院の看護婦

第一日目、候補者隊における学業の始まりである。一日もすべてを同室の戦友シーサンたちに教えられ、一日も早くすべてのことに慣れて一月半の遅れに追いつかなければならない。その第一が毎朝点呼後の駆け足で、日課が始まる。私は突然、この思いがけない肉体の酷使に直面することになった。

候補者隊正門から、南京〜上海間を走る鉄道踏切まで片道一千メートルはある。四列縦隊の隊形で「駆け足。進め！」で突然、走り出した。膝が編上靴が重い。息が苦しい。二百メートルも走らないのに、私は列から遅れだした。

清水班長が心配して近寄り、「高橋候補者、遅れてもいいからゆっくり走れ」と声をかけてくれた。いくらか気が楽になったが、皆に付いて行けない己れが恥ずかしい。中支の健兵揃いの中に入って、無我夢中の第一日目である。

何日か走っていると慣れてくる。タイミングがよいと、看護婦宿舎から出勤途中の、妙齢で、しかも美人揃いの日本人看護婦たちと擦れ違うことがある。彼女たちは香《かぐわ》しい匂いを白衣から発散させ、われわれの注目を浴びながら笑顔を見せて二列縦隊で行進する。その列は近くにある、南京第一陸軍病院へ入る。われわれの心は浮き浮きとして、じつに楽しい一瞬であった。

途中〔支那派遣軍総司令部〕の墨書と〔司令官　畑俊六大将〕〔南京国民政府〕〔汪兆銘《おうちょうめい》首席〕の標札を見た。看板のわりに構内は静かで、意外な気がした。ときには遠出して、いつの間にか公園の中を走っている。

南京中山《ちゅうざん》公園である。冷たい朝霧のなかに柳が揺れ、模糊《もこ》と浮かぶ風景はどこを見ても一《いっ》幅《ぷく》の絵だ。静かな水面に浮かぶ水鳥の群れ、木陰に見える反り上がった屋根の茶室は朱色に塗られ、前門《チエンメン》に慶、福、嘉など、達筆の金文字が目を引く。そぞろ歩きする人の姿やベンチなど、景色を表現するのは不可能だ。思わず「大陸はいいなぁ」と呟く。

公園の便所は細長い建物で、片側に大便用が並び、簡単な仕切りだけで扉はない。用便をする中国人は、便器に腰を下ろして、紙が堅いのか丁寧に塵紙をいつまでも揉みつづけている。

主計下士官候補者に対する教育は、月〜金曜は学習日で、土曜日は朝から近郊に出て全隊員が演習で鍛えられる。私が一番苦手とする課目だ。学習課目は金銭、糧秣、現地自活などで、すべて主計将校が教官である。

大東亜戦争陸軍給与令

主計下士官の実務教育は、陸軍の六法全書ともいうべき分厚い成規《せいき》類集《るいしゅう》と、大東亜戦争陸軍給与令に定められた規定に拠《よ》る授業である。多額の金銭と物資を扱うため、法務官が陸軍刑法を引用して特に厳正な勤務を求めた。また各兵科の下士官、特に歩兵下士官に舐《なめ》られないよう体力を鍛え、行軍中の糧秣交付と完全武装での演習などに重点がおかれた。

金銭業務では、出納分任官（主計将校）助手として調達物資代金と、軍人軍属への俸給の支払いなどが主で、南京儲備《なんきんちょび》銀行から日本人行員を講師として招き、分厚い札束紙幣の数え方の教育もあった。

糧秣の教育では補給定量表に拠るが、部隊行動中に缶詰肉でなく生鶏などを調達するときは骨、羽毛などの廃棄物を見込んだ正味肉量を速やかに計算し、支障なき補給が要求される。私が出した答案にはまったく自信がなかった。

糧秣補給定量表（一般部隊）

区分	基本定量　（単位、瓦《グラム》）							
品目	精米	精麦	缶詰肉	乾野菜	漬物	醤油	味噌	砂糖
数量	四〇〇	二〇〇	七五	六〇	六〇	〇・〇八立《リットル》	七五	二〇
品目	食塩	茶	ビール	酒	サイダー	甘味品	煙草	
数量	五	三	半本	〇・二立	一本	一二〇	四〇本	
備考	一　本表ノ外生野菜、果物、生魚ノ類ヲ臨時補給セラル　其ノ日時及数量ハ野戦貨物廠ノ定ル所ニ拠ル （ビール以下の品目は加給品で、特別の日に加給される） 二　患者ニ対シテハ必要ニ応シテ本表ノ定量ヲ増減シ又ハ他ノ品種ヲ以テ換給スルコトヲ得 三　勤務上特ニ必要アルトキハ各部隊長ニ於テ一人一日精米六七〇瓦迄給与スルコトヲ得　コノ場合ニハ其ノ事由ヲ附記シ補給担任貨物廠ニ請求スルト共ニ其ノ旨師団経理部長ニ通報スルモノトス							

この糧秣補給定量は、陸軍中央部の規定したものであるが、東部ニューギニア方面でこの定量が保持されたことはほとんどなかった。

南京第一陸軍病院

ある日、遂に恐れていたマラリアの悪寒が始まり、班長の許可を得て医務室へ行った。診察した軍医少尉は、陸軍病院に勤務している若い内科医である。私にマラリアの既往症があること、内地で診察を受けた医師の処置などを聞いた。

診察の結果、『乾性胸膜炎《かんせいきょうまくえん》』の疑いがあり、精密検査のため即日入院を命じた。私には与えられた主計下士官候補者の責務があったが、医師として学業よりまず医療を優先してくれた軍医の処置に感謝した。

南京第一陸軍病院は近くにあり、広い敷地内に各科の二階建ての病棟が並んでいる。二階の内科病室に入ると、清潔な部屋にベッドが十床あり、白衣姿の兵隊が私を見て頭を下げて目礼した。上等兵は一人で、その他はみな一等兵である。

朝夕の点呼は、先任の上等兵が慣れた口調で報告した。色々な兵隊が入院していて、こまめに「上等兵殿」と言って世話をしてくれる。初めて階級の恩恵を肌で感じて嬉しかった。

思い起こせば昭和十六年十二月八日、勤務先である川崎市富士見町の東京機器工業株式会社「トキコ」の講堂に集合して、社長から開戦の知らせを聞いた。この朝、大本営発表『大日本帝国陸海軍は本八日未明、南太平洋上において米・英両国と戦争状態に入れり』と告げられた。寒い朝であった。トキコ社長の音頭で、聖戦完遂と必勝を期し、万歳を三唱した。

皆は興奮していたが、私の現役入隊はすでに七ヵ月先に迫っていた。

その直後から暖房のスチームは午前中だけで蒸気が止められ、意外な気がしたのを覚えている。トキコは航空機部品を製造する軍需工場で、陸軍技術監督官詰所があった。一般市場から姿を隠した「味の素」の缶入りが配給になり、松江へ送ったこともある、比較的恵まれた環境の会社だった。

開戦の日も遙か遠い過去のことになり、世代も変わって当時を知る人は少ない。私は、太平洋戦争の過酷な戦場を駆け巡って幸運にも生還した。その辿った貴重な体験を回顧録として追憶の中から引きだしている。

陸軍兵長ヲ命ス

病院での生活は、じつに快適なものである。若い看護婦が定時に検温に来る。兵隊の無遠慮な冗談にも笑顔を見せているが、観察していると、その看護婦には意中の兵隊がいるとわかった。同じ成賢部隊から入院した美男子がそれらしいが、厳しい軍律のなかでは仄かな恋でしかない。

私の血沈検査の結果は比重の沈下が大であり、軍医が点呼時も就寝許可を与えた。中年の婦長がいた。私を「高橋上等兵」といつも呼ぶ怖い婦長であるが、私は「婦長殿」と呼んで親しみをもっていた。陸軍病院の婦長は下士官の待遇が与えられている。

ある日、「高橋上等兵、軍医殿が患者に特別食を与えてもいいと言われたが、高橋はどう

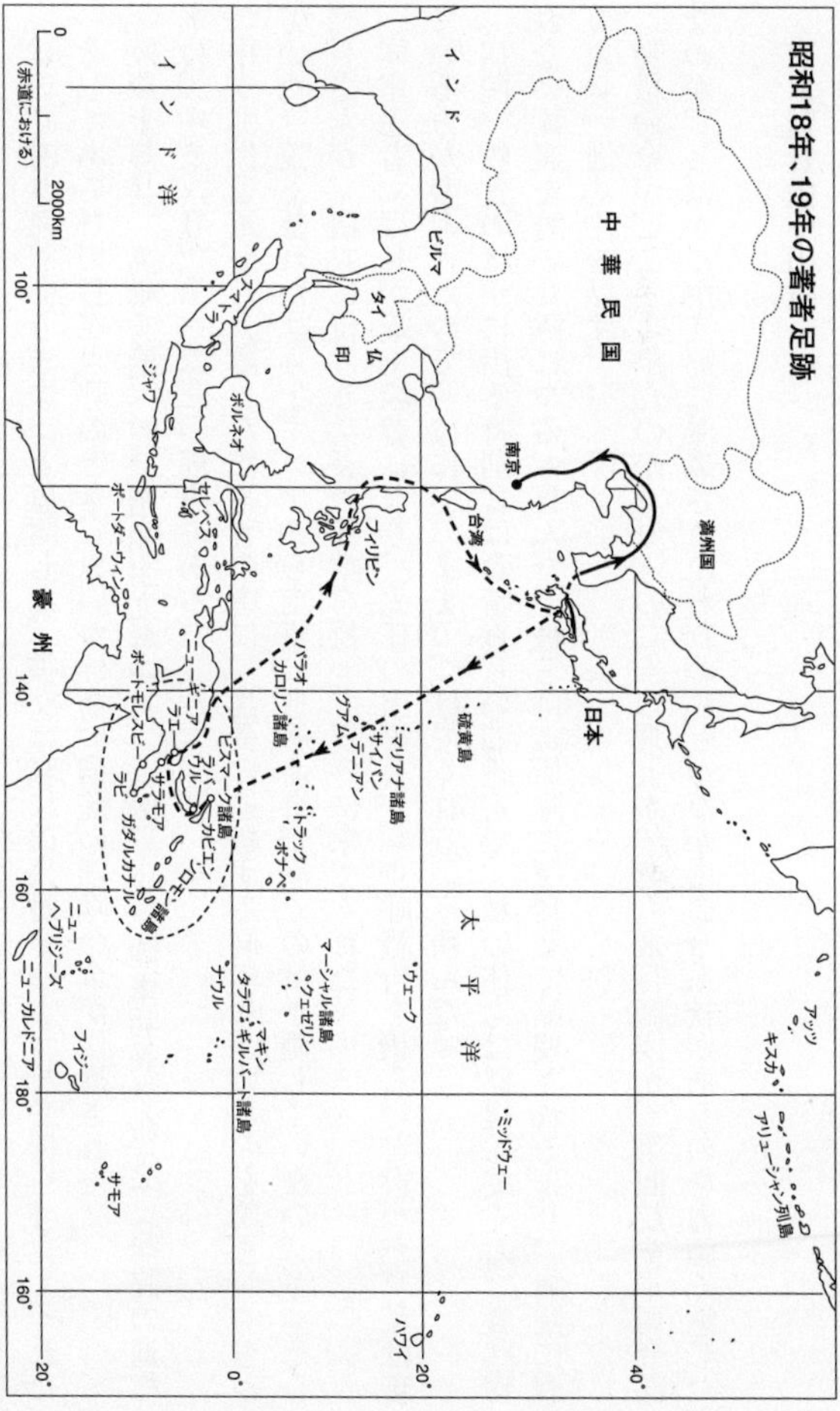
昭和18年、19年の著者足跡
中華民国
満州国
南京
台湾
日本
インド
ビルマ
タイ
仏印
インド洋
スマトラ
ジャワ
ボルネオ
セレベス
フィリピン
ポートダーウィン
豪州
ニューギニア
ポートモレスビー
ラエ
サラモア
ラビ
ガダルカナル
ソロモン諸島
ビスマーク諸島
ラバウル
カビエン
パラオ
カロリン諸島
グアム
サイパン
テニアン
マリアナ諸島
硫黄島
トラック
ポナペ
太平洋
ウェーク
マーシャル諸島
クェゼリン
マキン
タラワ
ギルバート諸島
ナウル
ニューヘブリジーズ
ニューカレドニア
フィジー
サモア
ミッドウェー
ハワイ
アッツ
キスカ
アリューシャン列島
0
2000km
（赤道における）
100°
140°
160°
180°
160°
20°
0°
20°
40°

するか?」と聞いた。この病室で特別食の給与を受ける患者はほかにはない。私は婦長に「はい。有り難くあります」と感謝した。彼女は私に弟に対するような愛情を与えてくれた。

そしてある日の日夕点呼《にっせき》のとき、思いがけない病院の部隊命令が伝達された。

『陸軍上等兵　高橋秀治　右は昭和十九年一月一日附ヲ以テ陸軍兵長ヲ命ス』(病院の通称名は、中支〔登〕第一六三〇部隊である)

中支那派遣軍から入隊した候補者の中に、兵長に進級する同年兵がいるのを羨《うらや》ましく思っていた。遠く離れたニューギニアから南京に進級命令が届くのは予測していない。さっそく婦長さんが、白衣に付ける兵長の襟章を持って祝いに来てくれた。

同室患者では私が最上級者になり、先任の上等兵が「点呼報告を譲る」と言った。私は寝ている方が楽だったので、彼にそのままつづけてくれるよう頼んだ。

病院一般食のほかに出る特別食は素晴らしいご馳走で、私の体力は回復してくる。食べ切れない副食を若い兵隊にやると喜んだ。彼らは「原隊に復帰して酷使されるより、病院におりたい」と心中を話す。

進級命令がどこから出たのか。原隊の二十二飛大か、第六飛行師団か、第四航空軍司令部なのか。とにかく中支那に派遣されたわれわれとつながる命令系統があるのを力強く感じた。

南京紫金山中山陵

いつまでも入院してはいられない。支那派遣軍掉尾《とうび》の一大遠征作戦が発起《ほっき》される噂ととももに、独歩患者の中から退院し、原隊復帰する兵が増えてきた。

この病室の患者もほとんど退院予定者で、その体力測定があった。病院広場で測定された重量運搬競技で、私はまた惨めな己れの非力を味わうことになる。五十キロの砂俵を肩に担ぎ上げ、百メートル早駆け競走である。同室のあの上等兵は、いとも簡単に袋を担ぎ上げてゴールへ飛び込んだ。

私はスタートで手を掛けたその袋の重いのに驚いた。他の兵隊は担ぐか胸に抱き上げて走るのに、私には持ち上げることすら出来ない。助けを借りてようやく胸に抱き、ずり落ちるのを引き摺《ず》りながらゴールに辿り着いた。

退院間際、出張撮影にくる日本人写真屋に記念写真を撮《と》ってもらう。一週間後、現場に行ったが写真屋の姿がなく、悪いと思いながらバッグの中にあったのを勝手に抜き取った。日付は昭和十九年二月二十八日で、貴重な記録になる。退院後はどこまで追い付けるか、夢中で難解な学科と実地訓練に挑んだ。

親しい同年兵の小林兵長は、なぜか原隊復帰を命ぜられ、九州の原隊へ去った。彼は「気が楽になった」と喜んでいたが、負け惜しみには思えず、私も原隊が近けれ

厳しい訓練中、休憩をとる著者（右端）

ば彼同様になっていたはずだ。

早朝、非常呼集が掛かる。

「背嚢に外被、飯盒を装着。被甲、執銃帯剣の軍装で舎前集合！」

外はまだ暗い。何があったのかわからないまま、どたん、ばたん、がやがやと班内で装備を確認し、編上靴の上に脚絆《きゃはん》を巻き付け、紐をずり落ちない演習巻きにして階段を掛け降りる。

夜明け近い営門を出ると、すぐ駆け足になり、白い息を吐く候補者たち三百名は、隊長を先頭に軍靴の音を響かせ、紫金山中山陵をめざした。軍隊は記念日にかならず非常呼集を掛け、つねに兵隊に緊張感を与える。この日は三月十日で、かつての日露戦争に勝利した陸軍記念日であった。

小高い中山陵頂上の広場に整列した一同は、候補者隊長の抜刀一閃、東方に向かい捧《ささ》げ銃《つつ》を行ない、万歳三唱して状況終わりとなる。

帰隊後、少尉候補者出の少佐部隊長が壇上に立ち、もっとも威厳のない声で、軍人勅諭を読み違いながら全文を奉読したのである。一同唖然として顔を見合わせた。

成賢部隊の教官

候補者隊長は若い士官学校出の大尉で、エリートらしく遂に笑顔を見せたことがない。毎月の初めに講堂に全員集合して精神訓話がある。候補者隊の全教官も居並び、椅子に掛けて姿勢を正すこの時間は一番眠気を誘う。

しかし油断は禁物で、隊長の机の上にある紙片には、全候補者の名簿が一連番号で記載してある。ときどき隊長がこれに視線を移し、「○○番。軍人勅諭の第一条を述べよ」とか、「戦陣訓何々の一節を述べよ」と命令する。

指名された候補者は起立し、大声で復唱したのち、その一節を暗唱した。幸いにも私の番号が呼ばれたことはなかったが、眠気と緊張が交錯する嫌な時間であった。

高橋主計大尉は東北訛《なまり》がある温和な人柄で、その講義はわかりやすく候補者にも人気があり、隊長につぐ先任将校の教官である。

彼は講義の中で、「諸氏が使用している石鹸は溶かして泡をつくるより、洗濯物をごしごし擦《こす》ることの方が大切である」と言ったり、「大陸にいる我が皇軍は、実《みの》りの多い大海に投じられた一握りの綿である。これをゆっくり、慌てずに掬《すく》い上げることにより、貴重な資源をふくみ、膨らんで大きくなった綿が手に入る」と、ゼスチュアを交えて述べ、その後かならず自賛して同意を求める癖があった。

現地自活教官の主計准尉は農作業が専門で、農耕や青豆で萌《も》やしの製造法を教えたが、講義中命令すべき言葉を「して頂く」という癖があった。兵科の将校と違い、主計科の将校にはそれぞれ人間味があり、好感が持てる。

各個訓練と野外演習を受け持つ第三区隊の隊長、某中尉は兵科出身だ。毛深い顔立ちに黒ぶち眼鏡を掛け、軍刀を腰に差して地下足袋で走り、精悍な風貌は野武士そのものである。

演習のときいつも顎《あご》を出し、ろくな各個訓練の指揮が取れない私を労《いたわ》りの目差《まなざし》で励ましてくれた。

区隊の助教で班長である清水、中西軍曹は、南京の歩兵教導学校出の優秀な下士官で、戦闘訓練や格闘戦を指導する。あるとき、非常用蠟燭入れのマッチ箱が紛失した際、犯人不明のため連帯責任を負わせ、対向ビンタをさせたことがある。

候補者隊の教官は、それぞれ個性はあるが立派な教官揃いで、われわれの尊敬を受けつつ、離隊の日まで懸命に教育し指導をつづけてくれた。

候補者隊教育

毎週初め、各学科ごとに配布されるガリ版刷り資料が増えて分厚くなる。大東亜戦争陸軍給与令に基づき、臨時軍事費に関する公文書の資料がほとんどだ。教練科目も多く、候補者が交替で甲日直（週番下士官）と乙日直（週番上等兵）に勤務する。〔甲日直〕は朝夕の点呼時に全員を整列させ、巡察してくる週番士官（教官）に、人数と異常の有無を大声で報告する。

野外演習の際には小隊長となり、小旗を振って状況を見ながら、「散開！」「軽機関銃前へ！」と指揮官を務める。飛行兵である私に、歩兵の戦闘訓練ができるはずがない。どうなるのか心配していると、教官が演習慣れした候補者に指揮官の役を変えてくれて有り難い。演習中、教官が「敵戦車が急襲した、各自有効と思う方法で攻撃せよ。武器は布団爆雷を使用する」と命令した。爆雷を見たことはないが、戦車の履帯《キヤタピラ》を破壊するものだ。

私の番になった。歩兵操典に従い地形地物《ちけいちぶつ》を利用して匍匐《ほふく》前進し、目標約五メートルから戦車に向かって擬製弾を投げつけた。

教官が期待した攻撃方法は、「爆雷と共に戦車に体当たりする玉砕攻撃」である。一同は髭面《ひげづら》の教官を見ながら、予期せぬ言葉に戸惑い、言葉がない。

主計下士官候補者隊が教育を受けた南京の成賢部隊

帰隊の路上も訓練の延長で、瓦斯《ガス》マスクを装着させ、「駆け足、進め！」と叫ぶ。「こん畜生め」と慌《あわ》てて呼気《こき》缶《かん》底の底栓をつけたまま、マスクを着けて息ができず、缶を袋から引き出す者もあり、駆け足の列が乱れる。教官や助教に気づかれないよう、指をマスクに差し込んで外気を入れて走った。横を歩く中国人がちらちらとわれわれを見て浮かべる笑みが癪《しゃく》にさわった。

銃剣術、剣道、短剣術もある。すでに同室候補者の中に剣道有段者が数人いて師範代を務め、その一人は区隊対抗の試合にも優勝した。短剣術は短い木刀対銃剣の格闘競技である。相手の手元に飛び込んで刺すのは一騎打ちに似ていて、野外演習より楽だ。

わが三区隊がいつも優勝して教官を喜ばせるのは、

区隊対抗の棒倒し競技だ。仮想敵陣地に肉薄し、守る人垣を乗り越えて中央に立つ敵旗を奪い取るのだ。鉄拳行使も許される、いささか乱暴な競技だが、荒っぽいわれわれの気迫が勝り、いつも敵の抵抗を打ち破るのは時間の問題だ。候補者はだんだん逞《たくま》しくなり、教科をこなして訓練に励む日々がつづいた。

ホーランジアの危機

部隊正面入口の衛兵所で衛兵勤務もした。道路ぞいで立哨していると、早朝から中国人の動きが始まる。屋台に向かう労働者たち、天秤棒に荷台を吊るした豆腐売り——彼らは衛門の前で立ち止まり、頭を下げてから歩き出す。お辞儀をしたほうが「福来来《ふくらいらい》」と思っているらしい。

インテリ風の青年の服装は冬季節のため、黒色で裾が割れた長衣の下に長ズボンを履き、中折れ帽をかぶっている。女性が纏《まと》う長衣は明るい色で、腰近くまで割れた下から、ちらちら美しい肢体が見えて艶《なま》めかしい。わが大和民族より、中国人の若い女性に均整のとれた美女が多く見られるようだ。

珍しい纏足《てんそく》（逃亡よけのため、幼児時代から足先を発育させない中国の因習と聞く）をした老婆が孫に手を引かれて、よちよちと歩く。

地面に垂れそうな腹に乳房をつけた大きい黒豚を先頭に、鳴きながら後を追う子豚の群れなど長閑《のどか》な風景を見ると、「大陸はいいなあ」と思った。そういえばこの大陸にも、待ち遠しい春の風が吹きつつあった。

ある日、私は新聞紙上の記事を見て、わが眼を疑い愕然とした。大本営陸軍部発表として『昭和十九年四月二十二日早朝、敵連合軍機動部隊は、ニューギニア島西部の拠点、ホーランジア及びアイタペ付近に上陸し、現地の我が部隊と交戦中なり』と報じている。ホーランジアは原隊である二十二飛大がマダンから展開しているはずであり、ニューギニア島最後の拠点とする、ウエワクにつぐ飛行場がある。この記事を見て色々な人の顔が浮かんだが、私はニューギニアを脱出できた自分の幸運に感謝した。

当時ホーランジアには、第十八軍関係者が六千、第四航空軍関係七千、海軍一千、合計一万四千ばかりの兵員がいたが、いずれも大部分は後方勤務、補給兵站関係の部隊であって戦闘力はなかった。

突然、候補者隊長が緊急集合を命じた。詳しい説明はないが、『北支方面で重要大作戦が開始された。候補者一同は一日も早く教育終了し、原隊復帰して作戦に参加せよ。今後教育終了まで休日外出は取り止める』との趣旨である。私は入院していたこともあり、外出は一度だけだ。そして、中国戦線従軍将兵が話題にする、支那酒《チャンチュウ》の味を知る機会は遂になくなった。

大陸縦貫打通作戦

《政略的には昭和十八年一月九日、汪《おう》国民政府が米英に対し宣戦を布告し、戦略的には支那派遣軍総司令部が熱望し、全力を挙げて準備していた重慶進攻作戦が中止となり、さらに在支二個師団を南方戦線に抽出《ちゅうしゅつ》されて、大規模な作戦はできなくなった。

畑総司令官は、かねてから「重慶を米英から切り離すことの必要性と、そのためには武力行使以外に方法が考えられない」との信念を持っており、現下の戦局を打開するには、重慶に対して大攻勢の必要ありと考えていた。

大本営においても種々検討の結果、主目的を日本本土攻撃のため米空軍B－29の基地となるべき桂林、柳州を占領して本土の防衛を全うすることに限定し、この作戦を「一号作戦」と呼称して実施することになった。

そしてこの一号作戦は、支那派遣軍掉尾《とうび》の一大遠征作戦となった。昭和十九年十二月、遂に中国大陸を北から南に縦貫する作戦に成功し、三大飛行場を占領したが、制空権は依然としてアメリカ空軍の手にあった。

当時の米軍がやがて日本本土に迫ろうとしているとき、長駆一千四百キロに及ぶ雄大な一号作戦も、一戦場における成功に過ぎず、戦局の大勢に影響を及ぼすことはできなかったのである》（「公刊戦史より」）


この作戦遂行のため、南京から物資の姿が次第に消えていった。生活に敏感な住民たちは、すでに異常な物資の動向を察知しているはずで、彼らの眼が気になる。炊事場に勤務する軍属の下で、数人の中国人男性が働いている。

衛生観念のない彼らの影響で、われわれ候補者に下痢患者が異常に発生し、入室患者が続出した。医務室で見たアルコール漬《づ》けの回虫は長く不気味な形だ。

消化不良は、主食の米飯に混ぜる麦の量が多くなり、咀嚼《そしやく》能力が低下したためだと思っていたが、検便の結果、ほとんどの候補者から回虫の卵が検出された。原因は野菜である。中国人が野菜の栽培中、生の人糞を大量に散布し、簡単に洗って食事に出す菜っ葉の塩漬けが原因だった。

虫下しを飲んで入室すると、下着の縫い目に血を吸って丸々太った虱《しらみ》がぬくぬくと住みつく。われわれの教育終了発表の日も近く、慌《あわ》ただしい毎日がつづいた。

八人の同僚

主計下士官の教育を修得し、慌ただしい命下《めいか》布《ふ》達《たつ》（終了式）があった。南方軍からの要請もあり、派遣された兵隊の復帰が急がれた。全員徒《と》手《しゆ》帯剣《たいけん》の服装で広場へ集合、候補者全員の姓名が成績順に読みあげられる。

約三百名の候補者中、私の序列（成績）は二百七十番くらいだったと記憶している。遅隊したうえ入院までした私は、他の候補者に比べて授業時間が極端に少なく、ビリでも終了できたことは幸運である。

この日、四航空軍隷下部隊から派遣された戦友と初めて顔合わせした。つぎの八人はそれぞれの部隊に配属されたが、終戦時の消息は定かではない。

桑木兵長（ソロモン群島ブーゲンビル島）　戦死
高橋兵長（ニューギニア島　第二十二飛大）　著者
野々川上等兵（同右）　不明
松本兵長（ニューギニア島　第一航空路部）　不明
某兵長（同右）　不明
岩重朝男上等兵（ニューギニア島　第二十一飛大）　戦死
山本一等兵（同右）　戦死
堀井一等兵（ニューギニア島　ウエワク港付近の部隊）　生存
（四十八年過ぎた時点での確認生存者は、東大和市に住む堀井氏のみである）

各候補者の考課表（成績表）は、引率者に互選した某兵長が保管したが、内容はだれも知らない。軍隊では考課表に記入された成績の順位が最後までつきまとい、進級のさい評価の基準になる。

候補者の中に、直ちに伍長に任官した先任者が指揮をとり、終了者の隊列が続々と成賢部隊を去って原隊へ復帰する。一度も笑顔を見せなかった候補者隊長の大尉は少佐に進級し、満州公主嶺の教導戦車隊長として赴任した。中西班長も曹長に進級して、喜びを隠しながら内地へ転属する。

ふたたびニューギニアへ復帰するのは気が進まない。行く先が決定するまでしばらく待機することになり、経理室の主計軍曹に、「広島から山海関までの鉄道乗車券代金五十数円の精算」を求めたが、「そんな書類を受け取ってない」と断わられて心外だ。それより何とかして内地経由で原隊復帰がしたい。

四航軍マニラに在り

候補者隊の炊事場と酒保に数人の軍属が、また医務室に上等兵が一人勤務している。その衛生上等兵は候補者が上級でも、敬称なしに威張っていた。候補者教育が終了し、全員が主計下士官の適任者となった日から、彼は医務室から外に出てこなくなった。われわれが上官になったため、気が引けたのだろう。

八人の行く先が判明する。某兵長の原隊である第一航空路部は、第四航空軍司令部の直轄部隊であり、内地から南方に延びる航空路を統轄していた。また、航空機等輸送の実施部隊としては第七飛行輸送隊が担当している。その航空路部の情報で『四航軍司令部はウエワク、ホーランジアからさらに後退、セレベス島メナドを経てルソン島のマニラへ移動中』と知った。

われわれはマニラへ行き、司令部の指示を仰ぐことにして彼を引率者にした。順路は、南京～上海（鉄道約二百キロ）、上海～台湾高雄港（輸送船）、高雄市屏東《へいとう》飛行場～マニラ飛行場（軍輸送機に便乗）である。

遂に私が内心、望んでいた内地経由の夢は脆《もろ》くも消え去った。航空路部に勤務する彼の意見は尤《もっと》もなもので、敵潜水艦が跳梁《ちょうりょう》する支那海航路中、特に台湾～ルソン島間のバシー海峡で、ほとんどの船団が敵潜の魚雷攻撃による被害を受けている。

上海～高雄間も、かつて安芸丸の事務長が指摘した危険航路だが、他に輸送路はない。中国から南方戦線へ抽出される部隊も危険と承知しつつ、上海から南支那海を航行している。教育中に配布されたガリ版刷り参考書も相当な重量である。携帯天幕に包み、軍装した八人は成賢部隊を後に、南京～上海間を走る京滬《けいこ》線に乗った。

揚子江沿いの平坦な農村地帯はクリーク（水路）が多い。水辺に並ぶ楊柳《ようりゅう》の葉が春風に舞い、アヒルの群れが目につく。土塀に囲まれた粗末な農家の戸口に立つ農民の子供が、茶碗を手に立ち食いする姿をよく見かけた。他人に食事するのを自慢して見せる風習があると聞く。平和でのどかな大陸の風景も、そろそろ見納めになるだろう。列車は種々な乗客の思いを乗せながら、上海に向かって農村地帯を走りつづける。

国際都市上海

上海の兵站で船待ちの間、一度だけ外出許可を貰った。上海には、イギリス、アメリカ、フランス、イタリアなどの列強国が権益を持つ共同租界地域がある。日本人が川に架かる鉄骨アーチの、ガーデン・ブリッジを渡ることは許されず、日本軍歩哨と外国人警官が厳しい警戒をしている。

《昭和七年、この国際都市で発生した上海事変は、関東軍が行なった謀略行為とチチハル占領などが中国国民の抗日運動を激化させた。日本人居留民団も尖鋭化して対立が激化し、呉第一海軍陸戦隊が急派された。上海陸戦隊の装甲車を先頭に出動したが苦戦を重ねた。陸軍部隊も攻撃し、クリーク（水路）地帯を挟み、苛烈な戦闘がつづいた。同事変で日本軍戦死七百六十九人、戦傷二千三百三十二人、中国側戦死四千八十六人、戦傷九千四百八十四人と記されている》（「公刊戦史」）

上海海軍陸戦隊本部ビル一階のシャッターは締まっているが、装甲車格納庫のはずである。市内を巡察する日本陸軍将校が銃を担った数人の兵を従え、外出中の日本兵に眼を光らせている。国際都市上海の軍紀は特に厳しく、外出時は気を遣う。私は彼ら巡察隊を見かけるたび、速やかに立ち止まり、特に厳正な敬礼をするようにした。

日本人が経営する商店も多い。ガーデン・ブリッジのそばに小さい食堂があった。そこで内地では口に入らない〔三色信楽《しがらき》ダンゴ〕を味わうことができた。間口が狭い一軒の中国人時計屋へ入る。私は松江で貰った針の欠けた腕時計を小遣いの足しにと見せると、商魂逞しいというべきか、嫌な顔もせず、「もっとないか」と私の物入れに目をやった。

上海港に一隻の輸送船が、灯火管制をした闇の中に姿を潜めるように碇泊している。私たち八人と南支へ向かう約十名が、「主計下士官候補者」と乗船名簿に記載して輸送船指揮官の指揮下に入った。約四千トンの船倉に入ると、「海南島行き」という陸軍部隊が乗った直後である。彼ら若い現役兵たちは、威勢よく喋《しゃべ》りながら、雑嚢から食い物を出して食い始めた。

危険海域は覚悟の上らしく、船倉の昇降口に掛けた梯子ははずれないよう縛りつけ、周りにも縄梯子がいくつも垂れ下がっている。兵器に浮き代わりの太い竹筒や、空の醤油樽が取りつけられ、攻撃を予測した対策がしてあった。

上海港発～高雄港着

夜中に船の揺れを感じて出港を知る。単独航行なのか、僚船がいるのか？　何事もなく高雄へ上陸できるのか？　私が今まで乗った輸送船は幸いに無事だったが、薄暗い管制灯が揺れる船内に漂う緊迫感は不安でたまらない。騒いでいた兵隊たちは寝たのか、毛布にくるまって静かだ。

不安で船倉内にいることができず、私は甲板上に上がる。輸送船は夜光虫の帯を曳いて、暗い海上を走っている。支那海は危険海域であり、一時も早く無事に高雄に上陸したい。

船員の様子が知りたくなり、救命胴衣を手に中央部にある船員室の扉を叩いた。以前、パラオ航路の船内で経験したが、貨物船の船員たちは皆、親切だった。

狭い船室に入ると、丸い舷窓は閉めきって、小型扇風機が回っている。テーブルを挟んで座っていた二人の中年徴用船員が、「自分らは三交替ワッチ《勤務》だから、夜は来なさい」と言ってくれる。地獄で仏に会った気がして嬉しい。ここにいれば、被爆しても船と沈む心配はなく、夜中をここで過ごすことにした。

明くる日、潜水艦攻撃を想定した退船訓練がある。私たちは訓練を真剣にするのが馬鹿らしく、甲板に上がらず船倉内でごそごそしていた。輸送船指揮官の中尉が、「主計下士官候補者隊の行動は最低である」と厳しい講評を示した。「彼より私は実戦体験がある」と気にもしなかったが、その後、本船に乗船中は要領よく甲板に上がって点呼に応じることにする。約二昼夜の単独航行の後、輸送船は無事、高雄港に入って仮泊した。高雄港を見るのは三度目だが、一年半ぶりに見る港内には貨物船の姿はない。何となく活気もなく砂糖の焦げる匂いが漂っている。

タラップから上陸用ランチに乗り移った者は、われわれ八人だけだ。残る候補者たちが復帰する原隊は一体、どこなのか？　甲板の舷側から見下ろして手を振っている彼らが無事な航海であるよう、「頑張れよ」と叫んで舷側を離れた。

上陸して市内に入ると、両側歩道の上に日陰の長い庇《ひさし》が延び、強い南国の直射日光を遮《さえぎ》って涼しい。○○公司、○○飯店の看板が並ぶ通りの店先に、黄色いバナナの房や、太い砂糖黍《きび》が並ぶのを見て台湾を意識する。われわれは兵站旅館〔東洋旅館〕の看板を見て、とりあえずここに泊まることにした。

高雄市の憩い

高雄市で過ごした数日間は、南方戦線に向かうわれわれ若者が、享楽を求め得る最後となるかも知れない貴重な日々であった。当時の台湾は日本の領土であり、多くの日本人が進出している。被占領地域の朝鮮人や台湾人に対して優越感をもって接し、その領土が持つ豊かな実りや人的資源などは、日本国が当然享受すべき権益と考えていた。

高雄市の近くに、高砂族住民蕃社《ばんしゃ》（住居）の見学場があると聞き、行ってみた。平板岩を積み上げただけの暗い穴の中に、色が黒く小柄で半裸の住民の姿が見える。彼らは台湾総督府の命令に従い、交替で粗末な見世物小屋の住人を演じているように思えた。高砂族男子は勇猛果敢な民族として知られており、南方戦線では日本陸軍の兵士、軍属として戦場で活躍した。

市内の歓楽地へ行く。中国料理店に入り、大皿に乗った豚の頭に一驚し、食ったのはその脳味噌と知る。高額な料理を注文したことに後悔した。軍指定の慰安所に入り、相手の台湾女性が味気なく失望した。台湾女性はつまらぬと先入観を持ったものだが、当時私は女性に色々な体型があることを知らなかった。軍隊に入り、初めて性のはけ口を求める体験である。

某兵長が連絡した結果、「屏東飛行場にて待機し、通過する第一航空路部の連絡機に便乗すべし」と指示があり、われわれは装具を着けて高雄駅に向かった。

高雄駅に着いて、私の一式被甲《ひこう》（防毒面）がないのに気がつく。広島で野々川が忘れた二の舞いだ。東洋旅館で忘れるわけがないが、引き返してみても無駄だった。外出中に盗まれたのか？　軍事機密である兵器が紛失したのがあとで知られると厄介なことになる。高雄駅前に勤務していた補助憲兵上等兵に事情を話し、屏東行きに乗車した。

屏東は高雄の近くにあった。航空廠と飛行場があり、陸軍の航空基地だ。郊外にある航空宿舎に落ち着き、毎朝離着する飛行便の時刻に合わせてトラックで飛行場へ行き、便乗する機会を待つことになった。

飛行場の施設作業のため、大勢の本島人が使役に駆り出されている。早朝から粗末な襦袢を纏《まと》って、天秤棒に飲み水の一升瓶と弁当を吊るし、裸足で気だるそうに飛行場へ向かう姿をあちこちで見かけた。

屏東飛行場の追憶

南京ではわれわれが外出する機会も、寛《くつろ》ぐ場所もなかったが、台湾は日本領土である。日本語を国語と定めているため本島人にも言葉が通じ、じつに暮らしやすい環境だ。高雄市にいるとき夕食後、浴衣姿で出掛け、安いバナナを買ったり、食堂でほろ酔い気分になって映画館にも入ってご機嫌だった。

久し振りで自由な気分を味わったが失敗もある。浮かれた気分になり、浴衣姿で街角に立っているわれわれを、軍服を着用した軍曹が欠礼を咎《とが》めた。叱られた上、八人は衆人環視の中で、「貴様たちはだらだらしている」と二発ずつのビンタをもらう羽目になり、いっぺんに気落ちしてしまう。

屏東飛行場は広大で、われわれの宿舎から滑走路がある天幕張りのピストまで、軍用トラックで、十分は走った。毎朝宿舎のおばさんから弁当を貰い、「さようなら」を言って出かけ、夕方帰ってまたお世話になる毎日がつづく。心の中では、まだまだマニラ便が来ないのを願いつつ通っていた。

宿舎の女中さんも、夜は和服姿で奉仕してくれる。軍に徴用された人たちなのか、みんな親切で、朗らかな笑顔で戦地へ行くわれわれの夕食の世話をした。同僚の松本兵長は一番体格のいい男で、眼鏡をかけた偉丈夫である。体に似合わず女性に優しく、いつも側にきて接待をしてくれる若い女性と親密になった。

堂々と肩を抱きあう姿は見ぬ振りをしても羨ましく、われわれに刺激を与える。酔うと流《は》行《や》っていた「訪春来《ほうしゅんらい》」の歌を唄い、キッスをして見せるほどの仲になった。関係がどこまで進んだのか、彼はただ笑うだけである。女性の心を巧みに誘う天性を持つ羨ましい色男で、私とは何でも語り合える仲のよい戦友だった。

滑走路の一隅に、強い陽射しを遮《さえぎ》るテント張りの休憩所がある。台の上にかき氷の機械が白い布の下から見え、パパイア、パイナップル、バナナが何銭かの安い値段で買える。

そばの長椅子に、奉仕をする中年の日本女性が数人腰掛けていた。彼女たちは和服の上に白いエプロンを着け、大日本国防婦人会の肩掛けをしている。「高雄市から来た」というこの婦人も、千人針の一縫いに肉親の武運長久を祈る家族たちであろう。暑いのに和服を着て優しく声をかけるその姿は、征くわれわれ兵士の心を強く打ったものだった。

離陸する輸送機

国防婦人会の婦人に「パイナップルが食べたいです」と頼むと、全員笑顔を向けて立ち上がり、棘《とげ》がある皮を手際よく剥ぎ、輪切りにしてかき氷を掛けてくれた。缶詰の味しか知らない私が初めて口にする、甘い香りを放つ本物のパイナップルだ。「美味《おい》しいでしょう」と嬉しそうに話しかける婦人たちは、やはり近郊に住み、毎日交替で飛行場に出かけて奉仕をする人たちだった。

ある朝、飛行場へ行くと一機の九七式重爆二型が着陸していた。武装を取りはずして輸送用に改造したこの機に、三人の搭乗員が脚立の上に乗り、ナセルをはずした剥きだしの星型エンジンを整備中である。航空徽章を付けた薄い飛行服を着る機長は若い中尉で、ルソン島経由で昭南島（シンガポール）へ飛行するという。通信と機上整備係の伍長二名が部下である。

私たちは機長に申告して、マニラまでの便乗を頼むと、「整備が終わり次第、離陸する」と告げ、夢中で整備をつづけた。機付き下士官二人は、「いま慌てて離陸しなくても」と思ってか、真剣に整備する態度は見られない。

遂に屏東飛行場を離れるときがきた。昭和十九年六月二十日頃である。われわれ八人の候補者が勉学中にためたノート参考書だけでも、全重量は四十キロ以上になる。その包みを抱えて胴体昇降口から乗り込む。機内の中央に胴体燃料タンクが張り出て狭く、体を横に擦り抜けると、明るい天蓋の下が操縦席で、その先に前方銃座の風防ガラスが見える。

機長が「前方に詰めて乗れ。尻が上がらんと、離陸できず突っ込むぞ」と繰り返していう。某兵長は空いたトップの銃座に潜り込み、数人は操縦席付近に、私と堀井は爆弾倉の上に腰を下ろした。

エンジンが唸り、プロペラが空気を裂き、滑走を始めた九七重は機速を増す。小窓から見える滑走路が後方へ飛び去り、車輪から伝わる振動が消えて離陸した。飛行場の上空をゆっくり旋回しながら高度を上げる。

私は後部銃座の台に摑まり、風防ガラス越しに地上を見下ろした。傾きながら旋回をつづける機体に乗った私の脳裡は平衡感覚を失い、しばらく回る地上の町並みにつられて目が渦を巻き、頭が揺れる。そのとき突然、ブザーが鳴り、「左右の発電機不調のため、再着陸して整備する」と機長から伝わってきた。

バシー海峡上空

整備を終えた九七重が搭乗員とわれわれ八名を乗せ、ふたたび離陸したのは午後三時頃である。幸いにも左右の発電機は正常に作動し、進路を南に向けた。

九七式重爆撃機二型は三菱製で、陸軍が採用した最初の近代的な流線型機である。日華事変中期から活躍したが、太平洋戦争ではすでに旧式機になっていた。同型機種の米軍機、ノースアメリカンB-25が、戦闘機の護衛を必要とせずに暴れ回る軽快さには及ぶべくもない。

九七重二型機の諸元はつぎの如し。

発動機一三四〇馬力×二、機幅二二・五メートル、機長一五・九七メートル、全備重量九二八五キロ、最大時速四七四キロ、後続距離二八〇〇キロ、爆弾五〇〇～一〇〇〇キロ、武装七・七ミリ機銃×四、一二・七ミリ～二〇ミリ機関砲×一～二、搭乗員六～七

名
九七重は次第に高度を上げ、機長が「三千メートル付近で、ルソン島まで水平飛行をつづける」と伝えた。敵機に狙われやすい高度だが、搭乗員以外の酸素吸入器はない。われわれ便乗者は夏服であり、これ以下の低温には耐えられない。

どこからか、ガソリンの臭いが機内に漂って気になる。突然、鋭いブザー音が鼓膜を打ち、「ハッ」として機長の後ろ姿を見たが、動揺の気配はない。

機長が「敵機を監視せよ。異常を発見したら、近くのブザーボタンを押せ。飛行時間は約三時間」と伝える。非武装の九七重は、敵機の一撃を受ければ四散するであろう。機内はジュラルミンが剥きだしの壁に電纜《でんらん》の束が延び、風防の隙間から、ザーッと風の音とともに冷気が吹き込んでくる。雨外被を出して着込んだが寒く、気圧の変化で耳が痛んでくる。

後方上部銃座に立ち上がって、天蓋越しに周囲を見た。すでに台湾の最南端ガランビーを過ぎ、バシー海峡の上を飛んでいる。海上に綾をなす白い波、緑の小島、機帆船らしい航跡などが見える。三千メートル上空から見る下界は、静止した箱庭のような映像である。それがゆっくり後ろに流れ、恐怖感はまったくない。

追尾してくる敵機をこの銃座で狙うと、尾部先端に突き出た機関砲の照準も、連動して敵機に向けられる遠隔銃座だ。九七重は多少揺れるが水平飛行をつづけ、単調な爆音にも慣れて眠くなった。私も堀井も、ルソン島上空へ近づくまで、いつのまにか眠っていた。

第三章――第四航空軍司令部

ニコルス飛行場

「着いたぞ」と、起こされて機首前方を見ると、すでに陸地に入り、マニラ上空を高度を下げて旋回している。機長の許可を得て操縦席の下を潜り、前方銃座にいる某兵長の後ろに座った。眼下にマニラ・ニコルス飛行場の白い滑走路が見える。格納庫周辺の空き地に軍用機や民間機が雑然と並び、長い滑走路付近に飛行機の姿はない。

機長が「フラップ降ろせ！」と指示すると、機体がフワッと浮く感じがして降下速度が緩《ゆる》くなった。すでに車輪は出してあり、三人の搭乗員が周囲に眼をやって接近する飛行機の有無を監視している。

大きく迫ってくる滑走路に向かって降下をつづけ、車輪が接地した振動が伝わった。無事に着陸した安堵感で全員、笑顔となる。機長は両エンジンレバーとブレーキを操作して、空き地の叢《くさむら》まで滑走をつづけてペラを止めた。

飛行管制設備がなく、機長の判断で着陸駐機したのだった。地上の気温は三十度以上のはずだが、ニューギニアの暑さを体験しているのと、台湾を経由したので、暑さに順応したようだ。機長はここに駐機して、明日は昭南島へ立つという。搭乗員に礼を言い、無事な飛行を祈って機側を離れた。

八人は荷物を背負って暑い飛行場を横切り、空港ターミナルまで行く途中、見慣れぬ双発爆撃機が駐機している。海軍一式陸攻に似ているが胴体が細長く、中央両側に涙滴型の銃座が突き出て、見るからに精悍な感じだ。風防越しに尾部銃座を覗《のぞ》くと、真鍮《しんちゅう》色の二十ミリ機関砲弾のベルトが後ろの機内弾倉に延びている。

噂に聞いた四式重爆撃機（飛龍・キ－67）である。便乗してきた九七式重爆以後の新鋭機だが、ときすでに遅く連合軍が開発したレーダーと、対空砲弾に装着した〔近接信管〕により多大の被害を受けた。ルソン戦線では爆装して特攻機に使用し、多くの搭乗員が機とともに自爆したことを後に知る。

マニラ総合病院

飛行場から市内に向かう軍用連絡バスに乗り、西に向かうとすぐマニラ湾に出た。右に折れると、湾に沿った広い道路が真っすぐ北に延びる。

（この道路は一八九八年、スペインとの戦争に勝った米国がデューイ・ブールバードと名づけた。一九四二年、日本がこの島を占領したとき「平和通り」と改称した。四車線

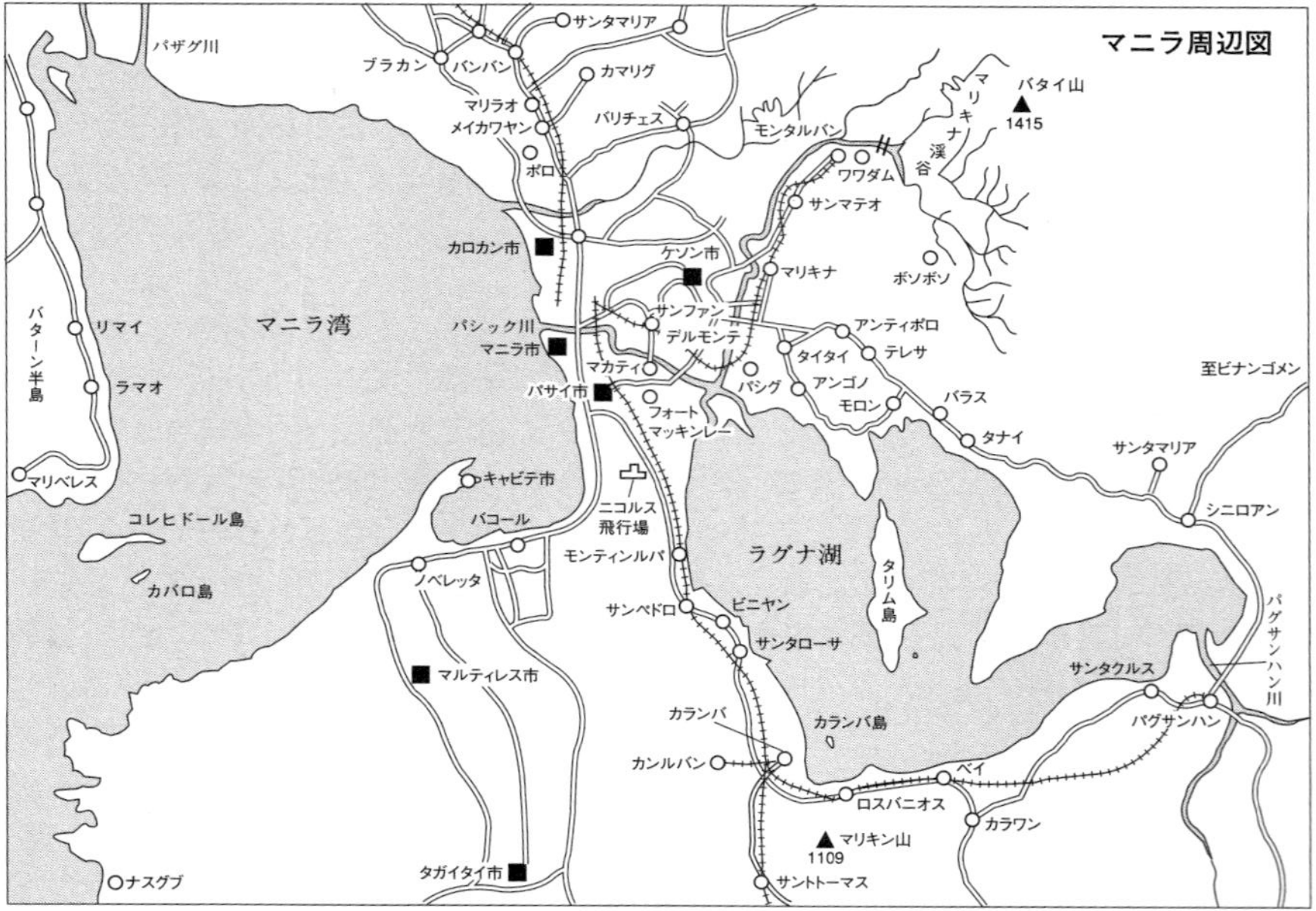
パザグ川
サンタマリア
ブラカン
バンバン
カマリグ
マリラオ
メイカワヤン
バリチェス
モンタルバン
マリキナ渓谷
バタイ山
1415
ポロ
ワワダム
サンマテオ
カロカン市
ケソン市
マリキナ
ボソボソ
バターン半島
リマイ
マニラ湾
パシック川
サンファン
デルモンテ
マニラ市
アンティポロ
タイタイ
テレサ
マカティ
至ビナンゴメン
ラマオ
パサイ市
パシグ
アンゴノ
モロン
バラス
フォート
マッキンレー
タナイ
マリベレス
キャビテ市
サンタマリア
ニコルス
飛行場
シニロアン
コレヒドール島
バコール
ラグナ湖
タリム島
モンティンルパ
ノベレッタ
カバロ島
パグサンハン川
サンペドロ
ビニヤン
サンタローサ
サンタクルス
マルティレス市
カランバ
カランバ島
パグサンハン
カンルバン
ベイ
ロスバニオス
カラワン
マリキン山
1109
タガイタイ市
ナスグブ
サントトーマス
マニラ周辺図

の美しい海岸通りは昭和二十年初めのマニラ放棄直前には海軍高角砲が並び、零戦が出撃する滑走路になった）

海岸に沿って低い防波堤が延び、緑の芝生の中に立ち並ぶ椰子の葉陰が涼しそうだ。カラフルな模様のリヤカーを引く若者がアイスクリームを売り、原色のアロハを着た男性と、髪を垂らした南国の女性がベンチで抱擁する姿も見える。三時間前まで台湾の慎ましい日本女性を見ている私は、ここで見る急激な変化に戸惑うばかりであった。

海岸通りから市街中心に入り、大きなビルの前でバスを降りる。石柱の標札に〔眞　第一五三〇〇部隊〕と墨書し、横に衛兵が立っていた。衛兵所に衛兵が五、六人と、奥に下士官の司令が座っている。高級将校の出入りが激しく、そのつど衛兵は応対にいそがしい。「敬礼！」と叫び、立ったり座ったりする姿を見て、「さすがに軍司令部は偉い人が多い」と感心した。

衛兵に案内されて構内の経理部に向かうとき、私はニューギニアへの原隊復帰を覚悟していた。立派なコンクリート造りの二階建てビルが車寄せのある道路に面した一棟と、中庭の奥にも一棟ある。私たちは奥の棟に案内されて、幅広い石段を上がる。二階の天井に届く太い数本の柱が立つポーチの入口から中の廊下へ向かった。

左側の経理部庶務科の標札を掲げた部屋へ、緊張しながらぞろぞろ入った。広い部屋にいたのは、中年の准尉とカイゼル髭をつけた軍曹、それに背が高い軍属の三人だけである。人の良さそうな人事係准尉が笑顔を見せて言った。

「よく来てくれた。司令部はニューギニアから着いたばかりで、人員が足らず困っているところだ。すぐに命令を出して経理部に転属してもらう」

何と嬉しい思いがけない言葉であろうか。ニューギニアへ行かなくてもよいのだ。このことは、ルソン島における私の運命を左右する岐路となった。

威 第一五三〇〇部隊

軍隊の呼び名には、通称名詞と固有名詞がある。頭に〔漢字〕を付けた部隊名は通称名詞で、防諜（スパイを防止）などのため外部に出す文書名につかう。私が転属した部隊の『通称名詞』と『固有名詞』は、つぎのようである。

通称名詞（一般）	固有名詞（秘）
加古川 中部第九六部隊	第二航空教育隊
南海派遣〔洋〕第八三二二部隊	第二十二飛行場大隊
同 〔洋〕部隊	第六飛行師団隷下部隊
同 〔眞〕第一五三〇〇部隊	第四航空軍司令部 ウエワク
中支派遣〔栄〕第一六四六部隊	中支那主計下士官候補者隊

比島派遣〔威〕集団	南方軍〔総司令官寺内寿一元帥〕
同〔威〕第一五三〇〇部隊	第四航空軍司令部　マニラ
同〔尚武〕集団	第十四方面軍ルソン北部集団
同〔勤〕兵団	同方面軍　第百五師団

ニューギニア戦線で編成された当時、四航軍は〔眞〕部隊であったが、マニラに後退してしばらく後、南方軍直属の〔威〕部隊となる。

准尉が転属の相談に出ると、髭が自慢の召集らしい軍曹が笑顔を見せ、歓迎するように話しかけた。まもなく准尉が部屋に戻り、転属先を告げる。

一　第四航空軍司令部　経理部ニ転属ヲ命ス
　庶務科勤務　陸軍一等兵　山本某〔戦死〕
　主計科勤務　同　同　堀井綱〔帰還〕
　衣糧科勤務　同　上等兵　岩重朝男〔戦死〕
　営繕科勤務　同　兵長　高橋秀治〔帰還〕
二　第四航空軍　第一航空路部ニ転属ヲ命ス
　陸軍兵長　松本某　他一名〔共に不明〕
三　第四航空軍　第七飛行輸送隊ニ転属ヲ命ス

［四航軍司令部の配置］

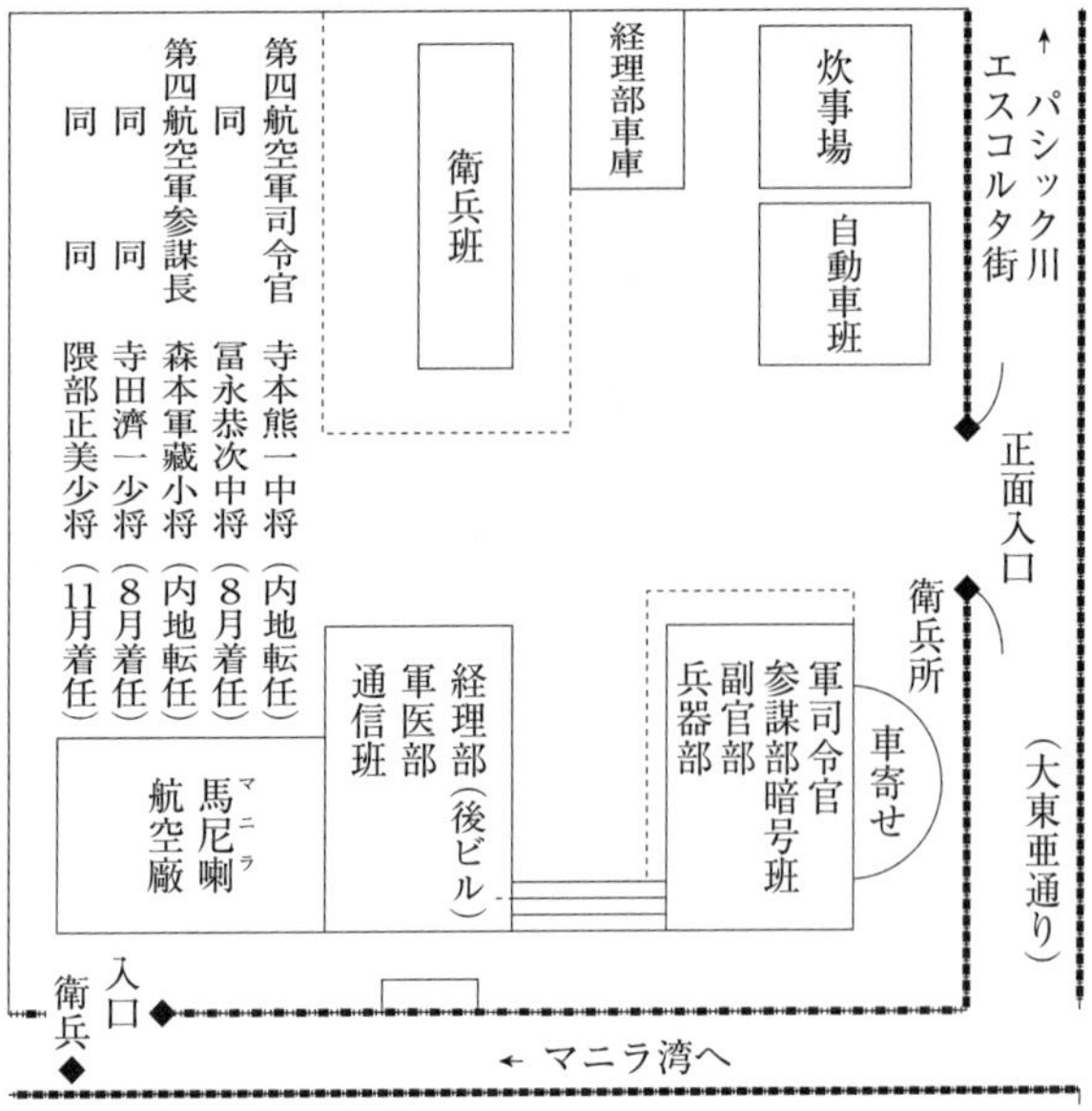
↑パシック川
エスコルタ街
炊事場
自動車班
経理部車庫
衛兵班
正面入口
衛兵所
（大東亜通り）
車寄せ
軍司令官
参謀部暗号班
副官部
兵器部
経理部（後ビル）
軍医部
通信班
馬尼喇《マニラ》
航空廠
第四航空軍司令官　寺本熊一中将（内地転任）
同　冨永恭次中将（8月着任）
第四航空軍参謀長　森本軍藏小将（内地転任）
同　同　寺田濟一少将（8月着任）
同　同　隈部正美少将（11月着任）
入口
衛兵
←マニラ湾へ

〔経理部の配置〕

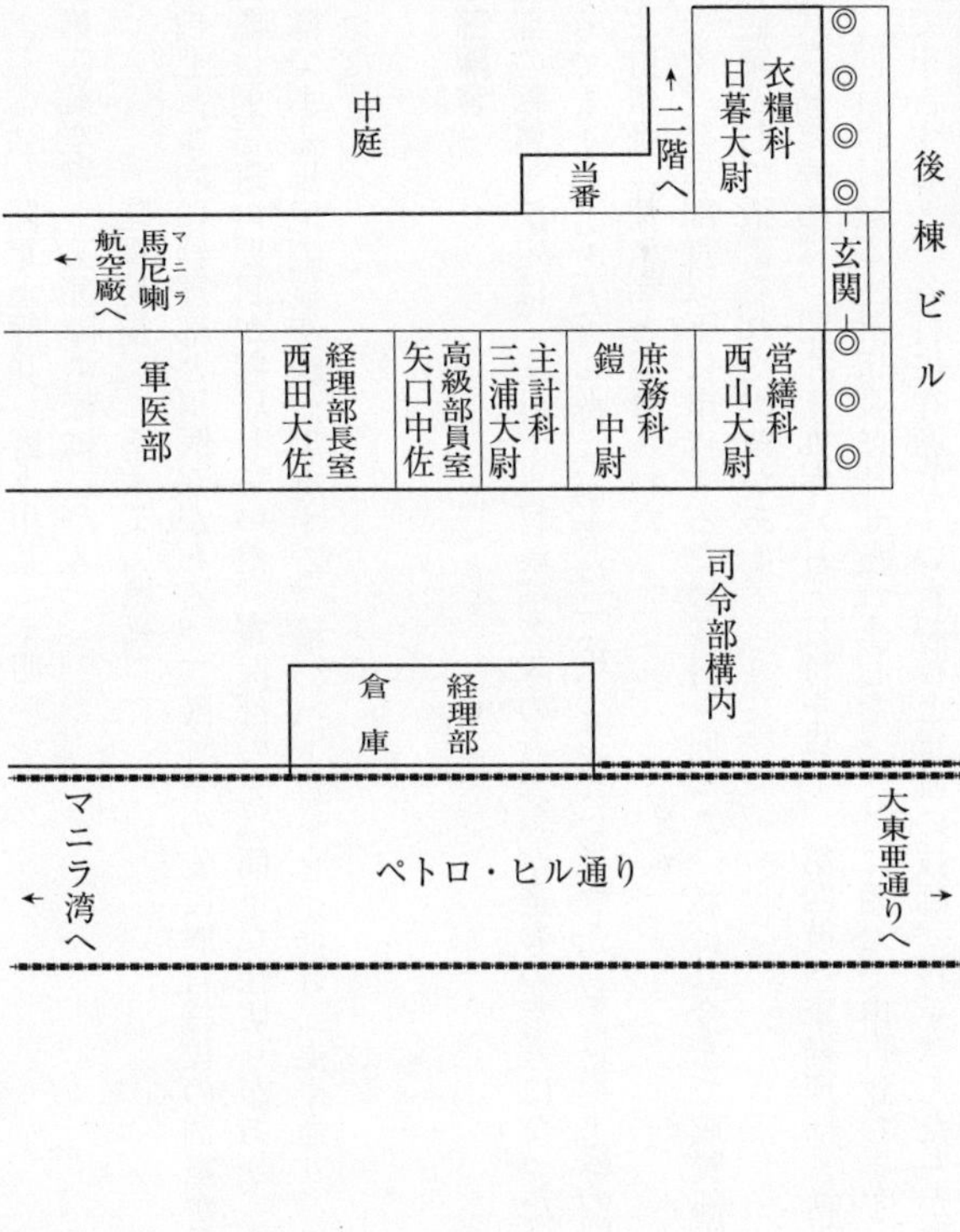
後棟ビル
衣糧科
日暮大尉
↑二階へ
当番
中庭
玄関
馬尼喇《マニラ》
航空廠へ
営繕科
西山大尉
庶務科
鎧中尉
主計科
三浦大尉
高級部員室
矢口中佐
経理部長室
西田大佐
軍医部
司令部構内
経理部
倉庫
マニラ湾へ
ペトロ・ヒル通り
大東亜通りへ

陸軍上等兵　野々川某（不明）
四　第四航空軍　某部隊ニ転属ヲ命ス
陸軍兵長　　桑木某（戦死）

後の白亜ビル内に経理部と軍医部がある。二階廊下の先に尉官将校の個室が並び、その上の中三階は通信班の要員が起居していた。軍医部の先は簡単な仕切りがあり、第四航空軍の隷下部隊である馬尼喇《マニラ》航空廠が専有する。横のペトロ・ヒル通り（海岸通り）に玄関の衛兵所があった。

経理部陣容

経理部の転属先決定は、主計下士官候補者隊の考課表が選考の参考になったはずだが、私にはどうでもよいことだ。一等兵の者は一応、兵長に進級し、私は最下級の判任官である「陸軍主計伍長ニ任ス」と発令された。

さっそく、経理部長以下に申告するため各科を回った。私には今まで成賢部隊で現役主計下士官候補として鍛えられた実績がある。

「陸軍兵長高橋秀治は、昭和十九年六月一日付を以て、第四航空軍経理部営繕科に転属を命ぜられ、同日付け陸軍主計伍長に任ぜられました。ここに謹んで申告致します」

大声で申告すると、各科に在席していた将校と軍属の技師、技手さんたちが笑顔で迎えてくれて嬉しい（下の数字は当時の年齢）。

経理部長　　　　主計大佐　西田兵衛（八月着任　山口県　戦死）
経理部高級部員　同　中佐　矢口健藏（山形県鶴岡市　戦死）
［庶務科］科長　同　中尉　鎧源造　39（八月着任　福島県若松市　生還）
　　　　科員　同　准尉　西垣儀考（鳥取県八頭郡　戦死）
　　　　同　　同　軍曹　相沢哲郎　29（宮城県　戦死）
　　　　同　　　　兵長　山本某　24（同年兵　近畿地方　戦死）
　　　　同　　　　軍属雇員　太田喜久雄　25（東京都本所区　戦死）
経理部当番　　　上等兵　小島恒　22（岐阜県　戦死）
［主計科］科長　主計大尉　三浦福蔵　35（秋田県男鹿市　経友会会長）
　　　　科員　同　准尉　渥美大三郎　29（神奈川県三浦市　経友会会員）
　　　　同　　同　准尉　山本某（不明）
　　　　同　　同　曹長　内田泰仕　28（大分県　生還後不明）
　　　　同　　同　軍曹　塚本弥太郎　24（パラオ島初対面　滋賀県　経友会会員）
　　　　同　　　　兵長　堀井綱　22（茨城県日立市　経友会会員）
　　　　同　　　　軍属雇員　渡辺邦夫　23（東京都小石川区　生還）
［衣糧科］科長　主計大尉　日暮豊　27（同日本橋区　生還）
（入院中）　　同　大尉　河村眞二（同大田区　生還　故人）
　　　　科員　同　少尉　猪股隆夫　24（札幌市　現姓玉島　経友会会員）

科員　経技曹長　竹若武夫　27（横浜市　戦死）
同　経技曹長　門脇廣丈　25（秋田県　戦死）
同　主計曹長　奥村昌治　27（和歌山県　戦死）
同　経技軍曹　宍戸芳男　29（宮城県　戦死）
同　主計軍曹　小野寺良助　28（宮城県気仙沼　生還後不明）
野戦倉庫長　同　少尉　松本峯太郎　23（東京都本所区　生還後不明）
同勤務　同　准尉　奥田三郎　29（八月着任　京都市　経友会会員）
同　同　伍長　岩重朝男　23（同年兵　広島県　戦死）
佐官宿舎　軍属雇員　一ノ瀬清　35（岡山県苫田郡　調理師　戦死）
運転手　同　黒田国男（広島県　不明）
［営繕科］科長　主計大尉　西山安治（宮崎県　戦死）
科員　建技大尉　佐々木善治朗　26（宮城県恩給課に資料無し不明）
同　同　中尉　大北晧治郎　26（福井県　経友会会員　故人）
同　主計中尉　時岡収次　41（福井県　同　熊谷組　故人）
同　同　少尉　田辺照郷　25（三重県　経友会会員）
同　同　准尉　藤村茂　26（山口県徳山市　妻スミ枝　生還後不明）
同　同　准尉　滝田洋夫　28（八月着任　京都府　経友会会員）
同　見習士官　矢野四郎　22（東京都日本橋　戦死　中尉）

同　主計伍長　高橋秀治　24（島根県松江市　経友会会員）
同　同　伍長　望田銀次郎　30（滋賀県　経友会会員　故人）
同　経乙幹候　柴田泰司　23（東京都新橋　不明）
技術軍属　土木技師　永野政義　40（鹿児島県　経友会会員）
同　技手　清水熊吉　28（山形県米沢市　経友会会員　故人）
同　技手　石田英一　34（山口県　経友会会員）
同　技手　中村英男　35（鹿児島県　生還　故人）
同　技手　永岡清照　29（鹿児島県　不明）
同　技手　菊池弘　24（岡山県　経友会会員　故人）
同　技手　村上清　29（島根県松江市　生還　故人）
同　陸軍雇員　和田勇　20（東京都京橋区　生還後不明）
同　同　中村茂雄　19（山梨県　経友会会員）
同　同　保田吉弥　18（岡山県　経友会会員）
同　同　石井俊保　18（熊本県　経友会会員　故人）
同　同　田口正蔵　18（茨城県　戦死）
徴用軍属　一般職　吉川勘助　34（千葉県市川市　戦死）
同　同　鴨下輝男　36（埼玉県飯能　戦死）
同　同　茂木繁太郎　34（東京都日本橋両国　戦死）

徴用軍属　一般職　松野廣　29（岩手県気仙郡　不明）
同　同　村上武　28（同　不明）
同　大工職　木村勝太郎（東京都向島区　戦死）
同　同　小野長次郎　56（同　戦死）
同　同　野中源平　51（同　戦死）
同　同　野崎幸太郎　25（同　戦死）
同　同　三浦政義　48（親　北海道白糠郡　戦死）
同　同　三浦実（子　同　不明）
同　同　三瓶一　37（新潟県　不明）

営繕科は後に施設科と改称する。飛行場の設営に徴用された大工、土木職や、東京向島区隅田川の木場で働いた木材関係の専門家もいた。当時の名簿によると、この人たちは二十四名である。

私は徴用軍属さんの印鑑を預かって俸給を支払った。明治生まれの年長者が多く、右に載せた人たちにはそれぞれの思い出がある。

昭和二十年二月、第四航空軍司令部が解隊された後、この人たちは軍隊組織から離れた。北部のキャンガン山中で会ったときは笑顔を見せ、集団で歩いていた。その後つぎつぎと倒れ、キャンガン周辺の山中で行方不明となったことを後に知る（後述）。

私がマニラの四航軍に転属した頃の司令部首脳陣は、ウエワクの洋展台と同じ陣容である。追及者の到着が遅れ、入院患者もあり人員不足だった。マニラで足留めされた他部隊の転属者が司令部要員に抽出され、司令部を護衛する副官部衛兵班の兵隊たちも必然的に寄せ集めとなった。

営繕科

庶務科の相沢軍曹が自慢らしい髭を捻《ひね》りながら、私を営繕科に連れて入る。明るく広い室内に机が並び、建技大尉、建技中尉、技師の肩書を書き込んだ名前の黒い三角柱が目についた。

◎田辺照郷《てるさと》主計少尉（25歳）庶務係が笑顔で迎えた。「高橋伍長はニューギニアのラエ生き残りや」と、皆に好意のある紹介をしてくれて嬉しい。彼は営繕科の分任官（主計官）で、私はその助手を命じられた。後に経友会会員として親交を重ねる出会いである（国鉄保線区出身）。

◎島余《しまよ》慶《けい》上等兵（36歳）平成十年一月四日死去（享年八十九歳）。椅子から立ち上がり、「高橋班長殿、よろしくお願いします」と頭を下げた。彼はニューギニア島ホーランジアで四航軍隷下部隊に配属された第五十二建築中隊所属の生き残りだ。司令部要員とともに運よく飛行機に便乗してホーランジアを離陸した、約十名の中隊員の一人である。僧侶出身の島さんは温厚能筆で、営繕科の庶務係をしていた。ホーランジアに残留した建築中隊員で、内地に帰還した者は二名だけだという。経友会特別会員である（真宗大谷派函館別院輪番僧）。

◎佐々木善治朗建技大尉（26歳）　彼が机に向かう姿を見ることはほとんどない。永野技師によると、評判もあまり良くない。ニューギニアの恐怖後遺症による精神不安定が顕著で、落ち着きを失っている。空襲警報が聞こえると血相を変え、穴を開けたビルの地下室に退避する姿は異常に見える。永野技師が「昭和二十年七月の終戦前、佐々木大尉とルソン島北部山中で同行していた」と証言されている。その後の行動は不明で、戦没された可能性もある。戦後の調査にもかかわらず、宮城県庁恩給課には佐々木大尉の記録がない。

◎大北《ひでじ》由治郎《ろう》建技中尉（26歳）　田辺少尉と仲がよく、「大北さん」「田辺君」と呼びあうのを見て、地方人の中にいる気がして戸惑った。クリスチャンで温厚な将校である。戦後、横浜市に本社をもつ三木組福井支店長で経友会会員だったが、昭和五十八年一月、愛知県海部郡の自宅で逝去された。私は氏の棺を捧げ、別れを惜しんだが、思い出の多い先輩である。

◎藤村茂主計准尉（28歳）　厳しい反面、他人の意見もよく聞く小柄な准尉で、私を可愛がってくれた。マニラ南方ラグナ湖付近の軍保養地、タガヤタイに出張勤務が多かった。顔を知ったのは、営繕科の陣容が充実して経理部の二階に移り、施設科に改称した昭和十九年十月頃だ。

その頃、東京向島区木場にいた二人の軍属が施設科に配属された。鴨下輝男（36歳）と茂木繁太郎（34歳）雇員で、背が高い茂木さんは運転手が希望だった。藤村准尉がそのとき在席しており、彼らは准尉の机の前で申告することになった。庶務係の私は、二人に申告要領を教えたが、軍隊経験がなく、申告の言葉に戸惑っている。

虫の居所が悪かった准尉に威圧され、鴨下さんは「申告致します」と言ったまま、次の文句が口に出せず、額に汗を滲ませて唸った。苛々《いらいら》した准尉は、遂に「何だ！」と立ち上がって二人を殴った。可哀そうだがどうしようもなく、我がことのように緊張した。何度か申告を繰り返していると、准尉が「よし、ご苦労！」と二人を解放した。鴨下さんとはマニラ脱出後も行動を共にした

昭和19年11月初旬、マニラ大学校内の第4航空軍司令部将校宿舎で撮影した記念写真。前列に矢野四郎主計見習士官、後列左から日暮豊主計大尉、鎧源造主計中尉、田辺照郷主計少尉（日暮豊氏提供）

が、最後は遂に悲しい離別になった（後述）。

レイテで作戦中の垣兵団（第十六師団）の隷下部隊、第二十聯隊（京都）経理室から滝田洋夫主計准尉（28歳）が、同じく十六師団経理部衣糧科から奥田三郎主計准尉（29歳）が、他の准尉二人と十月、レイテ、タクロバン飛行場を離陸してマニラに到着した。奥田、滝田両准尉は四航空軍経理部に、他の二人は第四飛行師団経理部に転属した。

◎滝田准尉はラテン音楽サンバ、コンガに趣味があり、音楽好きの私とすぐうちとけた。彼は新設した経理部自動車班の長に、奥田准尉は野戦倉庫勤務になり、すぐ司令部を離れたので当時の面識はない。

◎望田銀次郎主計伍長（30歳）は、経理部自動車運転手として車庫に離れて住んでいる。一週間に一度は定期便のように、内地の「きい子」夫人から分厚い封書が届いた。彼はてれ笑いをして、嬉しそうに車庫に持ち帰った。週番下士官の勤務が当たると、「高橋、頼むわ」と私に押しつける。要領が良いのか図々しいのか、近江商人を地でいく図太い男だった（後述）。

◎時岡収次主計中尉（41歳）大北中尉や田辺少尉が「大物の土建屋だ」というこの年配の将校がどんな人物なのか、当時は関心もなかった。彼は内地から臨時召集により出征して、マニラ四航軍司令部に勤務していた。

私はこの大物に呼ばれたこともなく、何をしているのか? いつも席におらず摑みどころのない将校であった。しかし彼も他の高級将校と同様、近くにある将校専用料亭〔浪花荘《なにわそう》〕や〔丸玉《まるたま》〕の常連である。

ある日、田辺少尉と公用外出でマニラ航空廠の前へ出ると、料亭方面からうつむきながら司令部に向かう将校がくる。腰に軍刀を着けず、朝帰りのようであった。田辺少尉が「時岡中尉!」と声をかけたが彼は動ぜず、そのまま立ち去った。少尉が「彼は大物やからなぁ」と呟いたのが記憶に残る。

私が戦後、時岡氏に会ったのは昭和四十八年十月である。マニラ時代の戦友、望田銀次郎氏が案内した場所は、東京都新宿に本社がある株式会社〔熊谷組〕の副社長室だった。そのとき氏は国鉄副総裁と会食中で、女性秘書に面会を頼み、しばらく待った。現われたとき、時岡副社長は満面の笑みを浮かべ、心から再会を喜んでくれた。社員が報告に来ると、厳しい表情に一変する。別れるとき、「経理部の戦友会は僕がやるよ」と快諾してくれて嬉しかった。

昭和五十年十一月八日、時岡さんの主催により、東京九段靖国神社に昇殿して行なった〔第四航空軍経理部戦没者追悼慰霊祭〕には、全国から十四名の戦友が参列した。その後、ホテル・グランドパレスの懇親会で、時岡さんの隣に私の席があった。今につづく〔第四航空軍経友会〉の発端である。

昭和六十一年十月、「第八回経友会」を鹿児島の永野さんが幹事で、指宿温泉の白水館で開催した。大広間の舞台で保田さんが歌う「加藤隼戦闘隊」の曲に合わせ、八十三歳の時岡さんは踊った。鮮やかな足取りで大喝采を拍したその時が最後の姿となった。じつに惜しまれる大物だった。

翌年十月十八日、惜しくも逝去された。十一月十七日、熊谷組の社葬として東京都港区増上寺大殿で執り行なわれ、私は特に葬儀参列の招待をうけて昇殿し、時岡さんのご冥福を祈る機会を得たのである（葬儀の詳細は、株式会社熊谷組編纂『時岡収次追悼集』にある）。

第六飛行師団司令部

航空軍の営繕科はその性格上、飛行場整備関係の技術者が多く勤務している。厳しい歩兵の訓練を受けた兵科の将兵と違い、地方の土木建築の専門家や業界から応召した人が多く、その言動には地方人の親しみがある。
◎永野政義技師（40歳）　鹿児島県庁土木技師。第六飛行師団経理部技師を経て第四航空軍司令部付となり、ラバウル、ウエワクを経てマニラに到着していた。永野技師は軍首脳の参謀にも親交があり、施設科の技手多数を指揮統率していた。私が知る技手諸公との思い出を含め、逐次後述する。

七月下旬、私は矢口中佐に呼ばれて高級部員室へ入った。中佐は四十五歳ぐらいに見える。鼻下に髭《たくわ》を蓄え、落ち着いた上品な高級将校である。後任経理部長、西田大佐は未着任で、経理部長代理を兼ねているようだ。

矢口中佐は、「山本准尉と高橋伍長は第六飛行師団司令部（以後、六飛師と称す）の残務整理に行け」と命令した。せっかく慣れてきたのに、残念だが当分のあいだ営繕科の席を離れることになった。

奇しくも六飛師は、かつて私が所属していたラエ二十二飛大の最上級司令部で、師団長の官姓名を暗記させられた覚えがある。板花義一中将師団長が転任して、航空部隊が集結しているホーランジアに、後任の稲田正純少将が四月十二日着任した。その十日後の二十二日、敵機動部隊の上陸が開始され、師団長は飛行場地区での玉砕を避け、後退することを命じた。

その後、稲田少将以下数人の首脳は、隷下《れいか》部隊の将兵を置き去りにしたまま七月初め、マニラに後退していた。ホーランジアには私の原隊二十二飛大が残置されているはずだ。六飛師首脳は海岸にある空中勤務者の宿泊施設〔航空寮〕に滞在中であった。

残務整理とは何をするのか？　主計科の山本主計准尉と二人で六飛師の残務整理のため、毎日公用腕章を付け、衛兵所を抜けて航空寮へ通うことになった。

横のペトロ通りを海岸へ向かうと、すぐマニラ湾に出る。美しい四車線が走る海岸道路を南に約一キロ歩くと、湾を見下ろす白亜の八階建てビルが目に付く。この〔航空寮〕は四航空軍司令部の施設で、陸軍偕行社《かいこう》軍属の若い日本人女性が勤務して各階を受け持ち、雑用に現地人男女が雇われている。

戦場離脱の汚名

米機動部隊上陸後、当時に詳しい在サルミの原隊、二十二飛大の警備中隊に勤務していた花輪久夫曹長は、そのときの状況をつぎのように回顧する。

「濁流渦巻くマンベラモ川岸で、岡本参謀が警備隊長や独立工兵の岩田見習士官の両名と話すのを耳にしたが、つぎのようなことであった」

「稲田師団長一行は司令部の徳永参謀長、佐伯参謀、外賀経理部長、佐藤軍医少佐のそれぞれの当番兵、四航軍の内田参謀、その他将校軍属各一名、二十二飛大の天口部隊長以下総勢約五十名くらいで、すでに数日前から、大小発各一隻に分乗して出発していました。そのとき、馬鹿を見たのは独工の私たちです」と岩田見習士官が話の途中で不満をぶちまけた。

「師団長の一行を担当しながら、やっとの思いでテバまで来たのに、舟艇への便乗は許されず、置き去りになった。糧食を舟艇に積み込んだのに、残留する者には全然あてがわず、将来のことについても、内田参謀からは『泥水を啜《すす》ってもサルミへ帰れ』と言って残された」と憤慨していたという。

そしてラエ撤退の実績を買われ、護衛に選ばれた二十二飛大の天口少佐たちも、途中の島で護衛勤務を解かれる。彼も意思に反して置き去りになった。

戦後、靖国神社で行なった慰霊祭に出席した天口伊兵衛元部隊長は、出席者に「部下を見殺しにして逃げた」と詰問され、その後二度と顔を見せない。部隊功績名簿も戦死者の記録もなく、当事者は口を閉ざして語らない。

私が航空寮で見た首脳の顔触れは、花輪曹長の証言とほぼ等しい。◎印の内田参謀は四航空軍司令部へ復帰して姿はなく、見たのはつぎの五名である。

稲田正純　少将　六飛師長　陸大砲兵出身、航空経歴はない
徳永賢治　大佐　六飛師参謀長　陸大操縦出身
◎内田将之　少佐　四航軍参謀　陸大航空出身
佐伯正隆　少佐　六飛師参謀　陸大
外賀主計　中佐　六飛師経理部長
杉田某　大尉　六飛師副官

将官である稲田少将は最上階の八階に、徳永参謀長以下、佐伯参謀、外賀中佐、杉田副官の四名は七階に陣取っていた。

六飛師首脳の退路

「公刊戦史」に、稲田第六飛行師団長の行動は、つぎのように記録されている（抜粋）。

《稲田第六飛行師団長は四月十二日ホーランジアに着任し、板花中将は翌十三日、離任出発した》

《二十一日　ホーランジアはあまり天気が良くなかったが、機動部隊の大空襲をうけた。

八次にわたり延べ五百〜六百機が来襲し、所在のわが飛行機は殆《ほとん》ど全部が撃破された》
《二十二日　ホーランジアに連合軍の上陸が開始された。稲田少将は航空部隊を地上戦闘部隊に編成して、飛行場外側地帯に防御配備をとったが、夕刻には海岸から約四キロ付近まで突破された。所在の航空関係兵員は約七千名であったが、銃数は六百五十に過ぎず港地区にあった糧食、兵器、資材などが簡単に敵手におちたため、半定量で五日分しか入手できなかった。

稲田第六飛行師団長の決心が問題であった。すなわち飛行場地区で玉砕するか、海軍農場のあるゲニム方面で後図を策するかが当面の焦点であった。飛行師団としてはホーランジア全般の地上防備の責任はないが、稲田少将は同地区における最先任指揮官であり、このような場合には臨機全体の戦闘を指導するのが、当時の陸軍作戦要務令の規定するところである》
《稲田師団長は飛行場地区での玉砕を避けた。二十二日夜、空中勤務者を後退させる命令を出した。飛行師団の戦力回復を重視し、また地上戦闘能力の乏しい航空地上勤務部隊をもって、飛行場を確保させるのは無意味な玉砕と判断した》
《第六飛行師団長以下五十名（空中勤務者十三名を含む）は六月五日、サルミを出発してマンベラモ河口まで行軍し、同地から大発動艇二隻によりマノクワリに着いた》（この地で司令部首脳以外が残置された）
《第六飛行師団の兵員でサルミに到着した者は、ホーランジア出発時の約半数で、疲労

衰弱その極に達していた。飛行師団からは岡本貞雄参謀（中佐）が最後までサルミに残った》

おそらく、師団長以下数名の幕僚たちはマノクワリから輸送機に乗り、空路マニラに到着したものである。

最高責任者の行動

第六飛行師団長（稲田正純少将）はニューギニア島に、第四航空軍司令官（冨永恭次中将）はルソン島に、共に多くの隷下部隊将兵を戦場に残置した彼らは、敵前逃亡に等しい行動をとって保身を計った。

ルソン島において、私が見聞した下級将兵の場合はじつに悲惨であった。このことに関して、体験と記録に基づき順次、記述していく。

稲田少将は陸大卒、陸大教官等を経たエリートで、昭和十八年二月～十月まで南方軍（総司令官寺内寿一元帥。在シンガポール）総参謀副長だった。十五軍司令官・牟田口廉也中将が強引に独走的計画を進めたインパール作戦に、総軍として指導する立場にあった。彼は東条英機大将の直系である。

《当時、稲田副長は南方軍の作戦を一人で切りまわしていた。寺内総司令官も黒田総参謀長も、稲田副長にまかせきっていた。頭も明敏だったが、遠慮なく痛烈に意見をはく反骨の人でもあった》

《政府と大本営は〔大東亜政略指導大綱〕を定めるとき、東条首相がタイのピプン首相と約束した内容と違う外交文書に調印したとして、南方軍の稲田副長の処罰を命じて来た。東条首相の怒りにふれたのだ》

《のちになって判ったことだが、これは稲田副長を追い出すための工作で、冨永次官が東条首相をそそのかしたのである。理由は、稲田副長が南方軍に行ってから、中央の言うことを聞かないで、勝手なことをするというのである。東条、冨永の個人感情が強く左右した人事であった》（「公刊戦史」）

その航空経験のない稲田少将が昭和十九年四月、ニューギニアの六飛師長に着任したのだ。無責任な人事である。そして次官で、共に航空経歴のない歩兵出身の冨永恭次中将が、ルソン島で特別攻撃隊を出撃させたのち米軍上陸直後、多数の将兵を残置し、「台湾で指揮を取る」と称して軍偵察機に乗り、台湾の飛行場へ戦場離脱した。

彼らの敵前逃亡とも言える行動に処罰はなく、補佐した参謀たちもほとんど姿を消した。私は航空寮でその実情を知り、かつて雲上人《うんじょうびと》のように畏怖《いふ》していた高級将校を恐れなくなった。四航軍司令部の部長クラスが搭乗した輸送機が台湾直前にして友軍に誤射され、墜落、戦死したのは哀れである。

航空寮宿舎

毎日の通勤が面倒になり、空中勤務者を装って航空寮二階の下士官部屋に入りこんだ。二段ベッドが三つある以外、調度品は何もない。特攻隊のパイロットらしい伍長が一晩泊まったが、何の話もせず、暗い表情で沈みがちだったのを覚えている。

一階食堂の食券売り場に立つのは偕行社の女性で、食堂主任として睨みをきかしている。ウェートレスは小柄で浅黒い肌のフィリピン女性たちだ。ボーイも数人働き、半切りにした椰子殻に片足を乗せて廊下を擦《こす》っている。われわれなら雑巾掛けの姿勢で擦るのに、「何たる怠け者か」と思った。

彼らの国語はタガログ語で、甲高い声でけたたましく喋《しゃべ》る。そのうち若い彼らとも知り合いになり、「ミステル、タカハシ」とか「タカハシサァン」と呼ばれ、まんざらでもなかった。気の合うボーイの小部屋で、経理部から持ち込んだ現地産〈サンミゲル・ビール〉を酌み交わし、楽しかった思い出もある。彼らの多くは比島派遣の日本語教育要員から習得して言葉が通じた。年中、三十度以上の気温で暮らす彼らに、われわれの常識は通用しない。

食堂主任が「高橋伍長、あんたは空中勤務者と違うでしょう。宿泊できないし食券も渡せない」と言う。彼女たちは、六飛師の高級将校が最上の部屋を独占して威張り散らすのに反発している。私は、「お姉さん、もうすぐ終わりますから、何とかお願いします」と懇願すると、渋々ＯＫしてくれた。

司令部から派遣された稲田少将専属運転手の田中上等兵は、巧みに女性に近寄って話しかける色男だ。暇があると七階を担当する女性のカウンターで肘をつき、にやけながら話しこんでいる。お陰で私も彼女に珍しい果物をご馳走になったが、八階に勤務している女性が美人だと聞いた。

八階カウンターにいる担当女性は、日本人とフィリピン人の混血女性だ。エキゾチックな顔立ちの美人で、片言の日本語で「パパは日本人でマザーがフィリピーノです。ルソン島が戦場になって悲しい。将来どうなるのかわからず毎日不安だ」と涙を浮かべた。私には慰める言葉はない。

最高の美人はスペイン人との混血で、つぎは中国人と日本の東洋人だ。混血女性を〝ミスティソー〟と呼び、看板の大きい宣伝写真は、彼女たちの顔が独占している。

徳永大佐の参謀懸章《さんぼうけんしょう》

私は七階のロビーで外賀経理部長の口述を筆記していたので、八階にいる稲田少将に会う機会は少ないが、一、二度その姿を見た。開襟防暑服の白い襟《えり》に付いた、ベタ金に一つ星の将官階級章は初めてである。少将は尊厳ある態度で脇目もふらず、絨毯《じゅうたん》を踏んでエレベーターへ歩いた。副官の杉田大尉が世話をしていたが、この大尉は神経質で気難しい将校だった。

稲田少将は六ヵ月前まで、シンガポールの南方軍の総参謀副長であった。その南方軍は現在、ここの航空寮から約一・五キロ北の、元財務省ビルに位置している。おそらく古巣である南方軍の幕僚に、前記ホーランジアからマニラに退《さが》った理由を説明したものと思われる。

しかし、第六飛行師団の戦力回復再建は行なわれず、八月、同師団は解体された。稲田少将はホーランジアにおける戦闘指導の責任を問われ、停職処分（形式上の）を受けた（後述)。

徳永賢治大佐は長身で美髯《びぜん》を蓄え、参謀懸章がよく似合う将校である。よく外出をしたが、酔って帰ることもしばしばある。ある朝、外賀中佐の口述を清書していると、珍しく大佐が私に近寄り、「高橋伍長。偕行社《かいこうしゃ》へ行ってくれ」と言う。前夜、泥酔して帰り、参謀の権威を示す参謀懸章と、刀帯《とうちょう》(軍刀の柄に着ける飾り房)を紛失したのに気づき、失態に慌てていた。当時、私は現地人スパイに狙われたものだと思った。

《飛行師団が解体したのち徳永大佐は、レイテ島タクロバン飛行場降下作戦に失敗した、第二挺進集団の高千穂部隊要員からなる徳永支隊長となり、バレテ峠付近で終戦を迎えた。彼はルソン島から逃げ出さなかった陸大操縦出身の参謀長である》(公刊戦史)

偕行社は、海軍の水交社《すいこうしゃ》とともに将校の共済施設である。海岸道路を挟み、両社のビルがある。陸軍偕行社は航空寮の並びに建つ五階建てビルだ。初めて乗る自動式エレベーターに戸惑ったが、電気で冷やす冷蔵庫にも驚く。男女の軍属が勤務して話しやすかったが、徳永大佐が求める赤色の参謀懸章と刀帯はマニラ偕行社にはない。

将校は階級により装具に色の区別があり、将官は黄色、佐官は赤色、尉官は青色と決めてある。長身の胸から権威の象徴である参謀懸章が消え、大佐は意気消沈した様子である。

外賀主計中佐の覚書

マニラ湾に面するエルミタ地区から北のパシック川の間は首都官庁街で、そのビルを利用する軍関係施設が多くある。外賀中佐は南方軍、四航軍司令部、方面軍兵站監部《へいたんかんぶ》等を挨拶に歴訪し、私は従兵として同行した。

南方軍がいる元財務省ビルは一番立派な造りだ。中の広いロビーでテーブルを挟み、外賀主計中佐の前に座ったのは南方軍の吉良主計少将である。少将は親しみのまなざしで中佐を見て、労《いたわ》りの声を掛けていたようだ。

第十四方面軍兵站監部では、腹が出た兵站支部長の原田義尚大佐と、しばらく言葉を交わしていた。天井で回る扇風機の下で大佐は上着を脱ぎ、白い開襟シャツ姿だった（糧秣補給の申請に行ったとき、いつもシャツ姿だった）。

四航軍司令部で対応した矢口中佐（経理部高級部員）は、衰弱が激しい外賀中佐に同情した。のち外賀中佐が近くのマニラ兵站病院に入院したとき、「付き添いせよ」と私に命じ、「当番兵勤務は嫌です」と断わった覚えがある。

残務整理の一人である山本准尉は、主として金銭関係を担当した。彼は異常に神経質で、いつも眼を瞬《まばた》きし、落ち着きがない。上司の三浦大尉の前では、恐れて平常心を失っていた。海没のショックが災いしたようだ。

（昭和十九年三月十九日、ウエワクからホーランジアに向かう四航軍飛行場勤務部隊と器材を輸送中の輸送船二隻に、戦爆約百五十機が来襲して撃沈された。遭難した兵員は約千名で、彼は救助された三名の中の一人だ）

私は毎日、外賀中佐と七階ロビーでニューギニアの地図を描き、ホーランジア付近を主に中佐の口述内容を筆記した。原隊の二十二飛大が辿った道を知り、ニューギニアを離れた幸運が嬉しかった。近畿地方の出身らしい覇気を失った中佐に、軍人らしさを望むのは無理のようである。

そのうち南方軍から外賀主計中佐に対し、『サイゴン貨物廠長ヲ命ス』と内定がある。中佐は健康上の理由で、司令部前にある兵站病院の特別室へ入院していた。知らせを伝えると嬉しそうにして、間食に出ていたアイスクリームを旨《うま》そうに食べていた。

しばらくして外賀主計中佐は、体力の回復を見ぬまま空路サイゴンへ赴任して行ったが、現地に到着後、サイゴン陸軍病院に入院されたと聞いた。

施設科長・西山少佐

佐伯少佐は若いダンディーな参謀で、私を見ると気さくに「高橋」と呼びかけた。彼は四航軍から六飛師に派遣されていた参謀で、いつも白い麻の私服を着ている。昭和二十年一月、北部ルソンに移動中にバヨンボンで見かけたのが最後だが、他の幕僚同様、特権を行使して台湾へ脱出したはずだ。

航空寮に勤務中、食堂の味噌汁に入った殻つきデンデン虫には驚いた。現地では当然のご馳走らしいが私には馴染《なじ》めない。主食はバサバサで細長いタイ米で、副食としてマニラ湾でとれる小魚のフライなども出るが、痩せて骨が多い。そして遂に第六飛行師団は解体され、私は経理部に復帰した。

営繕科は人員も充実し、二階に移って施設科と改称された。小柄でチョビ髭をつけた西山大尉が少佐に進級し、施設科の長になった。田辺少尉が「高橋、西山大尉が少佐になって佐官宿舎に移られた。これから毎朝施設科に入られたら、大声で『気を付け！』と言え」と指示した。

西山主計少佐が新品の階級章をつけた姿を見た私は起立し、「気を付け！」と叫ぶ。室内の将兵軍属が一同起立すると、少佐は嬉しそうに頭を下げて中央の席に腰を下ろした。佐官宿舎は司令部の近くに独立していて、専属調理師がいる。西山少佐はじつに行動的で、席に姿はなく、仕事の内容もわからない。

出張して帰ると、「高橋、物品を受領して来い」と命じる。私は書類を作って兵站監部に行き、例の原田大佐が出す大声に恐れながら承認印を貰った。

望田伍長が運転する自動車で、パシック川河口にある軍貨物廠の川口倉庫へ行って受領する。何か甘味品の一つでもくれるか、と期待したのは間違いで、少佐は「ご苦労」と言って知らぬ顔だった。少佐のけちぶりに私の失望は大きいものだった。

どこから転属したのか、中年の石橋主計曹長がいた。彼を唯一腹心の部下として、少佐はいつも同行させる。広い行動力が災いして西山少佐はのち、ルソン北部のサンチャゴ集落北方でゲリラの襲撃を受けて戦死された。のちにこの任務には、田辺少尉が行く予定だったと聞いた。

その石橋曹長が、施設科前の廊下で強烈なビンタを貰った。その主は准尉から少尉（少侯

18期）に任官直後で、主計科の張り切り者の渥美少尉だ。欠礼を咎《とが》めてだが、曹長はほかから来た新人で、顔が分からず気の毒だった。

マニラ市の繁華街

司令部前の大東亜大通り（タフトアベニュー）に、大きく枝を広げた南国の街路樹が並び、若いフィリピン女性が数人、笑いながら日陰で立ち止まる。豊満な胸を露《あらわ》にスカートを閃《ひら》めかせ、焼けた舗装道路を避《よ》けて街路樹下を選んで走りさる。その裸足の脚に数個の化膿した熱帯潰瘍が見える。だがその姿態に、私は開放的なエロを感じた。

通りを北に行くとルネタ公園があり、南方軍が位置する白亜の元財務省ビルがある。先へ行くと、右手のアラヤ橋方向から市電がカーブして大通りに入り、正面の中央郵便局に突き当たって分岐する。市内電車は開放的で、車内には座る乗客より、乗り降りに便利な手摺《てすり》に摑まった若者が多い。料金はどうなっているのか、彼らはカーブで徐行するときを狙って素早く乗り降りする。

もう一つの交通手段は〈カルマタ〉と呼ぶ乗り合い馬車だ。両側に座席がある屋根の低い車をポニー種の子馬が曳く。後ろの手摺に摑まった男が料金係だ。馭者《ぎょしゃ》が鳴らす口笛と鞭の音、ポニーが路上を踏み鳴らす乾いた脚音はマニラ市内の風物詩である。ガソリン車は日本軍に徴発されて姿はない。

パシック川の流れを背にして、大きいマニラ中央郵便局がある。（この五階建てビルで現

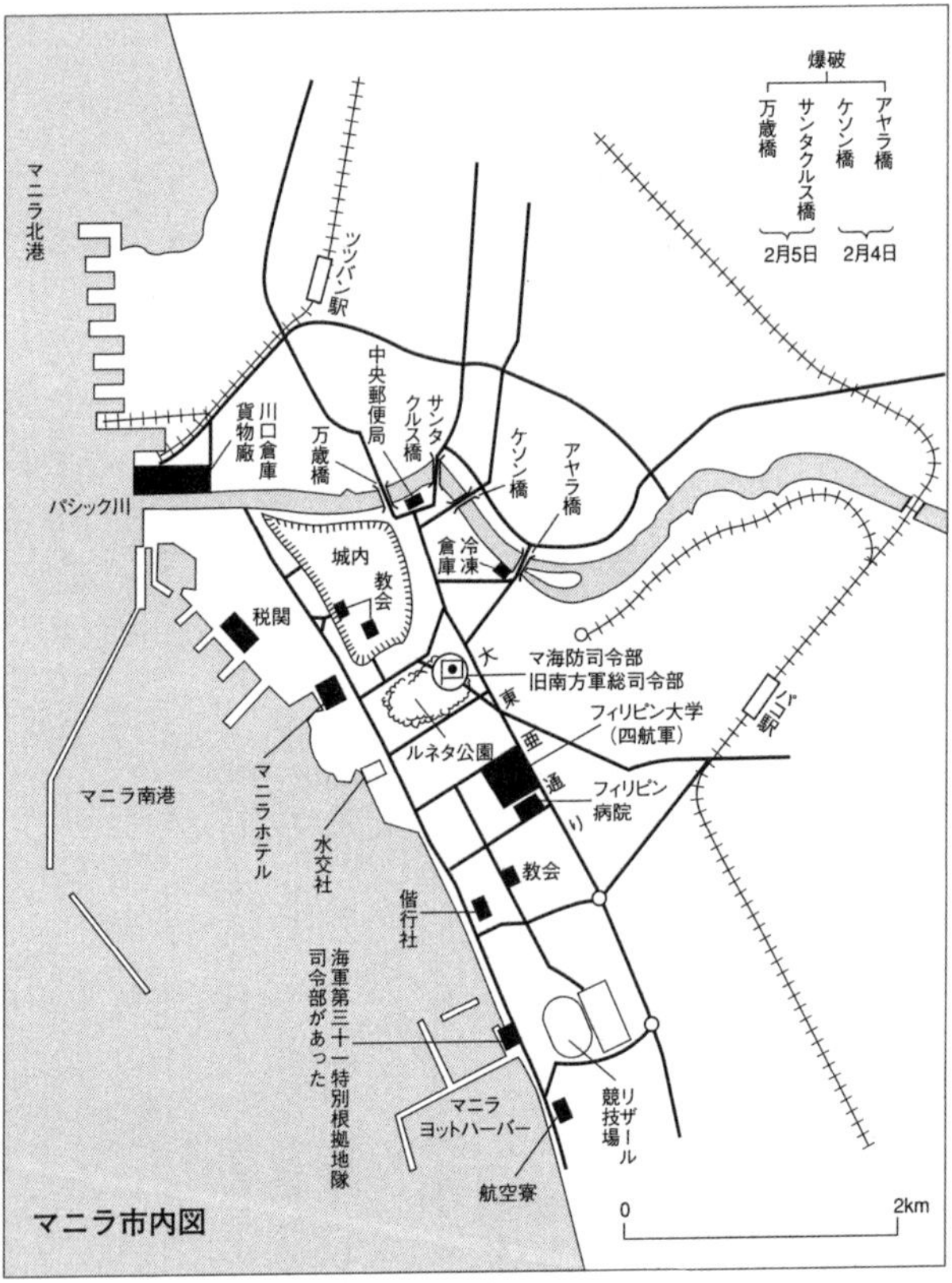

爆破
アヤラ橋
ケソン橋
2月4日
サンタクルス橋
万歳橋
2月5日
マニラ北港
ツツバン駅
中央郵便局
サンタクルス橋
ケソン橋
アヤラ橋
川口倉庫
貨物廠
万歳橋
パシック川
城内
教会
冷凍倉庫
税関
大東亜通り
マ海防司令部
旧南方軍総司令部
ルネタ公園
フィリピン大学
(四航軍)
フィリピン病院
パコ駅
マニラ南港
マニラホテル
水交社
教会
偕行社
海軍第三十一特別根拠地隊司令部があった
マニラ
ヨットハーバー
航空寮
リザール競技場
0
2km
マニラ市内図

地召集された兵隊が敢闘し、遂に二月二十二日、米軍が突入して全滅した。その中に施設科に出入りした沖縄出身の中目氏もいる）

右方向のサンタクルス橋を越えるとリザール通り（三号線）になり、北上してリンガエン湾に至る。左側の河口に近いジョンズ橋（日本名、万歳橋）を渡り、右に折れると、マニラ市最大の繁華街、エスコルタ通りがある。

エスコルタ街にはマニラ新聞社をはじめ商社が並び、映画館で「白蘭の歌」と日本ニュースを上映していた。兵隊に一番人気があるのは、甘い食べ物の食堂（日の丸陣屋）と（甘党陣屋）で、下士官と兵隊用に分けてあった。最近、マニラに上陸して城内の宿舎に入れられた隊員たちが毎日のように訪れ、オハギか大福にありつくため、二重三重に取り巻いて順番を待つと聞いた。

並ぶ露店のなかに煙草売りの店がある。封を開けたバラ売りで、アロハを着た男が品定めをした揚句、一本買いをしていた。外国産の中に光《ひかり》、朝日《あさひ》、金鵄《きんし》、鵬翼《ほうよく》、誉《ほまれ》、旭光《きよくこう》の日本煙草があり、その中の光に人気があるようだ。

五百ペソ軍票

マッカーサー元帥の宿舎と聞いたマニラホテルは、全館完全冷房で有名だった。官庁のオフィスでは電気冷蔵庫が唸り、ビールやコーラが冷えている。しかし、マニラは貧富の差が激しく、下町では少年が必死に物売りをして働く反面、路地に集まってサイコロ賭博にも熱

昭和17年発行の軍票で500ペソ券（上）と10ペソ券

中する。職業を持たない大人は公認賭博の闘鶏場に集まり、目の色を変えて夢中になっている。

永い植民地政策に支配され、国内産業はマニラ麻、砂糖、タバコ畑が主である。バイアンドセルで利鞘《りざや》を稼ぐブローカーも多く、収賄、泥棒、売春も生活の糧である。サンチャゴ城内に憲兵隊司令部があるのを恐れ、外出する軍人に対しては表面上の危害はない。しかし、行方不明の兵隊も報告され、トンド街一帯は治安が悪い理由で、兵隊の立ち入り禁止区域になっている。

金持ち連中は、殺人をともなう悪質ギャングの横行に、私設警備員を雇って対抗している。エスコルタ街の並びにある貴金属商店がその一例だ。店前の椅子に腰かけている警備員が腰のホルダーから拳銃を覗《のぞ》かせ、店内の客にも警戒の眼を光らせている。マニラ市警察署員が拳銃を携帯するのを見て驚いたが、武装した警備員を個人商店が雇うほど治安が悪いのだ。

大蔵省印刷局から、新しい五百ペソ紙幣がマニラ銀行本店に届いた。日本軍が占領政策に乱発した百ペソ紙幣は、急激なインフレ進行で価値が低下して、新紙幣の発行となった。昭和十八年十月、独立して就任したラウレル大統領の親日政策の影響で、一般市場の表面上では軍票は通用している。

フィリピン人同士の取り引きには、アメリカドルの一ドル金貨に最高の貨幣価値がある。次第に日本軍に対するフィリピン人の離反者が増加して、ゼネラル・マッカーサーに期待する親米家が増えつつあった。

新しい紙幣の受け取りに、分任官の田辺少尉とエスコルタのマニラ銀行へ行った。この頃から外出時には、少尉か私が護身用の十一年式拳銃を腰に吊るした。銀行の中でも警備員が多く警戒している。新品の軍票百枚ずつ帯封したのを十束受け取り、少尉がサインした。五十万ペソである。

（後日、マニラ脱出の際は重要書類とともに焼却命令が出た。新品紙幣は火がつきにくい。私はその一束を焼かず、使えるときを期待して隠した）

週番下士官勤務

週番下士官の勤務期間は一週間で、副官部から伝達される命令受領、朝夕の点呼と、判任官以下に対して炊事場食事伝票の発行である。日朝点呼は構内衛兵班広場で、雨の日と日夕点呼は経理部の廊下で行なう。三階にいる通信班は、不寝番勤務の兵隊が朝の点呼時間に週番下士官を起こしたが、経理部は軍属雇員だけで不寝番勤務の兵隊はない。

ある朝、寝過ぎて大事な点呼に遅れてしまった。一年先輩の庶務科、太田喜久雄雇員が週番下士官を代行してくれたので点呼は終わったが、週番士官である副官部の小林孝三中尉に呼び出された。叱責を覚悟しつつ出頭したのは、私と通信班の週番下士官だった。副官部事務室で緊張して立つ二人に対し、小林中尉は一言注意しただけで許してくれた。

《四航軍が解体後、尚武（山下集団）は五月二十日、第四飛行師団司令部付楠田満少佐を長とする楠田（臨時歩兵）大隊を編成し、小林中尉は第一中隊長となりバレテ峠北方で終戦を迎えた》（「公刊戦史」）

週番下士官は、日曜日に外出する雇員たちに外出時の心得を伝え、衛生サックを支給するのも任務である。エスコルタに兵站施設として軍の慰安所があった。夜になると大北中尉、藤村准尉のお供をして夜の町に出かける。大北中尉はクリスチャンだった。海岸付近にある女性の館に上がり、若いフィリピン女性相手に英会話を楽しみ、私にはつまらぬお供だ。田辺少尉と浪花荘の玄関に立ったとき、奥から白い私服を着た、白皙《はくせき》の矢口中佐が現われて驚いた。司令部将校は五時以降はそれぞれ宿舎に帰り、その後はニューギニア後の慰労を楽しんでいるようだ。

藤村准尉と出るとき、二人の図嚢にラックス（石鹸）、米、塩などを入れて持ち出し、途中の商店で現地のペソ貨幣と換えることを知った。二人連れの女性が現われて准尉が交渉して成立する。准尉の意中の美女が私に当たると破談にさせ、がっかりする。だが、藤村准尉との外出は楽しいものであった。

海岸の函館ドックの空きビルは女性の館と化し、一階はフィリピン、二階以上は混血人女性で、大柄のイタリア人もいる。最上階はスパニッシュ女性と聞いたが、プライド高い彼女は、日本人を無視して顔も見せなかった。

バレン&アルホンソ

ルソン島国民の約八十パーセントが敬虔《けいけん》なカトリック信者であると聞いた。市内のカトリック教会の前を通りかかった。荘厳な建築様式の礼拝堂の上に聳《そび》える鐘楼が目につく。日曜日のミサに集まる信者の列が十字を切って礼拝堂へ入っていく。

私が見たときは女性の姿が多く、大人に連れられた子供たちも黒いベールをかぶっている。婦人の一人がベールの下から私を見た鋭い視線に敵意を感じ、早々にその場から立ち去った。この辺りは住宅の密集地であり、立ち入り禁止区域を知らずに歩いていたのだ。

施設科専用に、現地ブローカーから手に入れた自動車が二、三台ある。車庫に閑職の滝田准尉が班長として住み着き、望田伍長が週番勤務も放棄して将校のお供に専念していた。車種はビュイック、シボレーと半トラックである。私も彼の手解《てほど》きで、ときどきハンドルを握り、海岸の航空寮に乗り着けて、「タカハシサーン、ベリグッド」とおだてられて悦に入った。

時岡中尉が気に入って連れ込んだ、十六歳ぐらいのフィリピン少年がいる。名前を〝バレンテン・コレ〟と言い、日本語を話す従順で素直な少年である。通訳もできるこのドライバーを、「バレン、バレン」と呼んで可愛がった。彼の家庭は親日家族であり、バレンは特に時岡中尉を信奉しているようだ。

施設科の臨時使役に、約十人のフィリピン男子を雇って入場させた。彼らの作業は、一階の元営繕科のコンクリートの基礎を壊し、床下を応急退避壕に改造することである。私は司令部前に集まった彼らを迎えに行き、衛兵所の許可を得て入場させた。

毎日通い出すと彼らは慣れ、その顔ぶれを衛兵も覚えた。衛兵司令に頼んで、彼らだけで衛兵所前に整列して人数を報告させ、構内に出入場する了解をとった。後で考えると、司令部内に入る彼らに対し、防諜上の警戒を怠ったことは迂闊だった。

その使役頭には日本語が話せ、私の指示を皆に伝える二十四、五歳の青年を選んだ。男の名を〝アルホンソ・ツロウ〟と呼ぶ。彼はカマキリのような体軀で、破れたシャツにコーヒー色に変わった半ズボンを紐で止めていた。全員裸足で、米軍兵士がかぶる船形に折った新聞紙を頭に載せている。この帽子は毎日、兵隊が捨てる残飯を貰い、家に持ち帰る容器でもある。

応急退避壕工事

私が衛兵所横で見ていると、アルホンソは彼らを一列に並べ、自分が右端に立って脱帽し、「オハヨゴザイマス。バンゴ!」と要領よく衛兵所に向かい、指図して一礼する。衛兵は彼らのボロボロ、ヨレヨレの服装を見て所持品検査の要なしと判断し、「ＯＫＯＫ」と頷《うなず》き、入場を許可する。

彼らが壊そうとしている〔元ゼネラル・ホスピタル〕の鉄筋コンクリート基礎の厚さは三十センチ以上ある。地面に沿って約一メートル丸の穴を開けるのに、工具はハンマーと鑿《のみ》しかない。南の直射日光が照りつけるなかで、交替しながらカン、カンとハンマーを振るたび、彼らの黒い肌に汗が噴いて流れる。

いつ貫通するのか検討もつかない。空襲恐怖症で苛々している佐々木建技大尉の顔は、眼鏡越しに「まだか?」と催促するように見える。

常連と違う男が顔を見せた。アルホンソは、「マラリアで休んだ男の代わりだ」と言い訳をする。その体格がよい男が痛そうに歩くのを見て、ズボンを持ち上げると、膝下が紫色に化膿して酷《ひど》く腫《は》れていた。

「イタイ、イタイ」と訴える彼は日本語が話せない。とても労働ができる体とは思えないが、ここの使役に出て家族のためにわずかな食料を得るため、アルホンソに訴えて作業に来たものと察知した。

帰ろうとしない彼が可哀そうで、田辺少尉の許可を得て庁舎奥の軍医部へ治療に連れて行く。衛生上等兵が「現地人の治療はしない」と嫌がるのを頼み込み、応急処置をしてもらった。

作業は五時までだ。経理部倉庫前で飯盒の蓋一杯ずつ穀物を支給する。月末にペソ軍票で賃金を支払ったが、重労働に対する加給品として塩を与えることもある。彼らには価値のない軍票より、現物支給のほうを喜ぶ。そのあと衛兵班兵舎前に移動して、食器洗いに出る兵隊の残飯を待って佇《たたず》む。

私も炊事場に直接行き、「残飯がないか」と聞いたが、海千山千の炊事場上等兵は振り向きもしない。程度のよい残飯は、炊事班長の細川信夫曹長がマニラ市周辺で調達する材料買い付けの手土産にしている。

運よく紙帽子の中に残飯を貰い、その場で手摑みで食べる者も、「マイボーイとワイフに」と大切にしまう所帯持ちも、今日の仕事を終えて衛兵所前に整列、「レイ」の儀式をすませて大通りの左右へ散っていった。

新任の第四航空軍司令官

当時の比島第十四方面軍司令官は黒田重徳中将である。長い間、英米の駐在武官をして英語もよくできた彼は、当時の軍部のだれよりも敵の実力と、戦争の見通しについて明瞭な判断を持っていた。

『比島を航空要塞にせよ。百の飛行場をつくれ』という大本営の方針は、彼にとって馬鹿げたものであり、ゴルフなどのスポーツで、比島政府要人との外交に重点をもっていた。ダンスホールの許可も、民心の離反を恐れたためである。その反面、中将は部下の信頼を失いつつあった。防空壕などの空襲時の対策も何一つなく、無策のまま戦況が緊迫して、われわれの心中も不安であった。

以下、高木俊朗著『陸軍特別攻撃隊』を参考に記述する。

——昭和十九年九月八日。マニラのニルソン飛行場に、双発のMC輸送機が着陸し、中から痩せた小柄な将軍が降りてきた。鼻下の大きな髭が威厳を示していた。第四航空軍の新しい司令官、冨永恭次中将であり、その後ろから太った背の低い将官が、胸に参謀懸章を揺らめかせてつづいた。新参謀長の寺田済一少将である。

出迎えた四航軍幕僚たちは、新軍司令官にもっとも不信と不安を感じていた。それは、新軍司令官が航空に無関係であったのと、冨永中将と東条英機首相との、親密な間柄のためであった。

——東条大将が総理大臣兼陸軍大臣、それに参謀総長を兼ねていた時に、冨永中将は陸軍次官と人事局長を兼任していた。偏狭な東条大将は、人に対して好き嫌いの情が強かった。冨永中将は東条大将に気に入られて信任され、陸軍の重要な人事はこの二人の感情と権力に左右されていた。

——この七月、当方ではサイパン島をはじめマリアナ諸島を失い、西方ではインドのインパール作戦に惨敗したため、東条内閣は責任を問われて総辞職した。軍の最大の権力者であった東条大将は、悪評とともに追われたが、冨永中将は航空軍司令官の要職に移った。

——新軍司令官が航空について「全くの素人」であることは、冨永中将自身がよく知っていた。そのため航空作戦に明るい参謀長を特に選んで、寺田少将を起用した。少将は現地軍の参謀長となったのは二度目で、この前は昭南島（シンガポール）第三航空軍の参謀長であった。

飛島組と中目氏

施設科室によく姿を見せる土建屋風の中年男がいた。永野技師や時岡中尉とよく話をしていたが、相手がいないと、「高橋伍長、お茶をくれんか」と言って時間潰しをする。そのうち、この土建屋の男と気が合って親しくなる。彼は株式会社飛島組が比島に派遣した代表社員の吉田紀世志《きよし》氏であった。

時岡収次主計中尉は早稲田大学卒業後、飛島組に入社した。その後、熊谷組が創立され、飛島組から移籍していた関係で馴れ馴れしかったはずだ。飛島組以外に西野組の社名も耳にしたが、これは飛島の下請け子会社だったらしい。

(吉田さんと一年後、カランバン収容所で再会したとき、マラリアで苦しんでいた。飛島組は戦後、株式会社飛島建設と改称した。吉田氏の消息は不明)

施設科に出入りする現地業者に、中目《なかのめ》と呼ぶブローカーがいた。小柄な人で三十歳近くに見える。家族を沖縄に残して海外雄飛する典型的な沖縄人で、エスコルタ街にオフィスを持っていた。彼は秘書の若いフィリピン女性をともない、施設科で田辺少尉に土木機械のPRをしていた。少尉が「あの女性は中目さんの奥さんや、凄い美人やなあ」と誉《ほ》めたが、私にはそう見えない。少尉は彼女に一目惚れしているように感じた。

ある日、田辺少尉と中目さんのオフィスへ行く。少尉は彼女を知りたかったようだ。エスコルタ通り路地の二階に八畳ほどの洋間があり、簡単な事務机と来客用セットが置いてある。

私も好奇心に駆られて夫人を見ていたが、二人の会話は英語で、夫婦らしい雰囲気は感じられない。

簡単な食事をご馳走になったが、インフレのため高価な食事代だったはずだ。以前、中目さんが持ち込んだ、小型コンクリート・ミキサーの購入を断わったのが気になり、少尉がお詫びに尋ねたようだ。

その後、少尉とバレンの運転で夫人の自宅を尋ねた。パシック川北岸に並ぶみすぼらしい住宅の中から夫人が姿を見せた。浅黒い健康そうで艶のある肌をした彼女の後ろに、子供が二人立っている。よく見ると、彼女はモナリザに似た美人だった。この家族たちの将来に、私は憐憫《れんびん》の情を覚えた。

（その後、現地召集された中目氏は司令部に顔を見せ、「現地召集兵は中央郵便局を死守する」と言い、故郷の沖縄には夫人と子供が健在であることを知った）

第四章――二人の将軍の真実

山下奉文大将着任

マニラ市が混乱のさなかの昭和十九年十月七日、山下奉文大将が比島第十四方面軍司令官として満州からマニラに着任した。山下大将は太平洋戦争の火蓋を切る、いわゆるマレー半島を電撃作戦で疾風迅雷席巻し、英国百年の牙城《がじょう》シンガポールを陥落させた猛将として知られる指揮官である。

有名な山下大将の赴任は、沈みがちな比島派遣軍将兵の心を明るくした。その指揮に大なる期待を寄せ、戦況が好転できると信じたのである。去る九月八日に着任した第四航空軍司令官冨永中将は、その十三日のち米機動部隊の攻撃を受け、為す術もないまま、多くの貴重な戦力を失っていた。

また、大本営が計画する「比島航空要塞化」に異見をもつ黒田中将も、ルソン島防衛の責任を持ちながら、米軍上陸が予想される沿岸防備も、防空配慮も全然できていない。山下大将と交替させられるのは当然である。

大本営の方針を嘲笑する黒田中将に替わり、満州牡丹江《ぼたんこう》から転補してきた山下大将は、周知のように緒戦のマレー作戦で成功を収め、〝マレーの虎〟として国民的英雄になった。しかも帝都に凱旋の機会も与えられず、満州の第一方面軍司令官として二年半を過ごしていた。彼の不遇は、東条首相の嫉妬のためと聞いた。

山下大将が決戦場に呼ばれたのは、〝マレーの虎〟の手腕に期待されたためである。元来は参謀総長、あるいは陸軍大臣に補されてもいい経歴の持ち主であった。山下大将は大本営からルソン決戦の指示をうけ、戦勝に驕《おご》るマッカーサーと対決することに意義を認めてルソン島にきた。

しかし山下大将が見たものは、港内の度重なる空襲によって沈められた艦船であり、さも爆撃して下さいと言わんばかりに、埠頭に積み上げられた軍需品の滞貨の山であった。

比島決戦を任せられたとはいえ、比島派遣軍の多くはその指揮下にない。第四航空軍は南方軍の直轄である。レイテ島決戦遂行にもっとも重要な輸送を司《つかさど》るマニラ第三船舶司令部（稲田正純少将、第六飛行師団解体後謹慎？　を経て司令官となる）も然《しか》り。ビサヤ、ミンダナオの諸隊は三十五軍の指揮下にあり、将軍の自由になるのはルソン島上の諸隊にすぎない。

墜落するB−24

十月十五日午前十時、マニラは戦爆連合約八十機の空襲を受けた。司令部の航空情報どおり、モロタイ島から発進した大型爆撃機、B-17とB-24の水平爆撃が始まった。飛行場施設の破壊が目的である。

私が見たのはコンソリデーテッドB-24爆撃機の編隊で、B-17より太い機体を四発エンジンで支え、重そうにニコルス飛行場に侵入している。敵機の飛行高度は約三千メートルで、撃ち上げる高射砲の弾幕は、その前方に有効に広がっている。

弾幕の中を潜り、ウォンウォンとエンジンを響かせた編隊の弾倉から、一斉にバラバラと落ちる黒い爆弾が見えた。機体を離れて加速度を増した爆弾は、空を裂く落下音とともにビルの陰に吸い込まれ、数秒のあと炸裂した風圧と地面を揺るがす地響きが伝わってくる。投弾を終えて軽くなったコンソリデーテッドの爆音が変わり、弾幕を避けて湾口に向け変針して退避行動に移った。

そのとき突然、一機の胴体中央部にフラッシュのような閃光が光った。「アッ命中だ!」。火の帯が機体の前後に延びた一瞬、機体後部は火炎に包まれた。両翼は胴体から離れて火を吹き、ゆっくり回転しながら落ちていく。おそらく胴体ガソリンタンクを高射砲弾が直撃したのであろう。

三千メートルの上空で八名のパイロットを乗せた幅三十三メートル、総重量二十九・五トンの巨体は四散した。火炎を曳いて墜落する機体から幸運にも飛び出した数個の白いパラシュートは、マニラ湾の海上へ風に流されてゆっくり降りていく。爆撃機編隊が飛び去った上空に、しばらく硝煙が漂って消えなかった。

後日、司令部で、落下傘降下して捕虜になった米軍パイロットを見た。大柄な金髪の若者は、米軍の勝利を疑わない様子で笑みを浮かべている。彼は紫色に腫れ上がった左の手首を吊り、警備兵と軍医部に治療に向かった。捕虜が着ている薄いカーキ色の飛行服を見た兵隊たちは、「友軍の航空服に比べて劣っている」と優越感を感じたものだ。

じつは航空機製造技術は、われわれの想像以上に進歩していた。操縦席や銃座は外気を遮断した隔室であり、日本軍のような防寒服を必要としないのだ。

いま一人、目隠しされた捕虜を衛兵班前の洗面所で見た。この捕虜は、以前から司令部地下室で敵の発信電波を傍受していると聞いた。

台湾沖航空戦戦果は嘘

空襲を受けた翌十六日、四航作命は『十五日一〇〇〇、マニラは戦爆連合約八十機の空襲を受けた。わが方は約五十機をもってこれを迎撃、三十二機を撃墜した』と伝え、さらに『空母四隻を基幹とする機動部隊がマニラ東北二百四十カイリの海面に発見された。陸海軍航空部隊約百三十機が二次に渡って攻撃を加え、空母一隻を撃沈、二隻を炎上せしめた』と知らせた。この戦果に、施設科は朝から沸き立っていた。

その直後、つぎのような大本営海軍部発表が正式に通達された。

『我が部隊は十月十二日以降、連日連夜台湾及びルソン東方海面の敵機動部隊を猛攻し、その過半の兵力を壊滅して、これを潰走せしめたり。

一、我が方の収めたる戦果総合次の如し。
轟撃沈　空母一一、戦艦二、巡洋艦三、巡洋艦もしくは駆逐艦一
撃破　空母八、戦艦二、巡洋艦もしくは駆逐艦一、艦種不詳一三、その他火焔火柱を
認めたるもの一二を下らず。
撃墜　一一二（基地における撃墜を含まず）
二、我が方の損害
飛行機未帰還　三一二
本戦闘を台湾沖航空戦と呼称す』
以上の発表をメモを見ながら、菊池技手が黒板に書いた。周りに集まった施設科全員の喜びは、遂に「万歳、万歳」の叫び声となり、しばらく興奮が収まらない。戦果の中に撃沈破された空母が多いのが何より嬉しい。そのあと戦艦一隻擱座《かくざ》（航行不能）と追加され、興奮は絶頂に達した。
（この大本営発表は、サイパン陥落以来、戦いの前途に不安を抱き始めた国民を狂喜させた。聯合艦隊は勅語を賜わり、東京と大阪で国民大会が開かれた。小磯国昭首相は『勝利は今や我が頭上にあり』と叫んだという）
われわれが喜んだのも束の間で、すぐ「発表は誤報だったらしい」と簡単に取り消された。がっかりするより、軍司令部が偽りの戦果に踊らされたのが腹立たしい。聯合艦隊の健在を信じ、かならず米艦隊を撃破すると疑わなかったわが艦隊は、その頃すでに壊滅的打撃をう

けつつあったのだ。

謎の集中爆撃

山下将軍が選んだ新任参謀長の武藤章《あきら》中将（東京軍事裁判A級被告）は、米軍がレイテ島に上陸した十月二十日にやっとマニラに到着し、マッキンレーにある方面軍司令部に入った。九月二十一日のマニラ初空襲の後、治安状況は急速に悪化し、ゲリラ活動が活発となり、テロ事件が増えつつあった。また米軍の空襲激化とともに、マニラ埠頭に山積した軍需資材の疎開が重大問題となっていた。

経理部の床下に通じる退避壕も、ようやく人が通れる穴が開いた。大型爆弾の直撃を受けない限り安全と思われる。頑丈な地下の基礎に板を渡しただけだが、中は広く、佐々木大尉はもちろんのこと、私たちもときどき駆け込んで退避した。

ある日の朝、『本日午前中、米軍機による第四航空軍司令部を目標とした集中爆撃がある』との情報が司令部内にまたたく間に広がった。これに対する退避命令も出ないまま時間が経過し、それとなく各部がトラックや乗用車に重要物の積み込みを始めた。施設科の分任官（出納官）田辺少尉の所在は不明で、私は非常持ち出し品である重い鉄製金匱行李《きんきこうり》の処置に困った。

窓の下に何やら積み込んでいる望田伍長の姿が見える。「望田伍長」と呼びかけた。彼には身代わり勤務の貸しがあり、嫌とは言わせない。金匱行李と保管している俸給支払いの印艦や、大事な私物を車に積んでくれと頼んだ。

積み込みを終えた車は、つぎつぎと退避して司令部を去り、静寂になってくると、集中爆撃の情報が本物かどうか気になってきた。

「島上等兵、二人最後までここに止まろう」と悲壮な気持ちで言うと、「はい、班長殿、私も一緒にいます」と同調してくれたのが嬉しい。

どのくらいたったのか、何やら広場が騒がしく二階から見下ろした。小柄な将官の前に立つ背が高い参謀懸章を付けた将校が、叱責されてうなだれている。この将校は、偏狭な冨永軍司令官の人事専断による移動で、十一月に前任者の寺田参謀長の後任として来任した参謀長・隈部正美少将であった。

自分の気に入らないと怒鳴りつけ、殴られる参謀もいるほど彼は苛立っていた。軍司令部内の退避騒ぎに対して冨永軍司令官の怒りはしばらくつづき、観念して立て籠もり(?)した私たち下級者は、いささか溜飲の下がる思いである。

壊滅する聯合艦隊

昭和十九年六月のマリアナ沖海戦で虎の子の正式空母(以降、正空と呼ぶ)「翔鶴」を始め、「大鳳」と、改装空母(以降、改空と呼ぶ)「飛鷹」を失った。その後、十月末までに比島海域で失った艦艇をつぎに列記する。

八月十八日(改空)「大鷹」、(軽巡)「名取」。九月十七日(改空)「雲鷹」。十月二十三日

（重巡）「摩耶」「愛宕」。同二十四日（戦艦）「武蔵」。同二十五日（正空）「瑞鶴」、（改空）「千歳」「瑞鳳」、（戦艦）「扶桑」「山城」、（重巡）「鳥海」「鈴谷」、（軽巡）「多摩」。二十六日（重巡）最上、（軽巡）「阿武隈」。十一月に入り、マニラ湾において五日（重巡）「那智」、十四日（軽巡）「木曽」が撃沈され、二十一日に台湾北方にて（戦艦）「金剛」、二十五日、比島西岸サンタクルス沖で（重巡）「熊野」、（海防艦）「八十島」等、比島海域のみで二十数隻の大型艦と、その他三十五隻以上の駆逐艦が撃破されてしまったのである。

　これらの損害を、われわれは知ることのないまま、比島派遣の将兵は連日の空襲に耐え、わが聯合艦隊に希望を託していた。

　ある日突然、マニラ湾方向から、空気を揺るがす大爆発の音が響いてきた。空襲のときと違う異常な気配が漂う爆発音である。しばらくして、湾内に停泊中の重油タンカーが爆発したらしいと噂が広まった。

　その数日後、偕行社に行く公用のため、空襲後はじめて海岸通りに出た。湾内のあちこちに、大小の沈没船が赤錆びた鉄塊と化し、煙突とマストを海面に覗《のぞ》かせている。特徴のある三本煙突の軽巡洋艦「木曽」も沈み、かつて軍艦旗を靡《なび》かせていた偉容は想像できず、痛ましい姿だ。

　爆発した数千トンの黒い大型タンカーは、防波堤から約二百メートル沖に傾いて浮かんでいた。数千メートル上空に黒煙帯を漂わせる船体は、メラメラと燃える海面の中で坐礁しているようだ。破れた船腹から吹き出る黒煙の中から、チラチラ炎が見える。消火の気配はなく、自然鎮火を待つようにみえた。過失かテロ行為なのか？　だれも語ろうとはしない。

私には当時の状況から、敵に利する爆破行為と思えた。これらのことから憲兵隊本部の反日容疑者の摘発がますます厳しくなり、その結果、日本軍に対する比島人の非協力的態度が確実に増加するのである。

レイテ島多号作戦

美しかった四車線の海岸通りは変貌して、立ち入り禁止の軍用道路になっていた。航空寮の前に椰子が並ぶ美しい緑地帯は対空陣地になっている。土嚢の囲いの中に、軍艦からはずした十二センチ高角砲が据えられ、海軍陸戦服に身を固めた兵隊の姿が見える。侵入してくる敵艦を予測して砲身を水平に、照準は湾口に向けている。

マニラ湾沖に巨大な特設空母がしばらく停泊していた。九月二十一日以降の空襲で喪失した補給機を内地から積んできたと聞く。この特設空母は空襲を回避したのか、いつしかマニラ湾から姿を消していて気が安らぐ。

北方向から海面を約五十メートルの超低空で、風防を開けて飛ぶ二機の零戦を見た。先頭機はガソリンの尾を曳き、操縦者は被弾したのか不安定な飛行で翼を振り、後続は護衛する僚機である。一瞬、その二機はニコルス飛行場の方へ飛び去った。「この近くで、戦闘があったのだ」と、胸に込み上げるものを感じながら機影を見送った。

当時、ルソン島西岸のサンタクルス沖をマニラに向けて航行中の味方輸送船団が敵機の来襲をうけ、貴重な兵員物資を積んだ船団の被害がつづいた。零戦は、これら船団を護衛中に被弾したものと思われる。

レイテ作戦もかつて苦汁を味わったソロモンのガダルカナル作戦同様、補給を絶やすことはできなかった。『多号作戦』とは、昭和十九年十一月八日〜十一日にわたる第三次、第四次輸送作戦で、マニラからレイテ島のオルモック湾にいたる七百二十キロ（東京〜岡山間に相当）を、二個師団半の兵員と資材を輸送するためにとられた、陸海空共同作戦の総称である。

マニラにあった第三船舶輸送司令部（稲田正純少将）は、十四方面軍の山下大将の指揮下に入った。船舶二十万トンが必要であったが、九月二十一日の米軍空襲以降、約十五万トンの船舶がフィリピン海域で失われており、現地調達は不可能であった。台湾、上海から逐次、マニラに到着する船舶を帳簿上徴発して、十月二十八日、十一月中の輸送計画がほぼ出来上がった。

第十四方面軍司令官山下奉文大将は、東京で受けた指示が「ルソン以外で決戦を行なわない」であったと、レイテ島作戦には反対であった。

第三次輸送作戦

レイテ島に対する第一次、第二次輸送はレイテ沖海戦の余波で、彼我戦力の隙間を縫って成功していた。第三次、第四次と、多号作戦の準備がなされていたが、以前よりルソン島防衛に専念すべきとして、レイテ決戦に反対であった山下軍司令官と武藤参謀長は、もう一度南方軍（寺内寿一元帥）に作戦変更を申し出た。

大本営が昭和十九年十月十八日、『捷一号作戦』を下令した。すなわち陸海合同で行なう比島決戦である。十月二十二日、山下大将は南方軍から、日本の敗戦を決定づけた、つぎの命令を受けた。

一、驕敵撃滅の神機到来せり
二、第十四方面軍は海空軍と協力し、なるべく多くの兵力を以て、レイテ島に来攻せる敵を撃滅すべし

もともと捷一号作戦とは、ルソン島の地上決戦を主として考えられた作戦だが、突然、レイテ決戦に変更され、山下軍司令官、武藤参謀長は驚愕したという。

第三次輸送は十一月六日、マニラ出港の予定だったが、空襲のため延期し、さらに八日の台風により九日に延びた。そのため八日に嵐をついて出発した第四次輸送より後になった。

船団の編成はつぎの通りである。

輸送船「せれべす丸」六八六三トン、「泰山丸」三五八七トン、「三笠丸」三一四三トン、「西豊丸」四六三九トン、「天昭丸」四九八二トン、「和興丸」二二一一トン

護衛隊　駆逐艦＝旗艦「島風」「浜波」「初春」「竹」、駆潜艇「四十六号」、掃海艇「三十号」と上空援護機三十機が配置され、九日〇四三〇（午前四時三十分）出港した。

せれべす丸は優秀貨客船だったが、ほかは老朽の商船、貨物船である。船団が載せたのは

人員五千名ぐらいと搭載資材は六千六百トンであった。
十一月十一日、護衛旗艦「島風」がレーダーに敵機の接近を捕らえたとき、船団はオルモック湾に入ろうとしていた。泰山丸、三笠丸、西豊丸、天昭丸は一瞬にして沈み、三百名が岸に泳ぎ着いた。せれべす丸と和興丸は最寄りの海岸に擱座し、乗員二千七百名を上陸させ、駆逐艦「島風」と「浜波」は沈んだ。

第四次輸送作戦

私がマニラ埠頭で見たのは、第三次か第四次のどちらかの船団だ。接岸している大型輸送船のウインチが唸り、ロープが揺れ、タラップを踏んで兵隊が乗船している。空襲の合間に物資を搭載する荷役作業の暁部隊の兵隊も殺気立っていた。一時も早く作業を終えて、危険な埠頭から離れたいのだ。

第四次輸送の本隊編成は、つぎの通りである（八日一〇三〇、マニラ出発）。
輸送船＝上陸用舟艇母艦「高津丸」五六五六トン、「金華山丸」九三〇五トン、「香椎丸」八〇四七トン
直接護衛隊（司令官松山光治少将）＝海防艦「沖縄」「占守」「第十一号」「第十三号」
間接護衛隊（司令官木村昌福少将）＝駆逐艦「霞」「潮」「朝霜」「秋霜」「長波」「若月」
制空部隊＝海軍零式戦闘機八、陸軍四式戦闘機「疾風」八
三隻の商船は、いずれも十二ノット以上の高速船で、特に「高津丸」は陸軍船舶工兵（暁

部隊）所属の上陸用舟艇母艦であり、虎の子の船舶である。

（戦後発表された米軍の写真によると、B－25が攻撃し、必死に航行する大型輸送船は「香椎丸」で、船首、船尾の八八式七十五ミリの高射砲二門を、前方高く揚げているのに対し、B－25一機が左舷後方から煙突の高さで迫っている。ブリッジ上の高射機関銃手は、このとき戦死していたとある。

船は右に取り舵中で、左舷はまだ縄梯子を十一条下ろしたままであり、後部五番ハッチの上には軍用トラックが数台見える。これを揚陸できなかったため火災が起こり、沈没を早めたと付記してある）

遂に十日一二二〇（午後零時二十分）、香椎丸は大爆発を起こして沈没した。生存者二百五十名は海防艦十三号に救助された。第四次輸送船団の沈没は香椎丸、高津丸、海防艦十一号の三隻である。

駆逐艦「秋霜」は艦首をもぎ取られ、戦死二十、負傷四十を出したが、十四ノット半の速力を保ち、僚艦「潮」に守られて十一日夜、マニラに帰投した。マニラに帰った「秋霜」と、生き残った唯一の輸送船「金華山丸」は、十三日の空襲で共にマニラ湾に沈んだ。

夜空に浮かぶB－29

「多号作戦」はその後、規模は異なるが十二月九日の第九次輸送まで行なわれた。この頃から「多号作戦」による輸送の成否と関係なく、使用船舶は帰途あるいはマニラ湾で、かならず沈められるようになっていた。

　ある日の夜、運転手のバレンテンが「自分の誕生祝いに招待する」というので、滝田准尉と望田伍長の三人でトンド街の家へ行った。親日家の両親と彼と同年の婚約者を交えたささやかなパーティーだった。

　帰途、司令部近くまで来ると、異常な雰囲気が漂っていた。車のライトは遮光カバーで暗くしてあるのに、衛兵所入口で立哨している衛兵が駆け寄り、「空襲警報中だ。ライトを消せ」と咎めた。尉官乗車を示す青旗をつけていたので、入場を許されて構内に入ると、衛兵所司令は見習士官で、厳《いかめ》しい顔付きで立っている。

　車から降りて見上げると、暗い上空に照空灯が交錯する焦点に、一機の巨大な四発ボーイングB-29が白く浮かび、ゆっくり飛んでいる。機体が大きいため低空に見えるが、飛行高度はわからない。偵察飛行をつづけながら、悠々とキャビテ軍港の方に飛んでいる。初めて見るB-29はあまりにも巨大だった。

　その後下方を小さい光が二つ、音もなくスーッと接近していく。この光は双発夜間戦闘機「月光」の排気口から出す炎だと思った。照空灯に照らされて夜空に浮かぶB-29の下方に二つの光が潜り、平行に飛びつづけて装備する二十ミリ二連装斜め機銃で攻撃するのだ。B-29に小判鮫のように食らい付いているのが炎の点滅でわかる。斜め銃を発射すれば曳光弾が飛び、その巨体はのたうち回って墜落するはずだ。「早く撃て！」と手に汗を握り期待するのに、火閃は見えず、敵機は何の動揺もなく、平然と闇の彼方に消えていった。

四航軍司令部が隷下の各飛行師団あてに出す回報には、戦闘機による米軍超重爆撃機B-29に対する攻撃要領につき『B-29より高位をとり、反航姿勢で機首銃座を照準し、射撃しながら急降下して下方で反転離脱するのが効果的である。一式戦闘機により今日までに、数機撃墜せり』とある。

しかしB-29は高々度を飛行する。わが戦闘機の性能で上昇は不可能であり、おそらくニューギニア戦線のB-17攻撃に対する戦訓であろう。

陸軍特別攻撃隊

昭和十九年十月十八日、大本営がフィリピン方面に陸海軍の主力を集中する「捷一号作戦」が発令になり、両軍の間で海と空と島で凄惨な死闘が繰り返された。そして二十日、米軍がフィリピン群島中部のレイテ島に上陸した。この日、大西瀧治郎第一航空艦隊司令官が神風《しんぷう》特別攻撃隊の編成を発令した。

十月二十五日、マニラ市の北方約七十キロにあるマバラカット飛行場から発進した、関行男大尉が指揮する『第一神風特別攻撃隊敷島隊』爆装零戦五機は、レイテ島タクロバン東方九十カイリの海域で米機動部隊を捕捉、大尉機は護衛空母セント・ローに激突、同艦は弾火薬庫の誘爆を起こして沈没した。

日に日に敗色濃い戦局をなんとか打開するため、海軍につづき陸軍でも航空機の体当たりによる特別攻撃隊が編成された。圧倒的に優勢な米軍に立ち向かうため、すべての面で劣勢に立たされた日本軍は、文字どおり必死の戦法である特別攻撃隊に最後の望みをかけた。

こうして陸軍最初の特攻隊として茨城県の鉾田《ほこた》陸軍教導飛行師団（師団長・今西六郎少将）と、浜松教導飛行師団（師団長・川上清志少将）に九九双軽と四式重爆（飛龍）による特攻隊の編成命令が伝えられたのは十月二十日であった。

『陸軍大尉岩本益臣《ますおみ》以下二十四名、第四航空軍に配属を命ず。フィリピン到着後は、第四航空軍司令官の指揮に従い作戦任務を遂行すべし。出発は明朝八時』。岩本大尉は隊長を命ぜられた。

岩本隊は、全機が体当たりに改装した九九双軽である。台湾嘉義飛行場を経て二十六日、ルソン島リパ飛行場に到着した。戦雲けわしいフィリピンに進出した両隊は「万朶隊」鉾田、「富嶽隊」浜松——と名づけられ、米艦船への体当たり攻撃が開始された。以来、昭和二十年八月十五日の終戦までフィリピン基地から発進した千四百人におよぶ陸軍特別攻撃隊員が、若い生命を海と空の果てに散華したのである。その特攻隊名をつぎに記す。

「万朶《ばんだ》隊」「富嶽《ふがく》隊」「靖国《やすくに》隊」「薫《かおる》空挺隊」「八紘《はっこう》隊」「御楯《みたて》隊」「石腸《せきちょう》隊」「鉄心《てっしん》隊」「一宇《いちう》隊」「護国《ごこく》隊」「丹心《たんしん》隊」「勤皇《きんのう》隊」「菊水《きくすい》隊」「護国《ごこく》隊」「旭光《きょくこう》隊」「精華《せいか》隊」「若桜《わかさくら》隊」「殉義《じゅんぎ》隊」「進襲《しんしゅう》隊」「皇華《こうか》隊」「一誠《いっせい》隊」の諸隊である。

撃墜された岩本大尉機

万朶隊は、昭和十九年十月二十六日、リパ飛行場に到着した。十一月五日の朝、万朶隊隊長岩本大尉は、隊員につぎのように訓示した。

「今より空勤の将校全員はマニラの第四航空軍司令部に行く。リパに帰る予定は改めてマニラから連絡する云々」（以下略）

午前八時、岩本機はリパ飛行場を出発した。園田中尉、安藤中尉、川島中尉、中川少尉の四人が同乗し、操縦は園田中尉であった。

この日のルソン島上空は快晴であり、米機の空襲が毎朝定期便のように始まるときである。岩本大尉はリパにきて以来、それをよく見聞していた。しかも岩本機は、体当たり機に改造したために、一門の機関砲も持たない無防備機である。

こうした悪条件の中で、ただ一つ安全らしく見えたのは、リパ飛行場はマニラの南方九十キロのところにあり、九九双軽での飛行時間は二十分たらずである。

しばらくすると、リパ飛行場に激しい空襲があった。爆弾が空気を切り裂いて落下して飛行機が燃え、負傷者も出た。隊員は頭上を駆け巡っていく米軍の艦載爆撃機を見た。マニラ市周辺も猛烈な空襲がつづき、その中へ岩本機が飛び込んだことが今や明らかになってきた。

午前十一時を過ぎたころ、四航軍司令部から万朶隊あてに無電が送られてきた。

『万朶隊は出発せしや、状況によっては地上自動車にてこられたし』

この電文で、岩本機がマニラに到着していないことが明らかになった。隊員は、こんな定期便が来る時刻にマニラに呼び寄せる四航軍の命令を罵《のの》った。この岩本機は、ラグナ湖上空でグラマンF６F戦闘機二機に撃墜され、重傷の中川少尉以外は銃弾を受けて絶命していた。

万朶隊の残された隊員たちは、岩本大尉の戦死に対し痛惜の思いに駆られ、幾たびも繰り返して四航軍の「呼び寄せ」を罵った。隊員たちは、「岩本大尉に無謀な飛行をさせたのは四航軍の命令だ」と固く信じて疑わなかった。

（平成四年十一月九日、奈良市で開催した四航軍サンチャゴ会に出席した大元肇氏〈当時四航軍司令部、衛兵班上等兵〉は、副官部の成瀬大尉に引率され、救助隊としてトラックで現地に向かった。地上に散乱した遺体は現地人に襲われて、ほとんど遺品はなかった、と私に当時を述懐された）

薫空挺隊

第四航空軍隷下部隊から南京の中支那主計下士官候補者隊に派遣され、共に教育を受けた一人の桑木伍長は、ソロモン諸島ブーゲンビルから派遣されていた。彼もマニラで司令部命令により、近くの部隊に転属して別れたままである。

十月中旬、久し振りにやってきた彼は、共に学んだ庶務科の山本と主計科の堀井に会った後、施設科に入ってきた。いつとは違う面持ちで、「別れにきた」と言う。田辺少尉も、「何や？」とそばへ寄ってきた。

「秘密だけど、レイテ島の飛行場へ胴体着陸して、敵陣地へ切り込み隊として突入するので別れにきた。台湾の高砂族《たかさごぞく》で編成した隊員で、これが武器の一つだ」と、彼はぐるぐる巻いた中から蛮刀を取り出した。

「自動車の板スプリングで作ったもので、よく切れる、全員が携帯する」と笑顔を見せたが、何の憂いも見せずに明るく振る舞っている。特攻隊員として死地に赴く彼の決心を聞き、私は彼に激励する言葉も見当たらず、ただ手を握り、その顔を見つめて、「武運長久を祈る」と言うしかなかった。

第四航空軍は敵航空の活動を押さえるため、その中枢と目されたブラウエン飛行場に空挺特攻隊を強行着陸させ、たとえ一時的にでもこれを封殺しようとした。高千穂落下傘降下部隊は、内地からルソン島に進出中であり、やむなく遊撃第一中隊の一部を輸送機四機に乗せ、ブラウエン飛行場に着陸させようとした。この遊撃中隊は、兵の大半を高砂族の志願兵を主に編成し、ニューギニア島やモロタイ島でゲリラ作戦を展開するため、ルソン島に来ていた。

昭和十九年十一月二十六日夕刻、遊撃中隊の中重男《なかしげお》中尉以下四十名（高砂族二十四名）は飛行戦隊、桐村浩三中尉以下八名の操縦する、国産ダグラスC3型輸送機四機に分乗して『薫《かおる》空挺隊』と名づけ、リパ飛行場を離陸してブラウエンに向かった。隊員は小銃のほか、九九式手榴弾十二発と、使い馴れた蛮刀を腰に下げた。

戦果は皆無とされるが、当日オルモック港に米機の飛来はなかったので、四航軍司令官富永恭次中将は、相当の被害を与えたものと判断した。

米軍側の記録では、ブラウエンの東方十六キロにあるドラッグの海岸に、大型機二機が着陸し、乗っていた日本兵は闇の中に姿を消したとある。

マニラを去る南方軍

　レイテ戦がいかに絶望的であろうとも、とにかく続行すると形式的な決定を下して、十一月十七日、寺内元帥は総司令部をフランス領インドシナのサイゴンに移し、元帥自身もマニラを去った。彼はルソン島が戦場になることを予想して、サイゴンに後退した。前もって大本営と打ち合わせてあることだから、ルソン島が危なくなったから逃げ出すのではないと言う。

　だが、これを口実だと見ている一人は、ニューギニアで独断退却した第六飛行師団長の稲田正純少将で、責任を問われて特命となり航空審にいた。硬骨の人であり、単刀直入のいいかたで、「南方軍は大本営のマニラの出店になったのか」云々と、南方軍の無能を攻撃し、その理由をつぎのように見る。

「南方軍がルソン島に居ることは危険だから逃げ出すとして、もとのシンガポールに戻ることは、なお危ない。サイゴンならば、負けてきたときは、陸続きに中国に逃げ込める。そこで支那派遣軍と合体して、持ちこたえようと計画したのだ。つまり中国までも行くつもりで、南方軍はマニラを逃げ出したのだ」

「南方軍は、この年の五月にマニラに戦闘指揮所をおくと称して、シンガポールから移動してきたが、実質は戦闘指揮所ではなく、総司令部そのものに等しかった」と言う。

　そしてこの後、稲田少将はレイテ島決戦の遂行にもっとも重要な輸送を司るマニラ第三船舶輸送司令官になった。その彼も戦況悪化にともない、サイゴンへ去っていった。

レイテ島ブラウエン飛行場に胴体着陸による斬込隊の派遣が、十一月二十二日に発令された「義号作戦」（薫空挺隊）である。そして二十三日、第四航空軍司令官冨永中将は「天号作戦」（高千穂空挺隊）を発令した。いずれも決死の作戦で、聞こえは勇ましいが、普通の兵理では考えられないことである。「義号作戦」「天号作戦」など、後に陸海軍の終末的決戦の名称が、レイテ作戦の段階で使われているところに、決戦の気構えが窺《うかが》われる。「天号作戦」も「薫空挺隊」と同じく、飛行場殴り込み作戦だが、胴体着陸ではなく、落下傘降下による正攻法である。この作戦に使用された第二挺進団を「高千穂空挺隊」と称し、全軍がこの戦果に期待した。

高千穂空挺隊

高千穂落下傘降下部隊の情報は、早くからわれわれに伝わっていた。この集団は全員、口径八ミリ一分間九百発を発射する一〇〇式短機関銃を持ち、近接戦にはきわめて有効とされた。さらに七・七ミリの軽機を別に包装して投下した。兵はこのほか爆薬、携帯口糧、リキュール酒、その他ハーモニカ、呼笛、カスタネットなども持っていたと米側は伝えている。

使用機数は爆撃機、輸送機、戦闘機合わせて五十一機、輸送機は各々十五～二十名の兵士を乗せ、レイテ島タクロバンほか四ヵ所に降下する予定であった。

攻撃は三波に分かれ、第一波は二百七十九名で第二波の人員は不明。第三波は残部約八十であった。第二波は第一波がいったんルソン島に帰ってから、ふたたび人員を搭載し、燃料を補給してから出発するのだが、往復六時間を要する予定である。

攻撃開始後の情報は、『第一波降下隊を輸送した飛行機が攻撃され、予定時刻になっても数機しか帰らぬ』と伝わってきた。

米輸送船団が見たのは、十二月六日一五三八（午後三時三十八分）、中部ルソンのアンヘレス飛行場を飛び立った高千穂部隊の第一波、三十九機の爆撃機と輸送機の一部である。高度三百メートルで一八四〇（午後六時四十分）、ブリ、サンパブロ両飛行場上空に達した。

予定では両飛行場に百名ずつ降下するはずだったが、おそらく対空砲火のためであろう、降下に混乱が生じた。米側の記録によれば、十八機が撃墜されている。ブラウエン住民は、『空から飛行機の残骸と共に、ばらばらになった日本兵の死体が降ったのを覚えている』と言う。


（米公刊戦史はサンパブロに降下した日本兵を二百五十〜三百と踏んでいるが、日本の記録では百二十四である。両飛行場で破壊された米機は、双発輸送機一、地上連絡機五、その他十四、計二十機とある）


戦果は直ちにマニラの第四航空軍司令部へ無電で報告された。司令官冨永中将は、戦果の少ないのを意外に思った。米軍の出撃機数から考えれば、少なくとも一飛行場に百機はいると思った。

《薫空挺隊の一機に乗っていた将校の戦死遺体から、「天号作戦」「和号作戦」の詳細を書いた文書が米軍の手に入っていた》それらの結果及び輸送爆撃機の損害が大きいので、二二〇

○（午後十時）、リパ出発予定の第二波攻撃は中止された。

激励する冨永軍司令官

特攻隊の使用機のうち一式戦闘機（隼）、二式複座戦闘機（屠龍）、九九式襲撃機（軍偵察機）は、体当たりのための改装はしてない。取り付ける爆弾は、一式戦と二式複戦が二百五十キロ爆弾二発、九九式襲撃機は五百キロ一発であった。

戦局の悪化のため、有り合わせの飛行機と人員を手当たり次第に投入する無謀な戦法に変わった。

九九襲は軍偵察機とも呼ばれ、昭和十七年に私がラエ飛行場で見た旧式機である。使い終われば廃棄にするため、艦船攻撃に不適当であっても、惜しまずに投入できたのだ（冨永軍司令官は、のち中部ルソンのエチアゲ飛行場より、この機種である軍偵に乗り、台湾に脱出した）。

軍施設科から見える前棟の参謀部二階の講堂で、冨永軍司令官からハチ巻を捧げて受けとる特攻隊将校たちの姿を、窓越しに幾たびか目撃した。

十一月二十日、『靖国隊』の出丸中尉以下の隊員がカロカン飛行場からマニラ司令部に申告に来た。

冨永軍司令官は、特攻隊員に対し、いつもの訓示を述べ、隊員のひとりひとりと握手をして回り、「しっかり頼みますぞ」と言い、「お前たちだけ出さんわい、わしの息子も、後からかならずやるからな」と、全員に向かって言って激励した（子息は加古川航空隊に在隊中であった）。

米軍がレイテに上陸後、現地召集が始まり、十月下旬の臨時召集以来、一月初旬までに入隊した、いわゆる市民部隊の数は約一千五百名である。重役も平社員も、四十坂を越して初めて軍服をつけた人もかなりあった。召集を受けた邦人で、ぶつぶつ言う者はだれ一人としていなかったという。議事堂の堅固な建物にも中央郵便局にも、現役部隊に合流した市民部隊が布陣した。

患者補充員なども合わせた臨時大、中隊の編成も始めた。海上戦力は減退し、航空戦力も船舶輸送力も激減しており、後続師団が早期にマニラに入港してくることは考えられなくなっていた。

庶務科の山本伍長は、経理部横の広場に傭人の軍属を集合させ、竹槍を持たせて銃剣術の刺突訓練を始めた。道路を歩きながら見るフィリピン人の眼が厳しくなる。

マニラ死守の噂もあるが、われわれは何も知らない。遂に『軍司令部前の歩道数箇所に塹《ざん》壕《ごう》を掘れ』と命令がでた。

高千穂部隊二次降下予定だった兵長が数人、壕掘りを手伝いながら、降下作戦の失敗を語ってくれた。

ルソン島三大拠点

われわれ下級兵士が知り得なかった昭和十九年十二月以降の第十四方面軍（山下）と第四航空軍（冨永）の作戦行動を「公刊戦史」に基づき、体験も挿入しながら述べる。

第十四方面軍は、「敵のルソン来攻は十二月下旬〜一月上旬」と判断した。第十四方面軍が強く所信を披瀝《ひれき》しても大本営は強硬に部隊のレイテ派遣を要求してきた。大本営がレイテ決戦の続行を固執すればするほど兵力が減じ、第十四方面軍としては北部ルソン戦の必然性を意識するのである。

そして遂に北部ルソン大拠点と、クラーク—マニラ小拠点、いわゆる『北部ルソン重視の三大拠点』という考え方に転じた、ルソン決戦のため、三拠点割拠を原則とせざるを得ない。それにより敵に出血を強要し、豊饒《ほうじょう》なカガヤン河谷を確保すれば食料を自給しえて、長期自給が可能であると考えるようになった。

第十四方面軍の三大拠点準備は、まずマニラ周辺に関するものが主になる。「事態は一刻の猶予を許さず」として十二月十五日、北部ルソンを重点とする三大拠点構想を確定し、軍需品、邦人、患者を北部に移す命令を出した。マニラの邦人（現地召集者を除く老幼婦女）約二千名の移動である。

態勢の転換途上に敵の空挺降下を受けることはもっとも憂慮され、いよいよゲリラの跳梁を見るに至った。

ゲリラは昭和十七年八月の組織的蜂起以来、わが戦局の悪化にともない逐次、増勢してきた。一方、比島の住民は、特にわが軍の捷号作戦準備以来、物資不足の累加と物価の漸騰《ぜんとう》に苦しみつつあった。

レイテ戦のわが戦況の悪化は、米軍のゲリラに対する補給とゲリラの育成強化を容易にし、比島住民に『米軍必勝』を信じさせた。「バスに乗り遅れるな」式の比島住民のゲリラ参加を誘致しつつあり、正式にゲリラとして登録された人員は二十七万人となる道程を進んでいた。

この時期に第十四方面軍司令官山下将軍のマニラ放棄案と、四航軍司令官冨永中将のマニラ死守とまったく反していることは、急を要するルソン作戦準備がならないとしたサイゴン寺内総司令官は、十二月二十五日、第四航空軍を昭和二十年一月一日から第十四方面軍（山下大将）の指揮下に入れる命令を出し、冨永中将の独走を許さなかった。

冨永軍司令官の大義名分

第四航空軍は、第十四方面軍の考え方であるクラークの拠点準備をまったく無視しており、冨永軍司令官の命令で、司令部があるマニラ大学の周辺や、構内での防御壕掘りが始まった。私は司令部前の大東亜通りに面した舗道に、敵を迎え撃つ壕を掘ったが、どの方向に対峙するのか、指揮をする田辺少尉も知らない。

冨永軍司令官が、マニラ死守を主張するもっとも簡単な理由は、四航軍が航空戦力を失ってしまったから、今さら北部ルソンに行ってもどうにもならないことにある。四航軍は、すでに南方軍の命令で山下大将の指揮下に入ることになっていた。

山下軍としては、四航軍が北部ルソンのカガヤン河谷のエチアゲに退き、そこから航空作戦を実施して連合軍のルソン島来攻を防御することを望んでいた。

冨永軍司令官は、エチアゲ移動をうながしにきた第十四方面軍の武藤章参謀長（幼年、士官学校とも同期）に怒鳴りたてたという。

「レイテで決戦をやるというから、冨永は特攻隊をだした。決戦というからには、国家の興亡が懸かっている。だから体当たりをやらせた。それなのに今度はルソンで持久戦をやるという。これでは、今まで何のために特攻隊を犠牲にしたのかわからなくなる。冨永が部下に顔向けが出来んことになる。冨永はマニラを動かんぞ。マニラで死んで、特攻隊にお詫びするんだ」

そばにいた、四航軍の松前高級参謀は、「軍司令官の言葉は勇ましいが、特攻隊は、もはや大義名分の口実に利用しているにすぎない。四航軍の実情とまったくかけ離れているのに、空しいものを感じる。そして、軍司令官の言動が異常であり、正常な頭脳の状態とは言えぬと思った」と言う。

十二月二十六日——

山下の第十四方面軍司令部は、いよいよ撤退を始めたが、この処置は主として冨永軍司令官のマニラ撤退をうながすためであった。ルソンの在留邦人は、昭和十八年が最大で六千四百名であったが、約六百名が内地に送還された。約一千名が徴集、約一千名が召集、約一千三百名が徴用され、約二千五百名の老幼婦女がバギオ方面（約五百名）とマニラ方面（約二千名）に残っていた。

辞任方上申

十二月二十九日——

第四航空軍の姿勢は依然として変化がなかったが、この日、指揮下に入れるべき航空軍に対し、十四方面軍はつぎの命令をだした。

『昭和二十年一月一日零時をもって第四航空軍を予の指揮下に入らしめられる。第四航空軍司令官は、第四航空軍の作戦上準拠すべき要項に拠り、比島方面の作戦を遂行すべし』

しかし、冨永軍司令官は前記命令を受けるや、松前高級参謀に、「寺内総司令官に辞任上申方」を命じ、三十一日、辞任上申電を発電した。

山下大将の第十四方面軍司令部がマッキンレーから撤退したあとのマニラ市内には、人影が急に少なくなった。窓を閉ざしてシャッターを下ろす商店が多くなり、険悪な雰囲気が漂ってもう一人歩きはできない。

昭和二十年一月元日——

新年を迎えたこの日、軍司令部は何となく慌ただしい空気に包まれ、将校の顔にも落ち着きがない。本当に玉砕するのか、マニラを脱出できるのか？　軍司令官の辞任説も、当時は参謀以外のだれも知らない。炊事から珍しく餅入りの正月雑煮がでたことは、われわれの気分を和《なご》ませてくれた。

私は右鼠蹊部《そけいぶ》のリンパ腺が腫れたのと、右膝に腫瘍ができたのが紫色になって歩行困難であった。

田辺少尉が、「高橋、お前は第四性病かも知れん。南方の性病は悪質で質が悪いと言うで」と脅かしたが、知り合いの軍医に頼んでペニシリン注射と、膝の腫瘍摘出手術を受けた。麻酔なしに抉《えぐ》られた患部の痛みはしばらくつづいた。

餅は化膿が悪化するとだれかが言って、遠慮しながら食べた記憶があるから、当時の態勢はマニラ脱出に傾いていたのかも知れない。

一月二日、冨永軍司令官はマニラで玉砕する決心に変わりなかったが、関係諸部隊の一部は主力を率い、カガヤン河北に向かった。

一月五日午後、「敵大船団マニラ西方、北上中」の報告があり、米軍主力のリンガエン湾来攻が確実となった。そして六日、敵はリンガエン湾に艦砲射撃を開始した。

航空軍エチアゲ移動

一月六日――

敵はリンガエンに艦砲射撃を開始したが、この日、冨永軍司令官は、軍指揮下の在マニラの飛行諸部隊に対し、軍司令部付近の防御を含む地上戦闘の命令を出した。

私は壕掘りを終え、がらんとした二階の施設科の机に向かっていた。そばに一人座っている高級部員矢口中佐の手前、何かしなければと会計帳簿の整理をしはじめた。

「高橋、今頃、何でそのようなことをしてるのか！」と苛立つように叱られた。実際、今の状況は帳簿整理どころではなく、もっと真剣に慌《あわ》てなければならないのだが、小輩の私にはさて何をしたらよいのか見当もつかなかった。

一月七日——
《午前の航空軍の記者会見は平常どおりおこなわれた。軍司令部周辺に第二挺身団将兵（高千穂）が築城を強化しつつあり、記者一同は生死を軍司令部と共にする覚悟でいた。一六〇〇の記者会見は定刻の開始はできなかった。やがて内田将之情報参謀が姿を見せ、「軍司令部がエチアゲに移ることになった」旨を発表した》
《山下大将の十二月中旬以来の方針は、「三大拠点戦を行ないマニラを戦場にしない」というものであり、海軍大川内中将はこれに同意、冨永中将は不同意で一月七日に至ったが、航空軍はこの日方針を転換した》
《海軍はこの頃からマニラ死守に傾斜していた。大川内長官は十二月十二日「マニラ海軍防衛隊」（マ海防）を編成したが、後のマニラ市街戦に巻き込まれ、脱出の機会を失い玉砕することになる。「マ海防」編成の意図は、「米軍をしてマニラに於ける軍事施設

を使用させないため之を破壊する。陸戦に際しては陸軍の指揮をうける」ものとし、兵力は約四千人とした》

《四航軍さえもマニラを去るに至り、在マニラ海軍将兵は憤慨し、自負心を強め、十一日には「マニラを死守せんとす。所見あらば承りたし」と強硬な電報をバギオの有馬参謀長に出すに至った》（「公刊戦史」より）

冨永中将は七日、エチアゲ出発を発表するや、さっそく司令部要員を高千穂部隊に護衛させ、早々にマニラを離れてしまった。

第五章――バレテ峠の死闘

荒廃するマニラ市

昭和二十年一月八日朝――

一司令部二階のホールに下士官以上の集合がかかった。正面の壇上に飛行服姿の内田情報参謀が立ち、八の字髭を震わせながら自ら偵察したと前置きして、エチアゲまでの北上順路の概要と、各部ごとの出発時刻など、全員マニラを脱出する希望に満ちた説明があった。最後に「貴官たちも順次、台湾に集結し、航空軍の再建に尽くすべき云々」と嬉しい言葉で締め括《くく》った。半ば予想していたとはいえ、ホール内にざわめきの声が起きた。

施設科に帰り、直ちに出発準備が始まった。まさか玉砕はないだろうと思っていたが、正式な発表で北上することが決定した。さらに台湾へ行けると聞き、皆の表情が明るく、冗談の一つも出るようになった。

経理部は二組に別れた。少数の人員が輸送物資を積んだトラックに便乗する車輌部隊と、クラーク地区に出張勤務中の軍属と合流しつつ、サンホセ経由で北上する徒歩部隊とに分けられた。

経理部の乗用車はバッテリーの容量不足であり、バレンテン少年を同行させ、私と菊池技手と望田伍長でエスコルタ付近の商店街へ調達にでかけた。時岡中尉が、日本に憧れるバレンに「日本へ連れて行く」と言ったらしい。市内を走る市電もカルマタ（乗り合い馬車）も影を潜め、商店はシャッターを下ろし、道路はごみが散乱して紙屑が風に舞い、荒れた町に住民の姿は見えない。

細めに戸を開けているモータープールの店先で車を止め、バレンが声を掛けたが、「ナイソウデス」と引き返した。他の店も住民が厳しい表情で首を振る。「金は幾らでも出す」と愚かにも、五百ペソ紙幣の束を見せたが、紙切れであるのにわれわれはまだ気づかず、遂にバッテリーは手に入らなかった。

マニラ北方にあるイポダムが破壊され、市内は断水になった。水洗便所にうずたかく汚物が溜まり、臭気がぷんぷんと漂ってすでに使用不能である。彼らはひっそりとして、日本軍が市内から去るのを待っているようである。

徒歩部隊に編成された大北中尉以下、早々に経理部を後に北上して行く。佐々木大尉、大北中尉、清水、石田、村上技手のほか徴用軍属たちだ。司令部中庭にも衛兵班の兵隊が整列し、つぎつぎに出発して人員が減っていく。その頃、二階にいる私に、「三浦大尉殿が呼んでいる」と渥美少尉が呼びにきた。

マリキナ軍兵器廠

三浦大尉は経理部入口にある元営繕科の部屋にいた。そばにいる渥美少尉は満州牡丹江時代、大尉に仕えた部下であった。南方軍転属要員だったが、マニラで三浦大尉と再会し、四航軍経理部の主計科に転属していた。

大尉が、「高橋伍長、お前、これから西野組の車でマリキナの兵器廠へ行き、手榴弾《しゆりゆうだん》を受領してこい」と訛《なま》りのある秋田弁で命令した。

平素から大柄の三浦大尉は、威圧的な感じの秋田弁まるだしで部下に接しており、私たち下士官はもちろんのこと、主計科の監査を受ける施設や衣糧各科の下級将校は威厳に圧倒され、三浦大尉を畏怖《いふ》していた（昭和五十五年六月、靖国神社で戦後はじめて再会したとき三浦福蔵氏は、「俺は皆が言うほど威張っていない。言葉が雑だから誤解しているだべ」と笑う）。

兵器廠はマニラ市郊外のマリキナにある。すでに市内は不穏な空気が漂って不安だったが、三浦大尉が、「飛島組の下請け業者、西野組のバスを出して案内させる」と言い、兵器廠あて受領証をくれた。

バスは現地使用人の送迎用らしくガタガタで、錆《さ》びた外板の中でギシギシ骨組みが軋《きし》み、ボンネットのカバーはない。このポンコツ車の中に、すでにマニラ脱出のためと思われる色々な品物が積んであり、フィリピン人の運転手と、中年の西野組職員が一人乗っていた。

通過する市内の大通りに人の姿はなく、狭い道に入るとバスを囲むように住民が集まってきて不気味である。

案内する職員が或る住宅密集地でバスを止め、素早く粗末な家に入るとすぐに出て、バスの奥から引き出した米袋を二、三俵運び込んだ。おそらく現地妻に対する最後の思いやりで、別れを告げたのであろう。

兵器廠は広大な敷地内にあり、数棟の倉庫が建ち並び、構内の貯水槽はプールのように大きい。事務所から年配の兵隊が二、三人姿をみせ、倉庫から〔一式手榴弾五〇発〕とスタンプした木箱を五個か十個運び出した。

この兵器廠にどんな兵器があるのか、武器を狙うゲリラの心配がないのか、勤務する兵隊たちはこの後どうするのか？　彼らは情況を聞くこともせず、その表情に不安は見えない。私の心配をよそに受領証にサインを求め、事務室へゆっくり立ち去っていった。

手榴弾を受領してその日遅く事故なく持って帰り、三浦大尉に届けて受領を報告をした。渥美少尉は非常に喜び、笑顔で労《ねぎら》ってくれた。彼も東北宮城県出身で、秋田の三浦大尉と二人が話すとひどい訛りであった。

マニラ脱出準備

一月九日——
経理部車輌部隊出発の日である。早朝から慌ただしく所持品の選定が始まった。一部の若年者以外は皆ニューギニアで苦労しており、纏《まと》めかたも手際がよい。三十歳くらいの小柄な永岡技手は、冗談ばかり言って笑わせた。その度が過ぎるため、菊池技手は、「彼はちょっとおかしい」などと言ったが、私には面白い技手さんだった。

その永岡さんは、ウエワクからマニラへ来る途中、革製品が安いメドナで買った革脚絆《かわきゃはん》の余分を一組持っていた。私が持つゴム長靴と交換を申し込み、渋る彼から強引に換えてもらったが、便利で山歩きには最適だった。私はラエ撤退時の経験が、北部へ移動する装備に非常に役立った。四航軍が解体したあと、マニラ航空廠に転属して山岳地帯で行動したときの所持品を列記する。

〈武器〉

米国製自動装填連発銃（口径二十ミリショットガン）装弾十発　九四式自動拳銃（実弾十六発）　一式手榴弾五個　銃剣（芋掘り、設営用）　鉄帽（内布を外して籾《もみ》つきの臼《うす》に使用）

〈携帯品〉

飯盒　水筒　携帯天幕　毛布半切れ　一人用蚊帳　偽装網　革製図嚢（ライター用ガソリン小瓶　煙草大葉　ライターストーン　五百ペソ紙幣約二十枚　筆記具等収納）　代用背嚢（白米靴下詰め二本　食塩氷嚢詰め　着替え下着類　鰹ぶし二本　棒チョコレート　マラリア予防薬　征露丸）　雑嚢（ホタル式懐中電灯＝強く握ると歯車装置で発電する特許品　ローソク　マッチ　縫い針　糸　鋏　ボタン）　前後弾入れ（塗油用小缶　布　煙草葉

巻紙)

以上の品を持ち、飲み水があれば一人で生活できたが、一番恐ろしいのは山中で降りつづく雨と、マラリアやアメーバ赤痢におかされることである。

入院患者救出

マニラ脱出に際し、入院中である経理部将校二人の引き取りを命ぜられた。私が公用運転免許を持たないのは上官も承知だが、望田伍長はすでに先発して運転手がここにはいない。車は黒のセダンが一台残置してあり、以前、私も乗って経験済みだが、ギア変換が不調のまま放置してある車だ。不安であり、平素から信頼していた松野廣雇員(岩手県出身、29歳)に同行を頼んだ。

乗せて帰る将校は、衣糧科の河村眞二主計大尉と、施設科の村田建技少尉である。河村大尉の面識はないが、村田少尉は知っている。彼は数ヵ月前、見習士官で内地から赴任し、少尉に任官していた。経理部の石段の上に立ち、隷下部隊から派遣された作業隊に指示を与える姿を何度か見ている。好青年で永野技師も可愛がっていたが、大腸炎を患い入院していたのだ。

マニラ市内に兵站病院があるのに、なぜか二人は隣のケソン市にある陸軍病院に入院している。万難を排して連れ帰る覚悟で、田辺少尉に十一年式拳銃を借り、松野雇員には小銃を持たせた。

司令部を出るとき変速しないので、歩道の窪地で大きくバウンドして大東亜通りに出た。走行中ローギアに変えられない車でこの先が心配だが、もう引き返しはできない。ケソン病院はマニラ東北約十五キロのケソン市にある。マニラ市を抜けるのに万歳橋を渡ったのが失敗だった。隣接するサンタクルス橋かケソン橋の方が平坦で、順路であるのを私は知らない。

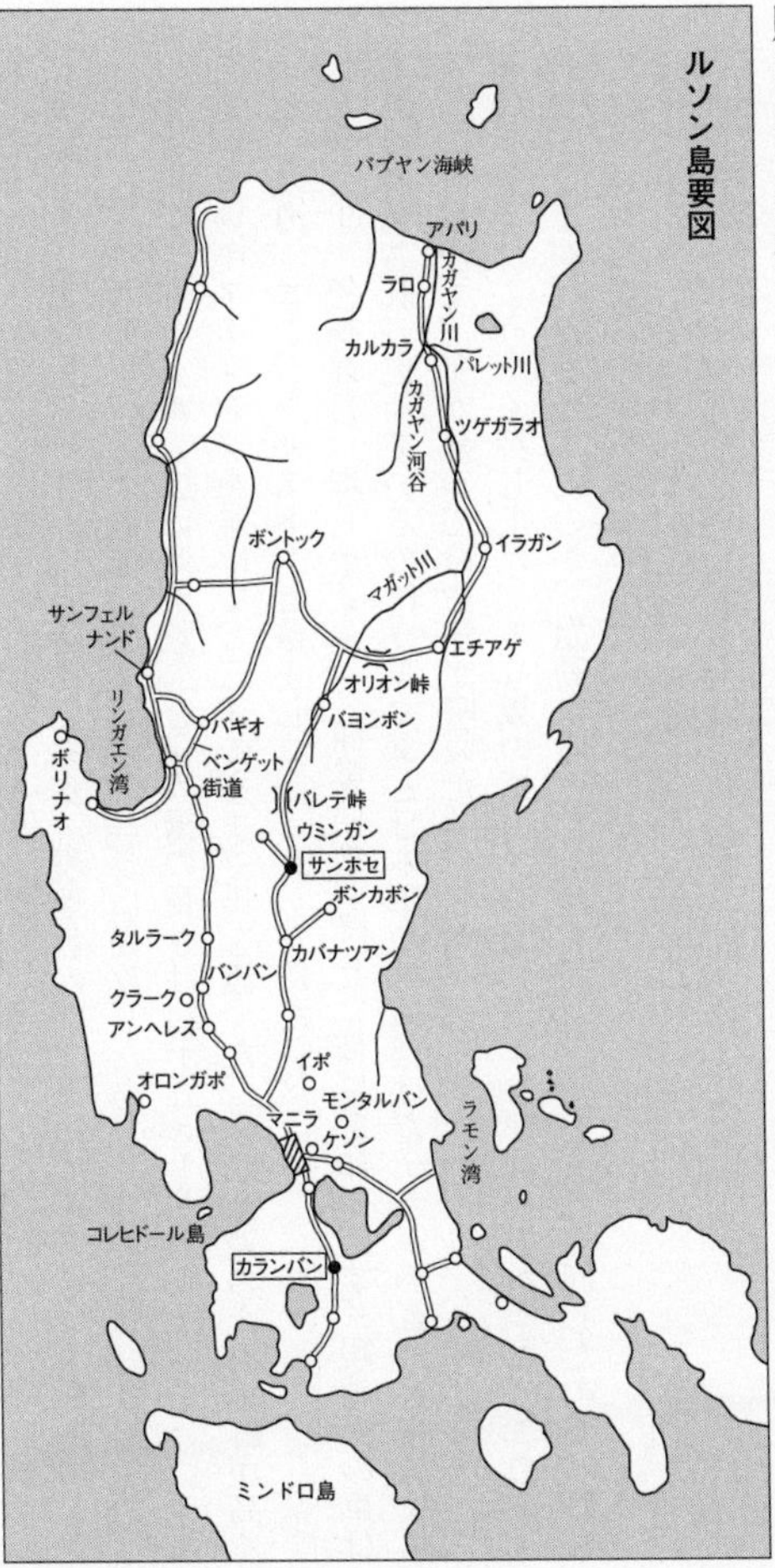

マニラ湾にもっとも近い川幅百メートルのパシック川に架かる万歳橋は、スペイン統治時代に建設され、重厚な堂々とした石造りである。現地名のジョーンズ・ブリッジを昭和十六年十二月、リンガエン湾に上陸した日本軍がマニラに侵攻したあと、『万歳橋』と名づけた。橋の幅は約二十メートル、広い河川敷上を含め橋の長さは約十五メートル以上ある。

自信がないギアチェンジを避けて、三速のままで橋を渡った。小船通過のため橋脚が高く急勾配となり、エンジンがストンと停止してバックしかけた。

「しまった！　松野雇員、押してくれ」。間髪いれず降りた彼は懸命に押す。現地人の車は日本軍に徴発され、走っているのはカルマタと日本軍の車輌だけだ。われわれに手を貸すフィリピン人はなく、気が焦って冷や汗が噴いた。

橋の中央までようやく押し上げ、下り坂の惰力で心配したエンジンが掛かった。この車はセルモーターが利かなかったのか、始動するとき前からハンドルを入れて回したので、停車中もエンジンを切るのが不安だった。

苦しむ村田少尉

難関の万歳橋を渡り、ほっとして雑談しながらしばらく走ると広い道路に出た。東に向かって進むと、広い丘陵地の彼方に目指すケソン病院が見えてきた。病院は大きい白亜の建物で四階以上はある。エンジンを回したまま、消毒液の臭う玄関に入った。

白衣を着たフィリピン人看護婦の中に、日本赤十字社の腕章を付けた若い日本人看護婦の姿を見かけた。意外な気がしてよく見ると、多くの日本人女性看護婦が動揺する気配もなく勤務している。

二人の将校引き取りを言って、しばらく待っていると、元気そうに歩いて出てきたのは河村大尉で、「ご苦労」と言って車に乗り込んだ。村田少尉は二人の看護婦に抱えられ、憔悴《しょうすい》した姿で出てきた。彼は事前にマニラ脱出を告げられていたのか嬉しそうな顔を向けたが、一人で歩けぬほど弱っている。松野雇員と二人で、ようやく座席に乗せることができた。

帰り道は順調に車は走ったが、揺れが患部を痛めるのか、村田少尉の表情は冴えない。終始トップに近いギアで走るため車の揺れは大きい。事故なく司令部に早く帰りたい責任感で、私の荒い運転も仕方がなかった。

ようやくマニラ市内に入り、大東亜通りの電車道でスピードを落として走ったが、右側の司令部に入る側溝がある窪地でギアチェンジができない。そのまま大きくバウンドしながら衛兵所前を通過した。青色旗を見た衛兵司令以下が立ち上がり敬礼したとき、村田少尉が苦痛の唸り声をあげた。

経理部前に車を止めたその後、二人がどうしたのか、私の記憶にはない。当時の直属上司である永野技師は、つぎのように述懐された。

「村田少尉は神戸高専卒で、私は彼を可愛がっていた。忘れもしないが、彼は八円で（八ペソか？）買ったアイスクリームを食べて赤痢になったのだ。のち北上途中のバヨンボン兵站病院で、彼の死を看取《みと》ったが、可哀そうなことをした」と彼の死を悼《いた》まれていた。河村大尉は運よくエチアゲ飛行場から脱出、空路、台湾にのがれて生還している。

独立自動車中隊

マニラから物資の北部輸送は野戦鉄道司令部が担任し、鉄道北部終点のサンホセまで鉄道を使用した。また独立自動車の大隊、中隊も、第四航空軍が保有するガソリンの補給を受け、兵器と糧秣を搬送中であった。

経理部の輸送トラックは、独立中隊所属の日産トラックが三、四輌と、偵察のための小型半トラック一台が先頭を走った。バッテリーがないので、動く経理部乗用車一台に高級部員矢口中佐が乗った。経理部長西田大佐は軍司令官とともに先行し、鎧中尉以下、庶務科要員も同行したのか姿は見えない。

住み慣れた軍司令部庁舎を後にして、集合場所である数百メートル離れた衣糧科野戦倉庫前に停車した。ここの積込み品は何だったのか、荷台の梱包の山はますます高くなった（当時の陸軍制式トラックは積載量四トンである）。

運転手の小柄な上等兵は荷台に積むたび機嫌が悪く、ぶつぶつと小言を言う。荷物の上に十人ほどの兵隊が乗り、中年の大柄な軍属が荷物の上に座り込んだ。彼は佐官宿舎の調理師だと言い、茶色の将校用長靴を自慢げに履いている。この軍属は一ノ瀬清（大阪府出身、35歳）である。

野戦倉庫勤務で親友の岩重伍長に会えるのを楽しみにしていたが、徒歩部隊で先発したのか、彼の姿は遂に見なかった。

日本軍が去ると見た住民たちが建物に入って略奪が始まり、その数が増えていく。海軍マニラ防衛隊司令部から、兵隊に「略奪者には発砲せよ」と指示が出ているようだが、おそらく制止は不可能であろう。住民たちにも恐れる気配がなく、時間の経過につれ略奪行為がますます増え、不穏な気配である。

敵機を警戒して日没時に出発予定だったが、直ちに出発して市内を通過することになった。各車運転席の屋根上に護衛兵が十一年式軽機関銃を構え、私は後続車との連絡係としてその横に立つ。便乗者は自分の装具を荷物の隙間に押し込み、落ちないよう姿勢を低くする。積載量が超過して小言を言いつづけた上等兵も、諦《あきら》めて助手と運転席に座り、その横に田辺少尉が車長として同乗する。運転席の後ろ窓に、護身用の九九式小銃が二梃かけてある。各車に出発命令が伝達され、永野技師が待機している隣接市のカロカン飛行場に向かって北上を開始した。

マニラ北方四十キロ地点

大東亜通りの中央郵便局を右に見て万歳橋を渡り、狭い町並みのトンド街を抜けるとカロカン市に入る。マニラ市郊外は開けて広い通りが多い。カロカン飛行場には施設科から出張している職員が多く、ここから永野技師と菊池技手たちが合流すると聞いていた。

五十メートル間隔で走る車輛は砂塵を巻き上げ、後続車の射手と連絡兵はタオルをマスク代わりに巻いた。われわれに防塵眼鏡の準備はなく、眼がちくちく痛い。

この辺りでは敵機の心配はないが、便乗者全員に対空監視を指示する。野戦倉庫出発前、『九日朝、米軍がリンガエン湾に上陸を開始した』と知らされていた。住民が立ち止まってわれわれを見ていたが、彼らはすでに救世主である米軍の上陸を知り、退去する日本軍を嘲笑《ちょうしょう》して内心は喜んでいるのであろう。

広い道路の前方左側を、飛行場整備車輌のブルドーザーがガラガラとキャタピラの音をたてて走るのに近づいた。四、五人の同乗者の中に永野技師がいる。彼は防塵眼鏡を額につけ、笑顔を向けて意気揚々と手を振っている。

言葉を交わす間もなく後ろに遅れたが、鈍重なブルになぜ乗って行くのか理解ができなかった。ブルはその後すぐ故障して放棄したという。

日没後もしばらく走ったが真っ暗になり、遂にライトなしの走行は不可能となったので、樹木が茂った遮蔽地に車を入れて夜明けを待つことになった。藤村准尉が警備兵数人を連れ、「道路偵察に行く」と言い残し、小型車に乗って闇の中に消えた。藤村准尉は精力的に行動するため矢口中佐の評価が高く、彼を信頼して進言に同意するようだった。

矢口中佐以下、車輌部隊はこの地点で不寝番を立哨させ、交替で仮眠することになった。

鴨下雇員（36歳）のことは前にも述べたが、私を「班長さん」と呼ぶので、「さんでなく殿《どの》と言え」と教えたが、彼の実直な人柄が好きだった。

一時間交替で不寝番の真夜中も、私は責任上、ときどき警戒に起きあがった。その鴨下雇員は、持たせた銃剣付き小銃を構えることなく地上に立て、車に凭《もた》れて鼾《いびき》をかいていた。

「鴨下！」と呼ぶと、眼を開けて、「班長殿、すみません」とダルマ髭の顔を向け、鼻水を啜《すす》った。「眠くなるのは当然だが、ゲリラに襲われたら全滅だぞ」と注意した。マニラを北上した約四十キロ地点である。

アンガット川の敵機

アンガット川はマニラ市の水源地でもあるイポダムを源流としている。途中、北から流れる大河パンパンガ川と合流してマニラ湾に注ぐ。

われわれが北上している五号線はマニラ市を出たあと、アンガット川に架かっている「ブラリデル」（日本名白鷺橋）を渡り、カバナツアンから中部ルソンのサンホセ市を通過してバレテ峠、バヨンボン、オリオン峠、サンチャゴを経て北部の穀倉地帯カガヤン河谷に向かい、ルソン島最北端の街、アパリを終点とする幹線道路である。白鷺橋は、マニラから北部ルソンの道を辿《たど》った日本人がかならず渡る橋であった。

私たちが真夜中に一夜を過ごしたその場所は、アンガット川が流れる国道五号線上の街「ブラリデル」に近い寒村である。

夜明けとともに出発すると、まもなく大きな川に出た。木立ちがつづく土手を走ると、道の両側に清潔そうなニッパハウスが見えてきた。そのとき突然、前方に予測しない褐色をした敵戦闘機が、翼を翻《ひるがえ》し、低空で川の方を射撃するのに気がついた。

敵機が渡河地点の日本軍を攻撃しているのに、われわれは車の騒音で爆音に気づかなかった。各車輌は慌てて近くの叢林に突っ込み、兵隊は車から降りて退避した。

敵機は初めて見る機種で、米軍が後に開発したジェットエンジン機に移行するまえ、最後のレシプロ機として現われた重戦闘機だ。この新鋭機はリパブリック社製〔P—47サンダーボルト〕である。

（四翅のペラを回すエンジンは空冷二千四百三十馬力〈零戦一式戦の約二倍〉で全備重量約八トン。両翼に十二・七ミリ砲各四門装備した単発戦闘機として、二次大戦後期最大の馬力と直径の大きなペラを持った巨人機である）

P—47は、渡河地点と思われる目標に数機が交互に突っ込み、機関砲を乱射しては反転していた。両翼に吊った爆弾はすでに投下して、身軽になって八門の機関砲を発射する発射音と地上の爆発音が木立ちの先から響いてくる。マニラ空襲の艦載機と違い、陸軍機の攻撃訓練をしている感じだ。

敵機の後ろに薄い煙が曳いたのを、「命中した」と思ったのは間違いで、機関砲八門を発射する硝煙だった。マニラを離れるわれわれを待ち受けた敵機が、渡河地点を狙う執拗な攻撃がしばらくつづいた。

天を仰ぐ三浦大尉

P—47が上流の目標に攻撃をつづける間は動けない。田辺少尉が真剣な顔つきで近寄り、

「高橋、今のうちに皆の握り飯を炊きに行こう」という。なるほどこんな任務があったのだと気がつき、連絡用半トラの荷台に炊飯用具を積み込み、雇員二人を乗せて木立ちの茂る土手の道を引き返した。

適当な炊飯場所が見当たらず、相当の距離を退って、ようやく樹木に囲まれた集落の空き地を発見した。ここは敵機の爆音も聞こえないが油断は禁物だ。乾燥した薪を集め、立ち登る炊煙に注意しながら、数個の飯盒を火に掛け、炊飯を始めた。われわれは慎重に炊き終えて、熱い飯をふうふう言いながら、粉味噌と粉醤油をまぶしてなんとか握り終えた。

バナナの葉に包み、渡河点に引き返すと、すでに敵機の気配はなく、空はあくまで青く澄みわたっている。アンガット川は向こう岸まで二百メートル以上はあるようだ。白鷺橋は敵機の攻撃によって破壊されたのか分からない。

土手のそばに建っているニッパハウスに、車輌部隊の兵隊たちが「重い荷物をここへ一時預けにしておけと命令された」と積載物を運び、狭い小屋に積み上げている。それは明らかに衣糧科の倉庫で見た航空糧食である。

平素から欲しかった空中勤務者用のウイスキー、棒型チョコレートの梱包が目についた私は、躊躇《ためら》わず梱包の中から琥珀色のウイスキーを一本取り出し、約一合をごくごく飲んだ。ウイスキーは心地よく喉を通り、私の心を愉快にさせたが、いま酔うわけにはいかない。河原の中に傾いたトラックの横にいる三浦大尉に、握り飯を渡す大任を果たしていない。

広い河原に流れる水量は少なく、綺麗な水が底の玉砂利を洗っている。何ヵ所か砂利が露出した河床の一角に、トラックが車輪を砂に埋め、そのそばに指揮官三浦大尉が胡座《あぐら》をかいて、腕を組み天を仰ぐ姿があった。

「大尉殿、食事を持って参りました」。声をかけると大尉は何か呟いたが、途方にくれた感じである。トラックの中は空で、乗せていた私の大切な貴重品入り小箱はどこにも見当たらない。心を残しつつ飲んだウイスキーの匂いが心配になり、「君子危うきに近寄らず」と、その場を離れて岸に引き返した。ウイスキーの酔いが次第に利き、敵機への恐怖心は脳裏から薄らいでいる。

渡河地点の記憶

岸に引き返して小屋の前に座った。酔いが回って私は陽気な気分になり、何か呟いた気がしたが、柔らかい叢は私を包み込むようにして香《かぐわ》しく匂い、ふたたび手にした瓶のウイスキーを飲むと、自然に体が後ろに倒れた。瞼が閉じて体の力が抜け、暖かい日の光を顔に感じながら脳裏は緊張から開放され、遂に私を眠らせてしまった。

夜霧の冷たさで目が覚めた。夜明け近くだったのか、はっきりした記憶がない。幸運だったのは、私が起き上がって小屋に近づいたとき、装具を取りにきた兵隊に会ったことだ。彼と一緒に川を渡り、対岸にいたトラックに乗り込むとすぐに発車した。大きな集落に入り、車輌を遮蔽して、集会所らしい建物の二階に上がった。

久し振りで板張りの床に座って島上等兵と話したが、やはり貴重品箱はだれかの手に渡ったらしくどこにもない。無駄のないように貴重品を詰め込んだが、一番気になるのは徴用軍属さんから預かっている印鑑だ。

三瓶雇員と木村雇員は気骨があり、何かにつけて年の若い私を困らせている。俸給支払いの捺印もこの後どうなるのか？　田辺少尉に相談して、しばらく黙っていることにした（じつはもはや俸給どころではない状況だった）。

煙草の紛失も大損害だ。加給品として司令部が配給される二十本入り現地製タバコのうち味のいい将校用の〈旭光《きよくこう》〉は手に入りかねる。〈八紘《はつこう》〉は酷くまずい煙草で、フィリピン人にも人気がない。仕方なく詰め込んだ辛いだけの〈八紘〉だが、これを全部失ってしまった。

横になって仮眠しかけると、三浦大尉が「命令してないのに勝手に対岸に物資を下ろした」と怒り、「もう一度引き返して取って来い」と命令したと言う。私は直接聞いていないが、指揮官の大尉が渡河の困難を知り、重量軽減のため、「渡河完了後、運搬する」と下ろさせたのは周知のはずだのに……。

私は数人と「大した物も運べんのに」とぶつぶつ言いながら、対岸に引き返す羽目になった。携帯天幕と背負い袋を肩に渡河地点に来ると、軽戦車、トラック、兵隊が続々とこちらに渡ってくる。対岸へ引き返すのは嫌な気分だが、偵察でもしなければ帰ることはできない。われわれはふたたび嫌な川の中へ踏み込んだ。

棒チョコと宝石箱

川の水嵩《みずかさ》は膝上程度だが、底の玉砂利が流れて歩きにくい。飛沫《しぶき》が立つ堰《せき》の段差の上は浅くて渡りやすいのか、乗員の装具を縛りつけた二人乗りの九四式軽装甲車数台が、ガラガラ音をたてて渡るのに擦れ違う。

装甲車の車長が天蓋から身を乗りだして水底を注視している。そのとき、私の足に触れたのは河床に敷いた竹の簀《す》の子である。この上を通れば、キャタピラやタイヤは埋まる心配はない。

白鷺橋が破壊され、師団工兵隊が近くに茂る竹を利用したのか、機敏な処置に感心した。われわれの車輌が渡河したときは気がつかなかった。対岸へ向かう者はわれわれだけだ。敵機が現われないうちに、早く渡らなければと気が焦る。

対岸に着いて、無人地帯になった集落のニッパハウスに入った。竹敷きの床に積み上げた梱包が荒らされ、散乱するのを見た私は呆然とした。しかし、兵隊が欲しがるものを放置して無人にしたのだから当然のことである。

帰って三浦大尉にどう報告すべきか、思案しながら、散乱した梱包の中をつついていると嬉しいことに、甘い〈棒チョコレート〉（二センチ丸×長さ二十センチ）の束が眼に入った。この最大の収穫を天の恵みと、私たちは背負い袋に詰め込み、「絶対秘密にしておこう」と誓いあったのである。

〈戦後、四航軍経友会に集《つど》ったときの回顧で、棒チョコを手に入れて川を渡ったと証言する戦友がいて驚いた。甲府市の中村茂雄氏〈建築〉と、福岡市の石井俊保氏〈土木〉

の二人である。中村さんは渡河の前、私が飯盒炊爨《すいさん》に後退したとき、地上攻撃したP–47が一機撃墜されるのを見たという。懐かしい思い出として語り合ったその一人、石井俊保さんは平成三年五月十一日、惜しくも逝去された）

（戦後まで知らなかった「宝石箱」の件もある。私は宝石が積んであるのを知らなかった。擱座した車輌に極秘に積んである宝石箱の梱包が破れ、「荷台の間に散乱したダイヤを目撃した」と証言する戦友の話は、いつも私の好奇心をそそった）（後述）

焦土の街サンホセ

棒チョコの束を背負い袋に詰め込み、思わぬ収穫だと喜んでいると、顔見知りの兵隊が来て、「品物は放棄して出発する、すぐに引き返せ」と三浦大尉の伝言を伝えにきた。幸い、敵機来襲の気配はないので出発を決意したのだ。装甲車がガラガラ音を出しながら波を立て、兵隊が褌《ふんどし》姿でゆっくり渡るのは水量が多く、流れも早くなってきたためだ。

混雑している岸に戻ると、出発準備をしたトラックがわれわれを待ち受け、島上等兵が「班長殿、装具は全部乗せました」と叫んで手を振る。荷物の上に乗ると、すぐトラックは発車した。揺れながら自分の装具を確認し、「やれやれ」と例の袋を荷物の隙間に押し込んだ。対空監視を厳重にさせ、砂塵をまいた車輌の列がふたたび北上したのは、昭和二十年一月十一日頃である。

昼間の行動は敵機に急襲される恐れがあり、スピードを上げて五号線を走った。荷物の隙間に立って運転台の屋根に摑まり、前方を注視する私は、車順が入れ替わったので、前車が巻き上げる砂塵をこうむることになった。

途中の街、サンミゲルか、カバナツアンの街に入った。車輌を警乗している兵隊の二人づれは、宿営地に着くと、いつも民家に入り込んでいる。そのときも彼らは老人夫婦がいる民家に入り、土間で鶏を締めて料理を始めていた。

私はかつて主計下士官として、戦地の物資調達について厳しい教育を受けている。この兵隊に「略奪行為はやめろ」と注意した。だが、上等兵はなぜ文句を言うのかと不服そうにしていたが、家に上がり込んで食事を始めた。

住民の弱みに付け込んで、当然のように食べ物を要求する姿を見た私は、これ以上、彼らを説得することができなかった。兵隊も米と調味料以外は何も支給されておらず、徴発は以前から日本軍隊で黙認されている行為だったのだ。

薄暮を待って走行をつづけ、真夜中に大きい街に入った。暗くて周囲の状況はわからないが、辺り一面、焼け跡のような焦げくさい臭いが漂っている。透かして見ると、爆撃された直後らしく焼け焦げた柱に、残り火が燻《くすぶ》っていた。「サンホセだ」とだれかが言う。

徐行して暗い交差点に近づくと、憲兵が懐中電灯を振って誘導している。われわれは渋滞する町を通り抜けながら、「夜明けまでにこの街を離れて退避しないと危険だ」と心配だった。

バレンテンの嘆き

サンホセは交通の要衝地点で、五号線を北上するとバレテ峠を経てカガヤン河谷を抜け、ルソン島最北端のアパリ港に通じ、また西北の道を行くと敵が上陸したリンガエン湾に出る三叉路である。

そのリンガエンには、すでに三日前に上陸した米軍が海岸に強力な陣地を確保し、三号線を経てマニラ侵攻を計るとともに、日本軍の北上を阻止するため、連日、サンホセに猛撃を加えていた。

ここはマニラから北上する鉄道の終着駅でもある。先に、マニラ総領事官が「在留邦人は非戦闘員につき、この際、米軍の保護下に入れられたし」との進言を排した山下大将は、「軍と行動を共にすべき」とし、輸送された老幼婦人約二千名がここに降り立ち、途方にくれていた。

この地区にはマニラから送られ、さらにカガヤン河谷の各戦場に運ぶため多量の軍需品が集積されていたが、その輸送は車輌の不足と米空軍の妨害とでなかなか捗《はかど》らなかった。この緊急必要な補給品が河谷に搬入されるまで、サンホセを防守することが絶対必要である。もしこの町が占領されると、現在北上中の部隊の行く手がふさがれる。(「公刊戦史」参照)

敵もサンホセの重要性を察知して連日、爆撃を加えた。私たちが通過した後の十五日と十六日のB-24の大編隊による爆撃は凄まじく、当時陸軍病院から分遣されてこの町にいた二百名の衛生兵の三分の一が爆死した。町の大半が瓦礫《がれき》と化し炎上し、周囲に集積されていた弾薬が誘爆を起こした。

　サンホセ通過中、暗闇のなかを右往左往するフィリピン人の姿も見られ、混雑して車輌は遅々として進まない。早くこの町を抜けださなければと苛々《いらいら》していると、トラックの左側に泣き叫ぶ声が聞こえた。よく見ると、施設科で雇っていた運転手のバレンテン・コレだった。彼がいることは知らず、その声を聞き、意外な気がして、「バレン！」と呼んだ。

　彼は前方を見ながら、「時岡さんが騙《だま》した。日本へ連れて行くといって嘘ついた」と大声で泣きわめき、トラックから離れずに涙で濡れた顔に両手をあて、「時岡さんの嘘つき！」と叫んでいる。その声は無情にも人混みの中に揉まれて、後ろに消え去っていった。

　日本軍に協力した彼を、比島のゲリラは決して許さぬであろう。日本人と結婚した現地女性も敵となるため、幼児とともに山に逃避して身を隠した。

バレテ峠

　戦後の昭和五十年十一月、靖国神社に昇殿し、初めて第四航空軍経理部戦没者追悼慰霊祭を行なった。そのあとホテル・グランドパレスで懐かしい戦友が集い、懇親会を催した。そのとき、私は「バレンテン・コレがサンホセで『時岡さんに騙された』と泣きわめいた」ことを言った。

　時岡さんは、「可哀そうなことをした。あのときは混雑していて、僕はせめて申し訳にと腕時計を渡したのだが。戦後フィリピンの賠償工事として、熊谷組が四航軍がいたマニラのゼネラル・ホスピタル建設工事を施工した。その竣工式にマニラへ行ったとき、バレンのことが気になってそれとなく捜してもらったが、手掛かりはなく心残りだ。可哀そうなことをした」と述懐された。

サンホセの町を抜けてしばらく走ると夜明けになり、遮蔽地を求めて走っていると、寒村が見えてきた。サンホセから約十八キロの地点にあるブンカン集落である。すでに撃兵団の軽戦車が遮蔽場所を捜して移動していたが、姿を隠せる灌木の樹葉はわずかで、日陰程度しかない。助手席から降りた田辺少尉は、マラリア熱で震えている。

この集落で日中を過ごして、一時も早く難関と聞くバレテ峠を突破しないと安全圏ではない。住民が逃げ去った集落に分散して入り、仮眠しながら落ち着かぬ時を過ごした。

バレテ峠の地名は、この地域で米軍と死闘を繰り返した鉄兵団の将兵はもちろん、マニラから北部の道を辿った者は決して忘れることはない。この峠はサンホセから峠頂上までは四十六キロ、さらに北麓が連なるアリタオまで二十キロの縦深の深い山道である。どんな峠か、われわれには見当もつかないが、四航軍司令部で順路を説明した内田参謀が〈バレテ峠〉と〈オリオン峠〉を通過途中の難所と説明している。

日暮れにはまだ時間があるが、出発命令が出る。隊列を整えてしばらく走ると、坂道の傾斜が急になり、狭い砂利道の悪路を積載量に苦しむトラックの列が喘《あえ》ぎながら登っていった。

〈昭和二十年二月より五月末まで鉄兵団〈第十師団〉の将兵が血と鉄の死闘を繰り返した。峠頂上に在る米第二十五師団の将兵のために建てられた記念碑のなかに、この峠道

で発見された痛ましい日本兵戦死者、七千四百三名の数字が刻まれている）

馬頭橋渡河

前を走っていた西野組ポンコツ車のラジエーターが噴いて止まった。それを追い越したわが日産の軍用トラックも、しばらくして動かなくなった。運転手がボンネットを開けながら、「ラジエーターに冷却水を補充しないと駄目だ」と呟いた。

右側は抉《えぐ》れた山肌で、左は急な崖で下に雑草が繁茂している。少し降りてみたが、水音はせず、本道に引き返し、「水筒の水を冷却水に使う」と隊員に告げ、ラジエーターの注水口に水筒の水を注いだ。

運転手に笑顔がもどり、ふたたび急坂にエンジンの音が響いたが、西野組は動く気配がない。峠を越えて北に向かうトラックやバスの列がつづくその横を、とぼとぼと徒歩で登る人たちがいる。わずかな荷物を背負った邦人たちだ。

サンホセ駅から集結地であるバヨンボンまでの荷物は軍のトラックが輸送したが、乗る車輌の当てがない人たちは、自力でバヨンボンまで歩かなければならない。気の毒に思ったが、どうすることもできない。

海抜一千メートルの頂上には、陣地らしいものはなく、数人の警備兵が立っている。車に乗っているので、難所と聞いていた峠の印象は薄い（四ヵ月後の五月九日、日本軍の必死の抵抗も空しく、バレテ峠は敵の手に落ちた。カガヤン地区防衛の要衝として記憶に残る地名である）。頂上を越えると、ヘアピンカーブがつづいたが、後の下り坂は心地よい風に吹かれて順調に走った。

アリタオの町をいつの間にか過ぎ、夜明け近くバンバンの町を通ると平地になり、朝靄の中に大きな川が見える。数個の楕円型をした頑丈なコンクリート橋脚の上に、アングルで組んだアーチが繋《つな》がっている。この川は五号線に沿って北上するカガヤン川最上流のマガット川で、架かる橋を、われわれは馬頭橋《ばとうきょう》（現地名バトぺリ・ブリッジ）と呼んだ。

川幅は二百メートル以上あり、露出した河床に大小の岩石が転がり、水量は案外少なく見える。七ヵ所のアーチの手前、二番目が破壊されて、橋架の片方が河床に落下していた。車輌は水がない河床に降り、各車の乗員が協力して一台ずつ、急勾配になった鉄橋の上に押し上げている。早く渡らなければ、そろそろ敵機が山間から現われる時間である（六月七日頃、バレテを突破した米軍戦車隊が、この馬頭橋に現われた）。

村田建技少尉の死

馬頭橋の傾いた勾配は三十度以上あり、途中の停止は許されず、運転手は真剣な面持ちで運転席に座る。便乗者はロープを引っ張る者と後押しに分かれて、「セイノー」の掛け声とともに、トラックはゆっくり前輪を橋に掛けて登りはじめる。

この頃になって、運転手とわれわれの信頼感が醸《かも》しだされ、互いの協力なくして北部への移動は困難であることがわかってきた。トラックは力強く橋架に登って停車し、われわれは喚声をあげて後を追い、ふたたび車上に乗り込んだ。

一月十四日の朝のことであった。橋を渡ると直線道路がつづき、下り道の遙か向こうに、われわれの一次目的地であり、一般邦人の集結地であるバヨンボンの大きい町並みが見えてきた。心地よい朝風に吹かれて眠気も去り、快走するトラックの振動に揺られていた。

バヨンボンはこの盆地で最大の町である。木造二階建てと平屋が多く、西部劇映画で見る宿場町の感じがする地味な町だ。商店らしいものはないようだが、住民があちこちの軒下で雑談していた。町の中心部で停車して休憩していると、「村田少尉がここの兵站病院で病死した」と伝わってきた。

第百三十九兵站病院付、上野四郎軍医大尉の手記（要旨）――

『マニラ陸軍病院の赤痢患者一千名が輸送され、ブンカン（サンホセ北方）に収容されていた。一月十二日、「ブンカンにいる一千名の患者を今夜一夜でバンバン地区に移送せよ、使用トラックは八台」との命令を受けた。

「独歩可能患者は起立、大野曹長の指揮に従うべし。独歩不可能患者は予と共に現在地に止まるべし」との苦肉の策の命令が功を奏し、約九百十名が起立した。大野曹長は三十名の衛生兵にこの患者を護送させ、水牛車に荷物を積んで夕暮れのバレテ峠を越えた。

午後八時半、前記八台のトラックがブンカンにきて、残存していた約九十名の独歩不可能患者は、このトラックでバレテの暗闇に消えて行った。予は残余の病院の主力を引率して夜道を急ぎ、十三日正午前、目的地バンバン地区に着いた』

この一日後に私たちはバヨンボンに到着したのだ。村田少尉は前記のトラックでこの町に運ばれたのち、遂に力尽きたのであろう。合掌。

眞部隊連絡所

バヨンボンに到着した後の記憶は定かでないが、町の入口に近い左側にある家の印象が強く残っている。それは開設した眞部隊連絡所である。高級部員の矢口中佐が、眞部隊（第四航空軍）連絡所の看板をかけさせた。中佐が信頼している藤村准尉が同居したが、三浦大尉以下の記憶はない。

准尉が矢口中佐に、「車輌隊はエチアゲ飛行場まで同行しますが、先導車に使った車は、ここで原隊に復帰したいと言います。中佐殿から第四航空軍経理部長名で、彼らに感状をやって下さい」と進言した。

即製の感状を貰った独立自動車隊の運転手二名は、感激の面持ちで原隊復帰を申告して去った。人心を最適に把握する藤村准尉には感心させられる。

ここに矢口中佐の護衛兵として同行した落下傘降下部隊の兵長がいた。彼は高千穂部隊のレイテ島降下の第二次隊員であり、私は降下作戦が失敗した生々しい体験談を聞いた記憶がある。

先のサンホセ通過後、退避したブンカンで歩哨に立った島上等兵は、人が変わったように元気がなかった。よく見ると、彼の腰にあるべき銃剣がない。歩哨に立つ際に三八式歩兵銃に装着する剣を失っていたのだ。彼は、「いつなくしたか記憶にありません」と落胆して顔を伏せた。

彼は僧侶出身で責任感が強く真面目な男で、いつも私の側にいて助け合った部下だ。私は自分の帯剣をはずして彼に持たせたが、その後の島上等兵は落ち込み、慰めようもない毎日だった。

バヨンボンで眞部隊連絡所の看板を立てた二日目である。部隊を離れたらしい兵隊たちが道路を歩いてくるその中に、「〇〇航空部隊だ」という二丁の銃剣を持つ兵隊がいた。拾ったという一丁を「置いて行け」と、有無も言わせず取り上げ、島上等兵の腰に着けてやると、「班長殿、申し訳ありません、頂戴致します」と、ほっとした表情だった。

藤村准尉がどこで嗅ぎつけたのか、「高橋、今夜町長の家へ表敬訪問に行くから付いてこい」と言う。夜になって近くにあった町長宅？　を訪問した。彼は町長はじめ、集まった家族相手に何やら英語で雑談している。どんな思惑があったのか、とにかく彼の型破り的行動に私は驚いた。

バガバック三叉路

バヨンボンに到着した数日後に、ようやく四航軍司令部の終着地である「エチアゲ」に向けて出発命令がでた。バヨンボンを出て三叉路（この三叉路は、のちに私の運命の岐路となる）を右に曲がって進むと、葉を広げる街路樹の間に、清潔なニッパハウスが並んでいる。「バスカラン」だ。

町の北側は平地がない小高い山麓がつづき、南側には水田が広がって、数頭のカラバオ（水牛）がのんびり草を食《は》んでいる。耕地の向こうに粗末な農家の集落「バカール」が木陰のなかに見え、さらに椰子林の奥に馬頭橋で渡ったマガット川が流れている（数ヵ月のち、私はこのバカールに駐留している隊に転属した。後述）。

バスカランを通過し、つぎの「ソラノ」の町外れを行くと、左に広い椰子林があった。上空を遮《さえぎ》る椰子の樹の下で、薄暮まで待機することになった。

この寒村は「ツアオ」で、私たちを輸送する独立自動車隊の駐留基地である。整備中のトラックと、ガソリンのドラム缶が積んであった。運転手が集まり、これから越えるオリオン峠のゲリラ情報を収集している。

進路はこの先の三叉路を右折し、ふたたびマガット川を渡ると、すぐオリオン峠にさしかかる。

峠はゲリラが出没して単独行動は危険で、ここで待機して通過車輌を待ち、警乗兵の護衛をうけて、集団で通過するらしい。特に矢口中佐が乗る黒塗り乗用車は、高級将校と見るゲリラの攻撃目標だという。

午後四時、道端に立つ指揮官日暮《ひぐらし》大尉が時計を見て出発合図をだす。各車輛は整然と国道に並んだ。「対空監視を厳にせよ」と言われても、この先、遮蔽する場所はない。開けた国道がつづき、一時も早く峠に踏みいらなければ危険だ。

護衛車を先頭に、乗用車を隊列の中央に入れ、砂塵を巻き上げて発進した。すぐ三叉路になり、そのまま直線を行くと、バガバックを経てマウンテン州に向かう（マウンテン州は一千五百メートル級の山並みが連なる山岳民族イゴロット族が住む高地である）。

三叉路を東方に右折して約一キロ走ると、長い鉄橋が見えた。マガット川に架かる橋は、以前、渡った馬頭橋より川幅が広い。鉄橋の手前に小さい哨舎があり、歩哨がわれわれを見上げている。「ドンガヨップ橋」である。

オリオン峠

長い鉄橋を渡ると道はすぐ左に折れ、オリオン峠の登り坂にかかった。

（ドンガヨップ橋は数ヵ月後には敵機の攻撃目標となり、昼間の米軍爆撃と夜間の日本軍修理が繰り返された。昼間は橋梁の敷板を取り外して破壊にみせかけ、夜間のみ板を敷いて車輌を通過させた）

このころはなぜか積載貨物が少ない。手榴弾の木箱を開けて警備兵に数個ずつ持たせたが、重大なミスに気がついた。兵器廠から受領した手榴弾は、安全栓が自然に抜けないよう両先が割《わ》りピンで左右に曲げてある。このままでは撃発不能であり、敵を目前にして気がついたのは幸いだった。揺れるトラックの上で割《わ》りピンを抜き取り、添えてある別の栓に取り替えた。

（手榴弾の投擲《とうてき》方法は、弾体を握り、撃発部に差し込んである安全栓を引き抜き、堅い物に打ち付けると信管が発火し、約四秒後に爆発する。内地の教育隊の演習で、模擬弾を使い、投擲訓練をして五十メートルも先に投げる者がいた）

くねくねと曲がる暗い樹林の下を潜《くぐ》り、開けた尾根を越えて、前車から離れないように峠道を走る。突然、急な谷間にさしかかり、トラックが停まった。橋がないのか人員を降ろした。

ギアをローに落とし、エンジンを唸らせて斜面をゆっくり降り、そのまま坂を登りきった。全員の拍手をうけた運転手は、嬉しそうに車窓から振り返り、われわれが乗るのを待っている。

カーブを曲がるたび、前方の変化する地形や、起伏の多い稜線を指差して、

「あの鞍部に注意、曲がった先の森に気をつけろ、敵が射撃をしたら目標に手榴弾を投げろ！」

緊張して銃把を握る手に力が入る。実戦経験がない私は、隣で軽機関銃を構える射手が、敵に集中攻撃されるのを知らない。ゲリラは自動小銃や機関銃を乱射し、運転台上の軽機射手をまず倒すのだ。

オリオン峠はバレテと違いカーブが急で、流水路になる窪みに木橋が架かっている。暗く

なり、ライトを点《つ》けないと危険になった。

広場にある数棟の住居が焼け落ち、暗闇の中でチラチラ炎を出している。峠はゲリラの勢力圏内であり、視界も悪く不安と緊張の連続だ。不気味なカーブの谷間をエンジン音が容赦なく響き、遙か後方から後続車のライトが、樹林を照らして追ってくるのが心強い。

台湾行き予約券

峠が下り坂になり、麓の寒村コルドンを通過したあと、ようやく緊張が解けた。なだらかな坂道が終わった平地にあるサンチャゴ町に少し入って停車する。だれが設営したのか、右側の大きい木造二階建てがわれわれの宿舎だった。

二階の板敷の部屋へ上がって装具を解き、やれやれと一息ついていると、階下がざわめき、偶然にも大北中尉以下の徒歩部隊約二十名が到着した。喚声をあげた懐かしい顔が階段を駆け上がり、手を握りあって再会を喜んだ。大北中尉がいつもの笑顔で、「高橋伍長、元気だったか」と呼びかける。

休息は束の間で、「矢口中佐をエチアゲ飛行場まで護衛せよ」と指示され、田辺少尉と私が同行することになった。エチアゲ飛行場行きの発令は、すなわち台湾行き予約切符を手にしたことだ。

二人は軽トラックの荷台に乗り、宿舎を出発した。町の中心部を過ぎると、川幅約四十メートルのカガヤン川の支流で、コンクリートの立派なサンチャゴ橋を渡る。国道五号線は左に折れて川沿いを北上するが、直進して街道を約十キロ行き、広い草原で停車した。

エチアゲ飛行場だというのに、飛行場らしい施設は何一つ見えない。大きい物置らしい建物の戸が開いて、中から出てきたのは、思いがけず庶務の西垣准尉と山本伍長である。彼らは経理部長らと先行していたのだ。

矢口中佐は嬉しそうな顔もせず、「ご苦労」と言葉を残して建物の中に入った。先着している司令部首脳たちはどうしたのか、気配はなく静かだ。

私たちはどうなるのか？　しばらく呆然としていると、山本が私に近寄って耳打ちした。

「エチアゲ飛行場から台湾へ移動する司令部要員は、三次に分けられている。飛行機便あり次第、便乗する者はここで待機し、第二次予定者はサンチャゴ、第三次予定者はバヨンボン地区で待機させるらしい」と教えた。

引き返すのは気が進まず、このままおりたい、と思ったとき、田辺少尉に「高橋、帰ろう」と声をかけられて諦めがついた。一月十八日頃のことである。

《冨永第四航空軍司令官はすでに十六日、九九式軍偵に乗り、〈エチアゲ〉飛行場を離陸した。バシー海峡上空が悪天候のため、エチアゲの北百十キロにある〈ツゲガラオ〉飛行場に引き返し、翌十七日、ふたたび同飛行場を離陸して約三時間の飛行の後、台北飛行場に着陸していた》（「公刊戦史」）

冨永軍司令官逃亡準備

第十四方面軍司令官山下大将は、第四航空軍が指揮下に入り、北部ルソンのエチアゲに退き、そこから航空作戦を実施して、連合軍のルソン島来攻を防御することを望んでいた。しかし、冨永軍司令官はその戦線を離脱して台湾に去った。

以下、高木俊朗著『陸軍特別攻撃隊』を参考として回顧する。

冨永軍司令官はエチアゲに到着したのち、四航軍の作戦をつづけようとしていたのではなかった。さらに安全な地に脱出することである。これはマニラ死守を主張した当時から胸中にあった。参謀たちも台湾に行くことを考えていたが、これを冨永軍司令官には明らかに伝えなかった。しかし、四航軍司令部が台湾に移るためには、大本営の認可を受けなくてはならない。

大本営を動かすには、現在、四航軍が指揮をうけている山下方面軍と、その上級司令部である南方軍の承認が必要である。このため工作に隈部参謀長の指示をうけて、各参謀が関係方面に派遣された。

南方軍と大本営では、四航軍を台湾に移すことをまったく考えていない。ニューギニアからマニラにまで敗退してきた四航軍には、汚名がつきまとっていた。その名誉挽回のために、最後は華々しくフィリピンで戦って全滅させたいと、参謀本部の作戦担当者は考えていたから、台湾移動を許すはずがない。

冨永軍司令官の精神状態が安定を欠き、感情が急変し、異常な言動が多いために、参謀の気持ちが離反していた。また参謀の多くが切迫した危急のなかで台湾の安全地帯への脱出をあせり、四航軍司令部を台湾に移動させることを考えた。

このとき考えられたのは、台湾にいる四航軍所属部隊を、冨永軍司令官が視察に行くという名目であった。そしてエチアゲに到着した隈部参謀長ほかの各参謀は、この案を基本として台湾移動の準備を始めた。

隈部参謀長が恐れたのは、台湾とフィリピン間の飛行機による輸送が、いよいよ危険を増し困難となったことだ。すでにアメリカ軍は、山下軍や四航軍が北部ルソンに移ったことを知り、この方面やバシー海峡を激しく空襲していた。

結局、浮き足だって脱出準備を急いだのであるが、参謀長は大本営の承認有無にかかわらず、冨永軍司令官を先に台湾に移そうとしていた。

脱出首脳の理屈

エチアゲには、四航軍の敗走部隊将兵が次第に集まってきた。アメリカ空軍機は国道五号線に沿って飛び、北部山岳地帯を逃げ込もうとする日本人を追いまわした。田辺少尉が私に、「バヨンボンにいたとき、内田情報参謀の乗った乗用車が馬頭橋で動けず救助を求められた。引き返して現場へ行くと、酩酊した参謀は、座席に横になって威張り散らしていた」と憤慨していた。

その内田参謀が率いるトラック隊もエチアゲに到着したが、途中、爆撃をうけて戦死者四名、負傷者六名をだし、疲れ果てて辿り着いた。

一月十五日にはエチアゲ飛行場が急襲され、P-38ライトニング戦闘機数十機の銃爆撃をあびた。

冨永軍司令官と幕僚たちが、その指揮下にある多くの将兵を顧《かえり》みることなくルソン島から脱出したことは、陸軍刑法にある敵前逃亡に等しき行為である。戦後、高木俊朗著『陸軍特別攻撃隊』により、その詳細を知ることができたことは幸いであった。

以下、その③にある、東京日日、大阪毎日の村上記者の著書『落日のマニラ』の中の一部を抜粋する。

『エチアゲには四航軍はじめ、海軍航空隊の操縦士が多くいて台湾から迎えに来る飛行機を待っている。彼らは毎朝早く六キロの道を歩いて飛行場にきて、叢のなかで飛行機待ちをする。台湾からくる飛行機は暗いうちに台湾を発ち、黎明になるころエチアゲに着く。直ぐ出発するか、薄暮直前に着き、明るくなる前に離陸するか、どちらかである。

ある朝、飛行場入口に数台の自動車があらわれた。ときならぬ来訪者は誰かと近づくと、黄色い将官標識の車が二台、その他は赤い佐官標識で軍司令部の首脳である。車から降りてきたのは冨永中将以下、少将の参謀長、参謀、軍司令部各部長であった。彼らは私たちの存在を無視するようであった。

冨永中将が私たちの方へ一人で歩いてきた。私たちは立ちあがって中将を迎えた。（中略）「こんど大本営の命令によって、台湾に出張を命ぜられました。皆さんより一足お先になりますが、また一緒に働ける日のくるのを待っています」と中将は我々に挨拶した。私たちは「元気でおでかけ下さい」とあいさつを返したが、おかしいと感じなかった私たちも迂闊であった』

離陸失敗した新司偵

村上記者は、私たちは「元気でおでかけ下さい」とあいさつを返したが、咄嗟《とつさ》にこれはおかしいと感じなかったのは迂闊だったと言う。

『軍司令官一人だけが大本営から出張命令がきて、台湾に行くと言う状況がこの場合あるわけがないと気がつくべきであった。四航軍としての行動ならば、大本営の命令が山下大将を通じてくるのが筋であって、その時は軍司令官一人の出張などという形でなく、四航軍の転進のはずであった。そうであれば私たちにも当然知らされなければならない。

冨永中将のあいさつも、「四航軍は台湾転進と決定しましたので、とりあえず私は先行します云々」と言う意味の言葉になるはずであった。また、参謀連中が私たちに軍司令官の台湾行きをひた隠しにしていたことも、状況の怪しいことを物語っている。出来れば新聞記者に知らせずにおきたいという素振りを見せたのは、明らかに軍司令部首脳の陰謀であった証拠である。

私たちにあいさつを済ますと、冨永中将はよろよろと部下のところに戻った。叢林の端から当時最高速機と言われた陸軍の双発一〇〇式司令部偵察機が引き出された。冨永中将が一人飛行機に乗り込もうとしたが、病中の中将には飛行機によじのぼる力がない。参謀が慌てて走って行って尻を押し、飛行機の中へほうりこんだ。

新司偵は直ちに飛行場の端まで滑走して行って向きを変え、爆音高く離陸の滑走を始めた。私たちは固唾《かたず》をのんで飛行機を見つめていた。飛行機はいつまでたっても浮上せず、飛行場を端から端まで滑走しただけで、叢林の中へ突っ込んで止まった。大失敗であった。参謀連中が何かごそごそ協議していた。

日はすでに高くなり、いつ敵機が来襲するかも知れない時刻になった。私たちはこの失敗で今日の出発は取り止めるだろうと思っていた。参謀が新司偵まで走って行き、冨永中将を飛行機から降ろした。もう一機、飛行機をひきずりだした。それは軍偵と呼ぶ日華初期の偵察機で脚が出た低速機である。冨永中将は軍偵に乗せられた。もし敵機に発見されれば撃墜されることは必至である。その軍偵に危険を冒して、なぜ軍司令官を乗せなければならないのか、ようやく私たちも疑惑を感じ始めた』

軍司令官の敵前逃亡

冨永軍司令官が乗った軍偵は、離陸して北の空目指して飛んだ。軍偵とは正式には九九式軍偵察機である。昭和十五年より量産が行なわれ、日支事変末期から二次大戦の全期間にわたり各地で活躍した。私もニューギニアの飛行場で整備したが、低速ながら安定性がよく操縦者の評判はよい。座席は前方と後方に分かれ、前方は操縦者しか乗れない。冨永軍司令官は一人、後方座席に乗ったのだ。

『冨永軍司令官と随行者（内藤准尉）を乗せた二機を護衛するために、一式戦闘機二機が編隊を組んで飛んだ。当時カガヤン河谷はもとより、バシー海峡もまたアメリカ空軍機が制圧していて、日本機の飛行は危険になっていた。冨永軍司令官は、その危険を冒して出発した。一月十六日のことである。

冨永軍司令官を乗せた九九軍偵機の編隊は、台湾に向かう途中、バシー海峡で悪天候に遮《さえぎ》られた。すでに日没となり雨は降りしきり、雲は低く海面を隠していた。前進することが危険であり、四機はルソン島に引き返したが、エチアゲまで行けないので、その北方のツゲガラオ飛行場に着陸した。

司令官が一夜を過ごしたツゲガラオには、マニラ方面から逃げてきて、台湾に脱出しようとする軍人や民間人がひしめいていた。この人たちはエチアゲと同じように飛行機に便乗しようと必死になっていた。彼らは飛行士を摑まえて便乗を頼みこむのだが、剣もほろの扱いをうけていた。このような人々が、闇の中で眼を光らせ、耳をそば立てているツゲガラオ飛行場の未明である。冨永軍司令官を乗せた渡辺行准尉操縦の軍偵機が離陸した。

この日の護衛は一式戦闘機四機であった。編隊は約三時間の飛行をして、台湾の北端まで飛び台北飛行場へ着陸した。冨永軍司令官が台湾軍司令部に行ってから事件は急に重大化した。大本営はもとより、南方軍からも冨永軍司令官の台湾後退についての許可はきていなかった。冨永軍司令官は無断で任務を捨てて、敵前から逃亡したことになった』

私はその直後、サンチャゴの町ですでに冨永軍司令官が台湾へ飛び去ったことを知った。

そしてその数日後、司令部の各部長が搭乗した二機の輸送機が墜落して、全員戦死したことが伝えられた。

偽りだった台湾移動

冨永軍司令官は、台北の第十方面軍司令官・安藤利吉大将に、「指揮下に入った」旨を申告した。安藤大将は、「そんな命令はきていない」と言い、ただただ意外な面持ちであったという。

『エチアゲの四航軍司令部の幹部は、台湾後退を急いで浮き足立っていた。十九日、各部高級将校の先発者がそれぞれ台湾に出発し、また別に幕僚若干名が後退して行った。この時期には南方軍も大本営も、四航軍の台湾移動を認可していなかったから、右のような各部の先発者が台湾に行くことは冨永軍司令官同様違法であり、逃亡とされることであった。首謀者の隈部参謀長も十八日夕方、エチアゲを出発し、十九日朝、台湾の屏東飛行場に着いた』

冨永軍司令官以下、参謀や各部長など司令部首脳が台湾に飛んだことは、サンチャゴにいるわれわれにも伝わってきたが、そのときは逃亡とは思わず、司令部の移動と信じ、われわれもいつかは台湾に飛べる微かな希望をもっていた。

『読売新聞の鈴木記者は、軍司令官と同行してエチアゲに到着していたが、十八日になってもまだ軍司令官の出発を知らない。彼が司令部に行き参謀部をのぞくと、一人残っていた曹長が、「みな、どこに行ったのか判らんのですよ」と言いながら、一枚の紙切れをよこした。

それは四航軍の各部隊に対する作戦命令である。鈴木記者など戦場報道隊もその中に含まれていた。

命令は簡単に「各部隊は、現地において自戦自活すべし」としてあった。その意味は、今後、四航軍司令部として指揮も世話も出来ないから、各部隊はそれぞれ食糧を手に入れて、戦い抜き生き抜いていけということだ。現地においてというのは、台湾や内地に帰すことはしないという意味だ。

顔見知りの操縦下士官が、「記者さん、遅いですよ、今しがた隈部参謀長が乗っていきましたよ」と言った』

（陸軍少将、隈部正美、四十九歳は終戦の、昭和二十年八月十五日の夕、家族とともに多摩川畔で自らの短銃をもって家族五人、潔《いさぎよ》い最期を遂げた）

この頃、記者たちは、軍旗を捧持して南下する部隊を目撃している。この部隊を私はサンチャゴの町で見送り、軍旗に敬礼した記憶がある。アパリに上陸した岡山歩兵第十聯隊の将兵で、バレテ峠の激戦地に向かう途中である。

第六章――去る者と残される者

歩兵第十聯隊の軍旗

矢口中佐をエチアゲ飛行場へ送ってサンチャゴへ引き返した。経理部将校の間でも、軍司令部の台湾移動問題が取り沙汰されているようだ。初め泊まった宿舎付近に、とりあえず分宿することになった。島少尉とどこで知り合ったか覚えていないが、彼はしつこく付き纏って「高橋、その航空長靴《こうくうちょうか》をわしに譲ってくれ」と頼みつづけている。

私が履《は》いている長靴はバヨンボンにいるとき、高千穂空挺隊の兵長に貰《もら》ったものだ。ズック布を混用した代用品だが、履きやすく体裁がいい航空長靴で愛用の品である。島少尉は、将校の象徴である長靴を紛失して困り果てていた。

また、私が大切に吸っている香りの良いタバコにも興味を示し、どこで手に入れたか不思議がっていた。タバコはアンガット川渡河のどさくさ騒ぎのとき、棒チョコと一緒に手に入れた五十本の缶入りである。グレー色の中に金色の象がデザインしてあり、蓋を取り銀紙の封を破ると、香《かぐわ》しい匂いを放ち、両切りの巻紙にも象印がある英国製だ。

そのうち将校たちは近くへ分散して、顔を合わせなくなった。経理部は国道沿いにサンチャゴ眞部隊糧秣交付所を開設した。主計科の内田泰仕曹長が兵一名と勤務していたが、すぐ移動して、私と中村一等兵が勤務することになった。四航軍の通過部隊に対し、籾と若干の調味料交付が任務である。

「軍旗が通るぞ！」と叫ぶ声を聞き、前の国道に出た。軍靴の音をたてた歩兵部隊が近づいてくる。先頭は護衛小隊に守られた軍旗である。旗手の少尉が捧持する軍旗を見て、私は思わず敬礼した。軍旗を先頭に頼もしく南下する部隊に激励の声をかけたい衝動にかられた。

珍しい日本馬に跨《また》る聯隊長が揺られて行く。六十キロ近い重機関銃を担いだ四人が「肩替え！」の掛け声で、反対の肩に「ヨイショ」と移し、軍靴の響きを残しながらオリオン峠の方へ去って行った。

〈この部隊はアパリ入港直前、不運にも海没した部隊で、岡山の歩兵第十聯隊〈岡山誠父大佐〉だ。のち鉄兵団に編入されてバレテ峠で苦戦する〉

西山主計少佐遭難

エチアゲ飛行場に集結を命じられた四航軍の空中勤務者たちは、ここサンチャゴで糧秣の補給を受け、足速に街道を北上して行った。糧秣交付所の奥に高床の新しいニッパハウスがあり、そこを宿舎にした。夜になると、中村一等兵と宿舎に帰り、住民と交換した鶏と卵料理で豪勢な晩餐が楽しみだった。

あるとき前の宿舎にいる副官部の大尉が私を呼び、「経理部だからといって、自分らだけ勝手なことをするな」と食事の不満を仄めかした。いつも将校は兵隊の上前をはね、優遇されているのに何を言うか、と私はもちろん従う気もない。その大尉も、しばらくしてエチアゲへ去って行った。

中村忠男一等兵は岩手県出身の召集兵で、年は三十五歳くらいだ。釜石市の公団職員だったと言い、その温厚な人柄が好きで、面倒を見てやった。炉の火があかあかと燃えるある夜、彼はにこにこ顔で「班長殿」と言って、一枚の写真を大事そうに出して見せた。二人の子供を挟んだ四人家族で、夫婦は和服姿である。

彼は私の守護を喜び、何かにつけて「班長殿」と慕い、いつまでも側にいたいといっていたが、しばらくしてどこかの部隊へ転属して行った。後に知った彼の消息は不幸なもので、現役の兵隊に苛《いじ》められたのが原因で死んだと聞いた私は唖然とした。

昭和二十年一月二十日頃である。「西山少佐がゲリラに襲撃されて戦死された！」と突然、悲報が飛び込んだ。私はサンチャゴ到着後の経理部将校の動向を知らない。また、西山少佐ともマニラ出発以後、会っていない。

サンチャゴから三叉路を五号線に向かい約二十キロ行くと、オスカリスと呼ぶ町がある。以前から行動的な西山少佐は、この町に精米所を造り、経理部としての食糧確保に付近を行動していた。この間に人家は少なく、沿道に高さ二メートルを越す砂糖黍畑がつづいている。

ゲリラの襲撃は初めての衝撃であった。

襲撃をうけたときの護衛兵一人が、負傷しながら奇跡的に助かり、サンチャゴの兵站病院に収容されていると聞き、田辺少尉と見舞いにいった。清潔そうなニッパハウスのベッドに、白衣を着た山崎郁一兵長（鳥取県東伯郡）が横たわっていた。彼は当時のショックが強く放心状態で、われわれの質問にしばらくは答えなかったが、襲撃をうけた状況を、つぎのように説明した。

近くに潜むゲリラ

山崎兵長がようやく重い口を開いてボソボソと話したのは、このサンチャゴの数キロ先にゲリラが身を潜め、日本軍をターゲットにしていることだ。

「西山少佐は高千穂部隊の少尉を長とする一個分隊の護衛兵が同乗するトラックに乗り、サンチャゴから五号線を『オスカリス』へ向かった。沿道の両側は繁茂した砂糖黍畑がつづいている。

突然、畑の中からトラックを狙う一斉射撃が始まった。自動小銃の乱射をうけ、まず運転席の屋根で軽機を構える射手が倒れた。油断していた護衛兵のほとんどは応戦どころか、車上から飛び下りる隙もなく集中射撃を浴びた。

山崎は射撃が始まったとき夢中で飛び下り、砂糖黍畑の中に潜り込んだ。二メートル以上に伸び、葉が茂った砂糖黍畑は絶好の隠れ場所で、幸いその周囲にゲリラの気配がなかった。

少しずつ奥の方へ這っていき、頭を泥に隠すように息を潜めていた。指揮者は米比軍の将校らしく十数人の声が聞こえた。ゲリラたちが甲高いタガログ語を喋《しゃべ》りながら、自分が隠れている砂糖黍畑の近くまで捜しにきたときはもう駄目かと思った」といい、さらにつぎのように話した。

「高千穂部隊の少尉は、集中射撃を浴びたとき、逸早く助手席から飛び下り、砂糖黍畑の中で負傷した足に止血をして退《さが》る途中、運よく農家に繋《つな》がれている馬を発見した。ポニー種のロバだったがこれに乗り、サンチャゴに引き返して救助を求めた。救助隊が現場に到着したとき、焼けたトラックと略奪して惨殺された死体があった。西山少佐は被服を剥ぎ取られたうえ、蛮刀で咽喉《のど》と陰部を砕かれており、他の戦死者も全員が、無残な姿で倒れていた」

眞部隊糧秣交付所前に小さい食堂があった。経営者は華僑系で愛想よく、次第に仲がよくなった。兵隊がカラバオ（水牛）の解体を頼むと、空き地のそばに立った大木の枝に後ろ脚を縛って吊るし上げ、蛮刀で首を刺す。受け皿に溜まった血と皮や内臓を解体料として貰っていた。

またフィリピンの豚は、猪のような黒い剛毛である。血を抜き取り、熱湯を掛け、蛮刀でこすると、毛穴があいた白い皮になる。彼らは脂肪がついた皮と内臓と調味料に使う血液を手に入れ、「サンキューサンキュー」と礼をいい、独特の味付けをした、じつに旨いビフウ麺や肉料理を作ってくれた。

P–38の攻撃

その親日華僑の主人が夜遅く、私と望田伍長を晩餐に招待してくれた。薄暗いランプの光の下で、粗末なテーブルに並んだ料理は、どんな調味料を使っても及ばない美味なものに思えた。

皿に盛られたビフウ麺の旨さは格別である。採った血液と内臓、塩、油、香辛料を使った様々な中華料理と、熟成したバシー酒を飲んだ二人の顔は綻《ほころ》んだ。

その親しくしてくれた華僑家族も、いつの間にか姿を隠し、空き家になってしまった。街道筋から現地人の姿が消え、代わりに敵のP–38戦闘機が、サンチャゴからエチアゲの街道を低空で哨戒飛行を始めた。

ある朝、P–38の編隊が上空で旋回を始め、突然、キーンと急降下をして突っ込み、北方約百メートルの小高い中心地に爆撃を加えた。敵機は六機以上いるようだ。

私は用心のため、掘っていた宿舎裏にある叢林の壕へ走った。田辺少尉も壕に入り、二人で木陰から様子を窺《うかが》う。地響きとともに黒煙が吹き上がり、集中攻撃している。各機二発の爆弾を投下したあと、機体を翻し、銃撃を執拗に加えている。

私たちがサンチャゴに来て、初めての空襲は何を狙っているのか、そのときは分からなかった。敵機が去り、街道に出ると大勢の兵隊が消火している姿が見える。そこは四航軍の衛兵班や、飛行戦隊の一部が駐留している場所だ。

私は田辺少尉と、「この正確な爆撃目標は、付近に潜むゲリラが対空無線機で敵機に知らせたものだろう」と話した。住民が消えたのは、敵機の爆撃と繋《つな》がっていたのかも知れない。「P－38が奥の竹藪に墜落した」と騒ぐ声がした。そういえば、爆撃が終わっても、ときどき上空を旋回するのは、墜落した僚機を気遣っての飛行だったのだろう。爆撃直後のことであり、墜落現場へ行く気はしなかった。

翌日、墜落した敵機を見にジャングルに入った。華僑が住んでいた家から約二百メートル奥に、ルソン島特有の二十メートル以上に延びる竹林があった。その一部が薙《な》ぎ倒され、キナ臭い焼けた場所にP－38の残骸が転がっている。

十数人の現地人が周りを囲み、棒切れであちこちつついている。この機は急降下したあと機体引き起こしが遅れ、ロッキードP－38特有の双胴を繋ぐ水平尾翼を竹林に引っ掛けて墜落したのである。

残骸となったP－38

P－38は二年前のラエ上陸当時から、ニューギニア戦線でさんざん苦しめられてきた米陸軍戦闘機だ。マニラ湾空襲時の小型機は米海軍空母艦載機で、急降下爆撃機だったが、比島各地を制圧した米軍は、既存の飛行場を整備して陸軍戦闘機を離着させ、地上の日本軍攻撃に参加させている。

快速で飛行場を急襲して銃爆撃を欲しいままに浴びせ、われわれに畏怖《いふ》の念を与えたP－

38が目の前で残骸となっている。無残に千切れて原形を止めぬ機体の中に、くの字形になって黒く焦げたパイロットの姿があった。

操縦席の背中には、厚さ二十ミリ以上の人型をした防弾板があったが、彼の身を守る盾にはならなかった。

彼は操縦桿を引き上げ操作したが、強く撓《しな》った竹林は、後部の水平尾翼に絡みついて放さなかった。日本軍機の姿もない地上攻撃で、まさか墜落死をするとは、若者はその瞬間を考える間もなく、大声をあげて地上に激突したのであろう。彼が身に付けていた拳銃や所持品などは、すでに棒切れで漁《あさ》る者の手中にあるように思えた。

散乱する十二・七ミリ機銃弾の中に太い二十ミリの不気味な炸裂砲弾が転がっていた。信管もそのままでずっしりと重く、戦車の装甲も貫くという弾が怖くてすぐに手放した。折れ曲がった大小のジュラルミンのパイプの中から、煙草のパイプを造るつもりで少し折り取った。

引き返すジャングルの途中に、粗末な一家屋があった。入ろうとすると、小柄な老人が「ゲリルヤ、ゲリルヤ！」と人にわざと聞こえるように叫び、血相を変えて私を押し出した。私がこの家に入ったことがゲリラに知れると、『親日家と思われ、厳しい制裁をうけるのを恐れた行動だ』と確信した。このことは、ゲリラが米軍機に対して情報を提供している証明でもある。

〝ある事件〟のあと、山間の田舎町の静かな空気は、にわかに厳しいものに変わった。フィリピン人は、その事件を起こした日本軍に対して、悔やしさと恨みを晴らすため仇討ちするようになった。四航軍の各部隊がこの町や飛行場に集まってきたが、フィリピン人のゲリラ隊に攻撃され、苦しめられていた。

さきに西山少佐が襲撃されたのも、突然のように思っていたが、ゲリラの活動が活発になったのは、つぎの〝ある事件〟が発端だったという。

ゲリラが蜂起した事件

高木俊朗著『陸軍特別攻撃隊』第三編に、この〝事件〟について、つぎのように記述されている（抜粋）。

『「冨永軍司令官以下、参謀や各部長などの首脳部将校が台湾に逃亡した」という話は、エチアゲやサンチャゴの日本軍将兵の間にたちまちのうちに広がった。将兵の間には動揺が起こり、台湾行きの飛行機を待っている人々は、焦って先を争った。飛行機の出発のたびに、機内に忍び込んでいる密航者が発見され騒ぎになった。飛行場が混乱し、騒がしくなるだけでなくエチアゲの町中でも、日本兵の乱暴な行動が多くなり、急に無秩序になった。

四航軍司令部の電報班の暗号手、江崎上等兵はエチアゲの町を通りかかり、異常な状況を目撃した。

軍司令部の若い大尉が、狂ったように怒号しながら日本刀を振り回していた。その足もとには四人の住民が後ろ手に縛られて、ひきすえられていた。日本兵がその周りに集まり、フイリピン人は遠くから見ていた。若い大尉は日本刀を振りおろし、犠牲者の首を切り落とした。すさまじい血しぶきのなかで、つぎつぎ四人の首を残らず斬った。

江崎上等兵は、その四人がこの町の町長、役人など、いずれも土地の有力者であることを知った。ことに、その一人はドイツ人宣教師であり、四人とも何の罪もなかった。それを白昼に斬殺して、無残な死体を町中に晒《さら》した。この事件の原因は、軍司令官に置き去りにされたことがわかって、若い大尉が自暴自棄になり、荒れ狂ったためであった。

この事件のあと、山間の田舎町の静かな空気は、俄《にわ》かに厳しいものに変わり、フィリピン人は、町の有力者を惨殺されて仇討ちをするようになった。この大尉は、戦後生還して東京の証券会社に勤務していた』という。

私が以前マニラにいた頃、現地人労務者へ賃金支払いのため、タルラックのバンバンへ出張した。そのときバンバン警備隊の前に、数人の住民が後ろ手に縛られ、炎天下に放置されているのを見た。撃墜され、落下傘降下した米軍パイロットを匿《かくま》ったためと聞いた。戦後の戦争犯罪人裁判で、現地人の証言により、多くの日本軍将兵が現地で厳しい裁きを科せられている。

高級将校は墜落死

『冨永軍司令官が真っ先に逃亡したあと、隈部参謀長、若干の参謀、各部幹部将校がつづいて台湾に移った。二十一日には、溝口高級副官以下、軍司令部の上級将校が乗った二機の輸送機が、一機は行方不明となり、一機はアメリカ軍艦載機に攻撃され、搭乗者の大部分が死傷した。しかし、南方軍が台湾後退を正式に許可したのは一月二十二日であるから、それ以前のこれらの人々の行動は、明らかに逃亡であった。

二十五日夜、四航軍飛行班の持っている重爆が、エチアゲを出発して台湾に向かった。重爆は台湾の西海岸、高雄軍港の沖にある澎湖島《ほうことう》の上空で、日本海軍の高射砲隊の射撃により撃墜された。搭乗していた四航軍の兵器部長小沢直治大佐、経理部長西田兵衛大佐、軍医部長中留金蔵大佐、第二十二飛行団長佐藤猛夫中佐などが死亡した。

この事件は、防衛庁戦史には「誤射を受けて」としてある。しかし高雄は海軍の重要な軍港であり、澎湖島のなかの二、三の島は、それを守るための要塞となっていた。この辺は飛行禁止区域で、特別の通報のない限り、上空を飛ぶ飛行機は撃墜することになっていた。四航軍の操縦者は、この規則を知っているはずであった。それなのに撃墜されたのだから、これは誤射というよりは、みずからの過失というにひとしかった。

軍司令部の逃亡は、非常な悪評を呼んでいるときだけに、これらの事故はまったく同情されていなかった。これは、卑劣な四航軍司令部の逃亡に対する天誅《てんちゅう》であり、天罰が当たったとする声が少なくなかった』

この知らせは、サンチャゴにいるわれわれにもすぐ伝わった。西田経理部長の機には高級部員矢口中佐、庶務課西垣准尉、私と同期の山本伍長が同乗していたと思われる。矢口中佐は、二十日にゲリラに襲撃されて戦死した西山少佐の遺骨を宰領していた。悲報を聞いた私は残念ながら、もはや台湾に移動するのが絶望的であることを知った。

矢口中佐をエチアゲ飛行場へ送ったとき、一次輸送を約束された山本伍長を見て羨《うらや》ましく思った。彼は経理部の随員として西垣准尉が選抜したものと思われるが、西垣准尉、山本伍長の二名が台湾に到着した記録はない。

経理部最後の宿営地

二月初め、眞部隊が開設したサンチャゴ町の糧秣交付所を閉鎖して、郊外の五号線沿いに開設中の交付所長に移動を命じられた。前任者は主計科の内田曹長だったが、彼はマニラ時代からときどき粗暴な言動があり、そのためかどこかに転属して姿が見えなくなっていた。

P－38に爆撃された町の中心部を進むと、町外れにカガヤン川の支流が滔々と流れている。架かったコンクリートのサンチャゴ橋を渡り、直進するとエチアゲ飛行場に行く。左に曲がり、五号線を川の支流に沿って北進すると、約二百メートル先に糧秣交付所がある。その先の西山少佐がゲリラに襲撃された現場を過ぎると、精米所があるオスカリスの町に行く。

五号線に面した糧秣交付所は二階建てで、屋根はトタンを乗せた粗末な建物だ。階下は物置で、交付用バラ積みの籾、甘藷、食塩などが貯蔵してあり、二階の国道に面した部屋が寝室である。室内は外見に似合わず立派な調度品が並び、ベッドの枠は美しく彫刻したチーク材で、涼しそうな籐が張ってあった。若夫婦が住んでいたようだが、ここを捨てて姿を消した住人の気持ちが痛々しく感じられる。

交付所の裏には一面の砂糖黍畑が奥までつづき、中の細道を五十メートルほど入った高台に樹木に囲まれた集落がある。その七、八棟の高床式ニッパハウスを、経理部主力が宿舎としていた。奥は崖が落ち込み、眼下をカガヤン川が流れている。瀬があちこちにあり、水量は少ないが、川幅がかなりある。対岸は鬱蒼《うっそう》としたジャングルに覆われて水音が谺《こだま》していた。

エチアゲ街道から離れたこの場所は、絶好の遮蔽地に思われた。今や司令部機能を失った四航軍の経理部将校は北に移動する望みを捨て切れず、ここに駐留していた。エチアゲ飛行場の上空は数機のP-38夜間戦闘機が待ち伏せして、払暁、薄暮に飛来する日本軍機に攻撃をつづけるため使用不能となる。ルソン島に残された飛行場は、さらに八十キロ北上したツゲガラオしかない。

(西田経理部長と矢口高級部員が墜落死したため、急遽《きゅうきょ》、主計科長三浦福蔵主計大尉が台湾に呼ばれた。また幸運にも、主計科の塚本軍曹がツゲガラオ飛行場から台湾に飛んだことを、サンチャゴにいるわれわれは知らなかった)

病魔に斃れた若者

田口正蔵雇員は南方軍の要員として採用され、和田、中村、石井、保田氏らと共に着任した。その南方軍がマニラからサイゴンに引き上げたため、四航軍に転属して経理部に配属された陸軍雇員たちの一員だ。彼は法政工業を出た剣道二段の有段者で、頑健な体軀の持ち主である。

一月初め、マニラから北部へ移動の際は徒歩部隊に入り、大北中尉や清水技手らと行動を共にして夜行軍をつづけた。サンチャゴに到着直後から悪性のマラリアに罹《かか》り、連日四十度の高熱に苦しんでいた。同輩たちも懸命な看病につとめたが、病状は日ごとに悪化し、遂に虚《うつ》ろな眼を開けて取り止めのないことを叫びつづけ、容体が急変した。

われわれは暴れる彼を、中村雇員が馭《ぎょ》する水牛の木橇《きそり》に乗せ、落ちないように縛ってサンチャゴ病院へ連れて行った。木陰に橇を止めて入院手続きをしているとき、運悪く街道荒しの敵機が二機飛んできた。田口雇員は爆音を聞くと、急にわめいて暴れだし、手を振り切って道路へ飛びだそうとした。私たちは狂う彼を強引に引き止め、水牛の背中に縛りつけた。すでに脳膜炎を併発し、手遅れの状態で入院二日後の夜、彼の上司清水技手と同僚に見とられて幽明境を異にした。急報で駆けつけると、彼は狭いニッパハウスのローソクの灯明がゆらめく側で手を組み、静かに横たわっていた。掛けてある毛布の上に、出征のとき下げていた軍刀がのせてある。

僧侶出身の島余慶上等兵が襟袈裟《えりけさ》をかけ、静かに読教をつづけている。集まった者は、彼の死に顔を見つめて黙っていた。将来を暗示するような不安な気持ちが皆の心に広がるのは、当然なことであった。

彼が病気に罹《かか》ってから私が借用していた軍刀は、遺髪とともに遺族に届けると保田雇員たち同僚が言った。その頃、まだ台湾へ移動するのを信じていたのである。彼が戦病死したのは昭和二十年二月三日で、弱冠十九歳だった。

（ゲリラに襲撃されて戦死した西山少佐の迅速な行動で、衣糧科の持つ物資と物々交換して収獲した籾は相当量集まった。宿営地横の小屋にトラック数台分がバラ積みしてある。われわれはまだ楽観的で、まさか四航軍が消滅するとは夢にも思わなかった）

勤務小隊の兵隊

四航軍がマニラにいた頃、離れた地区で開設した野戦倉庫を護衛する必要から、約四十名の兵隊がいた。どこから派遣されたのか知らないが、彼らはマニラから警備兵としてわれわれと同行している。

レイテ島から衣糧科野戦倉庫に転属した奥田三郎主計准尉が勤務中、陸軍罫紙に克明にその名簿を作成している。それによると、全員召集兵で、兵種は山砲と野砲である。私はこの宿営地にいる短い期間、勤務兵との思い出が多い。

つぎに述べる高瀬正年上等兵（福岡県小倉市）も、特に印象深い一人である。彼は昭和八年兵でメンコの数が八年間も多く、私が下士官でなければ直ちに殴り倒されるかもしれぬ怖い上等兵だ。

前任の内田曹長は、高瀬上等兵より二年若いが、突然、粗暴になる性格と凄い〝やくざ〟的言動が高瀬を屈服させ、彼も逆らわず内田曹長に服従したのだろう。その後任として若い私が交付所長になったのである。

交付所もこの辺りに駐留する部隊は少なく暇で、夜になると高瀬上等兵が炊事をして、

「班長さん、飯にしましょう」と呼ぶ。交付用物資と交換して手に入れた鶏を潰して石油缶に鶏汁を満たし、五センチもある卵焼きが添えてあり、豪勢な料理は以前からつづけていたものらしい。

彼は平素から上等兵の階級章をはずし、交付所に来る兵隊に横柄に接するのを見て、私は「階級章を付けろ」と厳しく言いつづけた。その私を煩《うるさ》く思ってか、しばらくしてから「はい」と従うようになった。

やがて交付所が廃止され、二人は奥の宿営地へ合流した。集落の入口に夜間は衛兵所を設け、大谷伍長を長とする勤務小隊が勤務している。私は第二分隊長をしていた古参兵長に代わり分隊長を命ぜられ、二十名の部下をもった。兵隊に「班長殿」と呼ばれるのは初めてである。

私を助け、「高橋班長殿に失礼のなきよう」と尽くしてくれた上等兵が二人いる。合田《ごうだ》敏勝上等兵（香川県観音寺町）と板本《いたもと》良助上等兵（香川県多度津町）で共に四年先輩だ。合田は漁師出身の網元らしい貫禄があり、大声できぱき指示をして部下を掌握していた。彼は、「班長殿、内地に帰ったら旨《うま》い魚を食わせますけに」と言って、私を喜ばせてくれる。

小銃を紛失した兵隊

ある日の日夕点呼が終わり、集落に夕闇が迫るころ、先任の合田上等兵が「班長殿、少しお話があります」とそばにきた。「第一分隊の〇〇一等兵はマラリアで、ちょっと頭がいかれた兵隊ですが、『小銃を紛失した』というので全員で捜しましたが、見つかりません。高瀬上等兵がこの兵隊に酷く暴行を加えて可哀そうであります。何とかお願いできませんか」と訴えた。

高瀬は上等兵の最古参であり、彼の性格からだれも敬遠して見ぬふりをしているのだ。分隊が違うのでこの事故を知らなかったが、第一分隊長（大谷重蔵伍長、高知県高岡郡）が不在であり、見兼ねて私に知らせたのだ。その兵隊は、「つねづね高瀬上等兵の鉄拳を受けて異常をきたした」との噂もあったので、私は黙っておれず、すぐ隣の分隊に乗り込んだ。

壁に並べて掛けてある三八式小銃に眼をやる。高瀬上等兵は黙っていたが、先任の兵隊が「小銃は全部調べました」と私に言う。

彼らを黙殺して薄暗い灯油ランプの光で、一丁ずつ銃の刻印番号を調べた。小銃の紛失は考えられない失態である。本人は責められて呆然自失の状態で、聞いても何も返答せずに黙っている。私はなんとか見つけて高瀬上等兵の暴力から救ってやりたいと、宿舎の隅々まで調べたが、小銃は発見できなかった。

それが原因だったのか、この兵隊は数日後、サンチャゴの病院で死亡した。私も通夜に行ったが、同じ分隊の高瀬は姿を見せない。「死亡の原因は高瀬上等兵の暴行によるもの」と怨嗟《えんさ》の声が広がり、彼も耳にしたはずだが、平然としている態度は傲慢そのものであった。

矢野見習士官（後述）とオスカリスの精米所へ連絡を命じられたときだ。西山少佐が襲撃された現場を通過するので、五、六名の護衛兵が乗り、合田上等兵がてきぱき指揮した。運転台の屋根に十一年式軽機関銃を構えたのは長身の森重雄一等兵（愛媛県、昭和六年兵）だ。小柄な佃清《つくだきよし》一等兵（徳島県阿波郡、昭和十五年兵）は、弾薬手として射手のそばに立った。八九式擲弾筒《てきだんとう》も一丁あり、全員補充兵とはいえ、四国の兵隊たちは鉄帽をかぶり、小銃を構える。

血が躍動するのを感じながら、「班長殿」とうながされて合田上等兵の横に立ち、夕闇が迫る頃、トラックは宿営地を出発した。

バシー酒と憩い

すでに街道は敵機が低空で哨戒飛行を繰り返し、昼の行動は不可能になっていた。P–38に新鋭機のP–51ムスタングが加わっている。ライトを暗くして直線道路を走る。周囲は暗く、ライトが届く範囲しか見えず不安だ。

森一等兵が軽機の銃把を押さえ、顔を照準線に寄せて引金を握っている。全員緊張しながら、闇の中を約三十分走ると、ぼんやり集落が見えてきた。

停車すると、前にある家の戸が開き、土間の明かりの中に懐かしい顔がある。菊池、永岡両技手と衣糧科の親友岩重《いわしげ》伍長である。岩重は紐付きの丸枠眼鏡ごしに笑顔を見せて再会を喜んだ。何の連絡だったか覚えはないが、しばらくしてふたたび反転して、その深夜、全員異常なく宿営地に帰った。

同期の桑木伍長は、レイテ島へ薫空挺隊の一員として切り込み戦死。山本伍長は墜落死。

野々川伍長は第七飛行輸送隊とともに内地に引き上げたはずだ。松本伍長は第一航空路部とともにサイゴンに移動。主計科の堀井伍長はどうしたのかわからない。この岩重伍長とも、そのあと二度と会うことはなかった。

宿営地に入ってしばらくだれも気がつかなかったが、幸運にもバシー酒が入った瓶《かめ》を発見した。瓶は高床に建てたニッパハウス床下の土中に埋めてあり、酒の原料は砂糖黍の絞り汁である。二十リットルほど入る瓶に入れて油紙で密閉して、乾燥した涼しい土間に埋めてある。その場所は分散してあり、住民が隠したわけではないが、簡単に発見できなかった。

良いものは最高のワインにも劣らぬ味だが、発酵途中や酸っぱいのもある。久し振りに酔ったアルコールの味が忘れられず、当分は目ぼしい床下を探しつづけたが、収穫はわずかである。

裏を流れるカガヤン川の河辺に降りて手榴弾を投げ込み、浮き上がる小魚を拾ったり、住民が飼っていた鶏も狙った。鶏は野鶏の類いか、強く羽ばたいて飛び逃げ去る。夕闇が迫ると、鶏たちは落ち着きを失い、決めた枝のねぐらへバタバタと飛び上がって夜を明かす。手分けして飛び上がる前に追っかける。野鶏は慌てて喧《やかま》しく鳴きわめき、羽ばたいて雑木の中を逃げまわる。

約十分も追い回すと疲れ果て、鋭い棘《とげ》が生える竹林に首を突っ込んで力尽きた。夜の会食は豪華で楽しく、不安の中の憩《いこ》いだったが、思いがけずその不安がすぐ的中するのである。

無意味な軍歌演習

二月の半ばすぎ、先任将校である衣糧科日暮《ひぐらし》豊大尉（東京都日本橋）が宿営地の広場に全員を集合させた。何だか嫌な予感がして不安だった。

「経理部将校全員はここを離れ、北のツゲガラオ飛行場に向かう。理由は四航軍司令部命令の移動順位により、ツゲガラオ飛行場で台湾への飛行便を待機するためである。諸氏と別れることはじつに残念であるが、諸氏もかならずや台湾に退《さが》れる日がくる。それまでどうか元気で頑張ってほしい。今後の諸氏の健闘を祈るとともに、その士気を鼓舞する意味において、只今より軍歌演習を行なう」

慶応のモダンボーイと噂のある日暮大尉は、そう告げて台を降りた。

将校以外の残留者が高台を中心に狭い広場で円陣をつくり、行進しながら歌わせられた軍歌は、勇壮な「敵は幾万ありとても」である。

〽敵は幾万ありとても、総《すべ》て烏合《うごう》の勢《せい》なるぞ……

繰り返して歌いながら歩調をとって、何周か回った。残る者の複雑な心境が反映して、その歌声は沈みがちになっていく。日暮大尉の言葉は無情に聞こえた。マニラから共にここまで来た下士官、軍属、雇員、そして護衛勤務兵たちには、何の意味もない軍歌演習が強要されているのだ。

円陣の中央で音頭をとる日暮大尉に、皆の厳しい視線が集中していたときである。突然、

「何のための軍歌演習だ！　将校が逃げて行くというのに、残るわれわれの士気を鼓舞する意味とはどういうことだ！」と甲高《かんだか》い声で叫ぶ一人の下士官がいた。

彼の顔に見覚えはなく、どこから来た伍長か知らない。暴れて大尉に食って掛かるのを、永野技師や私たち数人で抱き止めたが、興奮した彼の力は異常に強い。大尉は黙って立っている。このような上官に対する反抗は、許されることではない。しかし、彼が朝鮮人だったことが一つの例外である。若いこの伍長は日本の軍隊に志願して、下士官に任官したエリートだった。

残留者再編成

この突発的なできごとは、出発する将校に少なからぬ衝撃を与えた。その夜、宿営地の下士官以上約二十名が集まって別れの会食がある。残る者とツゲガラオへ北上する者がそれぞれバシー酒を酌み交わした。

大北中尉と田辺少尉が私にバシー酒を注いで、「高橋、すぐ迎えの連絡をするから、もう少しここで我慢していてくれ」と言ってくれた。私の心は安らいで、「お願いします。連絡のあり次第、すぐにツゲガラオへ追及します」と頼み、嬉しい一縷《いちる》の希望として心に秘めることにした。

二月二十日頃、ツゲガラオ飛行場へ向かったのは、つぎの人たちだと記憶する。日暮豊大尉、永野政義技師（大尉相当官）、時岡収次中尉、鎧源造中尉、大北岨治郎中尉、猪股隆夫少尉、田辺照郷少尉、奥田三郎准尉である。

藤村茂准尉は、この宿営地に後任の指揮者が到着するまで残留していたが、ツゲガラオから追及の命令が届かないので痺《しび》れを切らし、「ツゲガラオが駄目なら、最北端のアパリ港まで歩き、船を摑《つか》まえてでも台湾へ行く」と豪語して、単独で宿営地を去って行った。

ソラノ集落からオリオン峠を越え、主計科の渥美大三郎少尉、衣糧科で野戦倉庫長だった松本峯太郎少尉がサンチャゴに到着した。

宿営地にいる残留隊員は新任の経理班長である渥美少尉以下、矢野見習士官、高橋伍長、清水技手、石田技手、永岡技手、菊池技手、村上技手、和田雇員、中村雇員、保田雇員、石井雇員、一ノ瀬雇員、太田雇員その他で、四国編成の護衛勤務小隊の大谷重蔵伍長以下、四十二名の兵隊も残留した。

松本少尉は離れたサンチャゴ町で、内地から徴用された雇員十七名の長として分宿した。彼は野戦倉庫勤務だったので人柄を知らないが、猪股少尉とともに見習士官上がりで、江戸っ子育ちの元気が良い少尉である。

第一次出発の司令部幕僚がエチアゲから飛んだあとの飛行場は使用不能になり、二次予定者（軍歌演習をして去った将校）はツゲガラオへ向かった。第三次予定者は、マニラの軍司令部で爆撃恐怖症を示した佐々木善治朗建技大尉と、髭が自慢の庶務科の相沢哲郎軍曹そのほかで、バヨンボンからオリオン峠を越えてサンチャゴに追及しつつあった。

矢野四郎見習士官

施設科の矢野主計見習士官とは、マニラ当時から仲が良かった。彼は四航軍解体後、徳永大佐（前第六飛行師団参謀長）が率いる高千穂部隊に転属して主計少尉に任官した。私と別れて数ヵ月後の昭和二十年六月、バレテ峠に近いピルークで米戦車群との戦闘で戦死された。戦後（故）矢野四郎氏の留守宅を捜し当てたが、すでにご両親はなく、大田区に住む兄君の鎮雄氏と連絡がとれた。

矢野見習士官との思い出は多い。追悼の意を込めて、この後の記述の中にその二、三を思い出し、ご冥福を祈りたい。

彼は大正十一年六月生まれ、東京日本橋馬喰町《ばくろちょう》出身である（彼から小伝馬町《こでんまちょう》と聞いたと思ったのは記憶違いだが、留守宅の発見に繋《つな》がった）。

昭和十九年六月、東京経理学校を卒業し、直ちに比島派遣第四航軍司令部付となり、マニラに着任した紅顔の青年である。学生気分の抜けない張り切りボーイで、行動力旺盛で、偉ぶることもなく、私とはすぐ気が合った。

二人とも緊張しながら経理部長室の西田大佐（墜落死）に申告し、タルラック州南バンバンへ出張した。目的はバンバン飛行場の戦闘指揮所建設の労務費と、材料（竹）代金の支払いである。海軍のトラックに便乗して、敵艦載機の攻撃を避けながら、夕刻、南バンバンの宿舎に到着した。ここには島上等兵の同僚たち、第五十二建築小隊の勤務兵がいて歓迎してくれた。

椰子林の中に点在するハウスを訪ねて支払い相手を捜し、日本式に署名と拇印を押させた。われわれは支払った軍票の価値を知らないが、彼らは顔を綻ばせ、「サンキュー、サンキュー」と言い、何度も頭を下げていた。

現地の青年たちとすぐに仲良くなったが、その一人にナルデンと呼ぶ若者がいた。彼は以前、マニラのホールで演奏したプロギタリストだと言う。そして小高い丘に建つ元政府高官邸の広大なプールに案内した。奇麗な水を湛《たた》えたプールは、戦いのない別天地に思えた。夜には彼が家に招待して、『青きドナウ』や、ワルツ数曲を弾いて楽しませてくれた。

ナルデンの狙いは、矢野見習士官と同行して、ふたたびマニラ市へ行くことだった。もはや彼らが単独でマニラ市に入ることは、不可能な状況である。

警備隊に縛られた住民

夕方、一人でバンバンの町を散歩していると、町のポリスらしい男が近づいてきた。私が田辺少尉に借りて肩に掛けている十四年式拳銃は、彼らが恐れる日本憲兵（MP）がもつ拳銃だ。彼は憲兵と勘違いしたのか、案内しながら私の行動を監視するようだった。私が尋ねることは知らない振りをして愛想笑いでごまかし、住民の家に入られないよう私からは離れない。

町を歩く私の眼に異常な光景が写った。町の十字路角の給油所らしい建物に〔バンバン警備隊〕の立て札があり、衛兵所みたいに兵隊が詰めている。その前の炎天下の道路に、約十人の住民が後ろ手に縛られて逃げないよう繋がれていた。

足を投げ出して頭を垂れた者、倒れている者の中に老人と女性もいる。飲み水を与えられた様子もないその姿に、相当厳しく責められた痕があった。側に着剣して銃を構えた兵隊が無表情な顔で立ち、詰め所に四、五人の兵隊が通行人に厳しい目を向けていた。

ポリスが人ごとのように、「これらのフィリピノは、向こうに見える小高い山に住む人たちである。アメリカ軍飛行機が上空で撃墜されたとき、パラシュートで降下したパイロットを匿《かくま》った容疑で逮捕されたのだ。犯人が白状するまで路上に晒《さら》して、見せしめにしている」という。

この頃、米軍はルソン島に上陸していないが、戦況は日を追って日本軍に不利で、潜入した米軍将校が指揮するゲリラ部隊の活動も活発になっている。人命を尊重する米軍がパイロット救出に全力をあげるのは当然であり、あるいはすでにこの地区のゲリラに救出されたかも知れない。摑まった気の毒な人たちが無関係であっても、日本軍は容赦しなかった。

(終戦後、戦争犯罪人容疑者が摘発された。「残虐行為をされた」と、覚えた日本兵の名を訴えたフィリピン人は多い。顔実検のすえ「ユー」と指差され、無実のまま処刑された不幸な日本兵も多い。米兵に対する戦犯容疑者の摘発は峻烈をきわめたが、当時はその怖さをだれも知らなかった)

数日経ってマニラに帰る日がきた。ギターを手にしたナルデンは、「マニラの途中まででよいから乗せてくれ」と海軍のトラックに哀願したが、矢野見習士官は首を振って許さなかった。さすがに彼は現役の主計官である。

ある日本人の好意

このサンチャゴ宿営地に、一人の日本人が現われた。彼は以前、マニラでバイヤーをしており、今は隣村に住んでいるという。どこで作ったのか、「高橋さんにプレゼントする」と、マニラ銀行発行の二千ペソ預金通帳をくれた。

矢野見習士官には、三千ペソ以上の通帳を渡した。大金だ。われわれが贈与を受けても、彼に対する見返りは何もない。戦況が芳《かんば》しくないので、使途に当てのないペソをくれたのだろう（変色した通帳は、最後まで大切にしていた）。

彼は自分の家に招待したいと言い、矢野見習士官と私を迎えにきた。ゲリラの心配はないと保証するのを信じ、街道を少し歩いて隣村に着いた。

この集落にはまだ住民の姿があり、簡素な農家が並んでいる。案内してくれたバハイ（家）から初老の夫婦と、娘らしい女性と三、四歳の可愛らしい幼女が迎えに出た。彼の現地妻と子供だと思ったが、聞くのが悪い気がした。清潔そうな土間の隅にピアノが置いてある。幼女が弾《ひ》いてわれわれを見て微笑《ほほえ》む。

庭に出したテーブルの席に座り、パーティーが始まった。目の前には木に串差しの丸焼き子豚があり、こんがり焼けて油が滴《したた》っている。腹に詰めたライスとスライスした肉が並び、芳純なワインもグラスに溢れた。

二人とも音楽は好きだが、ピアノのキーが叩けず、じつに残念である。久し振りのワインは胃の腑に浸み二人は饒舌《じょうぜつ》になったが、この家族はタガログ語しか話さない。ときどき彼が訳すと、声を出して笑っている。豚の丸焼きは初めてであり、脂っ濃くて多くは食べられない。彼らに日本軍の健在を示す気持ちから、愛国行進曲「見よ東海の夜は明けて」を皆で歌った。

帰りかけると、家の主人が「日本軍のエアープレンはいつ飛んで来るか?」と聞いた。私は四式戦闘機（大東亜決戦機と称す）が飛来してくる希望を失わず、「シゴロ（ちかいうちに）、ニュータイプのエアープレンがマラミ（たくさん）カムィング（とんでくる）」と答えたがその自信はない。この家族とは、そののちふたたび逢うことはなかった。

あるとき通帳をくれた男が、「高橋さん」と呼び出した。街道をサンチャゴ橋へ向かって歩くと、一人の現地人が佇《たたず》んでいる。彼は、「この男が拳銃が落ちていると知らせにきた」と指差す場所に、将校用の九四式拳銃が革のケースに入ったまま落ちている。街道は静かで人通りはなく、不気味な気がした。

第四航空軍解体

邦人は、「この拳銃を発見した男は日本軍との関《かか》わりを恐れ、私に知らせてきた」と言う。サンチャゴに警備隊はないので、「高橋伍長が責任をもって保管します」と告げ、男には「ＯＫ、ＯＫ、サンキュー」と笑顔を向けると頭を下げ、安心して立ち去った。

九四式拳銃は二十五口径で、銃把の弾倉に十発装塡《そうてん》してあった。革のサックの予備弾倉にも装弾してあり、銃把の木部が取れて損した代わりに風防ガラスが嵌《は》め込んであった。この不穏な状況下で有り難い拾い物であり、躊躇せず護身用に貰うことにした（のちに顔見知りの兵器部軍曹が「〇〇中尉が落とした拳銃だ」と私に告げた）。

ツゲガラオの田辺少尉から、「すぐに来い」と連絡が届いた。私はここを去るべきか、まだ決心がつかない。ツゲガラオに集結した将校の搭乗順位で、醜い争いも耳に入っている。藤村准尉からも、「高橋、ツゲガラオに早く来い」と届き、渥美少尉に相談した。

「もう台湾行きは不可能だとは思うが？」と言い、サンチャゴの松本少尉にも相談すると、「ツゲガラオから絶対に飛べないと思うが、お前が行きたければ自分は止めない」と答えた。

サンチャゴの町に、行き場のない明治生まれの徴用軍属が約二十名いる。彼らとは私が四航軍に転属以来の付き合いだ。マニラ脱出直後のアンガット川渡河の混乱で、預かった印鑑の紛失を今まで隠していた。もはや俸給どころではなかったが発覚して、つねづねから煩《うるさ》かった三瓶《みかも》雇員や木村雇員らに囲まれ、「どうしてくれる」と凄まれた直後であった。

サンチャゴにも『四航軍が解体された』と噂が広がり、不安の日々を送る彼らは、ただ一人残った下士官の動向に注目している。松本少尉の住むハウスから出ると、私に注目する多くの顔があった。私は決心して、「自分はツゲガラオへ行かず、軍属さんたちと最後まで行動を共にする覚悟です」と言った。

そのとき初めて彼らは私に信頼する笑顔を浮かべ、「高橋班長殿」と私の肩を叩き手を握った。私も感激で眼が潤み、「本当によかった」と自分に言い聞かせたが、このことは内地と訣別して、将来の運命をこのルソン島に委ねることでもあった。そしてその頃、冨永軍司令官の逃亡が四航軍の解体に繋《つな》がり、各地でその分解が始まっていた。

敵前逃亡罪の生と死

昭和二十年二月十二日、大本営は第四航空軍司令部の解体を発令した。四航軍は昭和十八年八月、太平洋のニューブリテン島のラバウルで編成され、その後ニューギニア、フィリピンと敗戦退却をつづけ、最後に冨永軍司令官が率先逃亡して、四散消滅した。四航軍の『航空作戦記録』には、つぎのように復帰（解体の軍隊用語）を記している。

『兵力的ニモ精神的ニモ軍ノ統率ニ不用ナル第四航空軍司令部ヲ復帰スルト共ニソノ隷下（直属）部隊ヲ新隷属へ移転ヲ開始セリ』

もし冨永中将の行動を敵前逃亡とするなら、陸軍刑法のつぎの条項の処罰をうけることになる。

『第七十五条　故ナク職役ヲ離レ、マタハ職役ニ就カザル者ハ左ノ区別ニ従ッテ処断ス

一　敵前ナルトキハ死刑、無期若《もしく》ハ五年以上ノ懲役マタハ禁固ニ処ス

二　戦時、軍中マタハ戒厳地境ニアリテ三日ヲ過キタルトキハ五年以上ノ懲役マタハ禁固ニ処ス

三　ソノ他ノ場合ニオイテ六日ヲ過キタルトキハ二年以下ノ懲役マタハ禁固ニ処ス』

冨永中将の行動は、つぎの陸軍刑法の条項にも該当する。

『第四十二条　司令官敵前ニ於テ其ノ尽スヘキヲ尽サスシテ隊兵ヲ率ヰ逃避シタルトキハ死刑ニ処ス』

かつてニューギニア島からマニラに逃げ帰った第六飛行師団長の稲田正純少将と同様、冨永恭次中将も逃亡罪に問われることなく、処罰の意味で予備役に編入されたが、わずか二ヵ月後に召集され、天皇によって任命されて満州の第百三十九師団長となって赴任した。

八月十五日の終戦以降、山中で病に倒れるか何かの理由で部隊を離れていた兵士が終戦を知り、部隊に辿り着いたところ、私が後に所属する第百五師団の師団長津田美武中将は、その兵士を敵前逃亡罪と宣告した。その後、将校は拳銃で自決し、兵は銃殺された。私がこだわるのは、下級なるが故に祖国に帰れず、生命を絶たれたということがあったからである。

第七章――マニラ湾の落陽

米軍進攻

平成六年八月二十四日の読売新聞に、「日本の援助で建てられた、マニラ市内の病院を訪問、患者の女性から首に花輪を掛けてもらう村山首相」のAP写真が載っていた。

昭和十九年五月頃、第四航空軍司令部が〔眞《しん》第一五三〇〇部隊〕の標札を掲げた、マニラ市ゼネラルホスピタル（マニラ総合病院）がこの病院である。

（マニラ市街戦で壊滅したこの病院を、日本が賠償の一部として熊谷組が建設に当たった。昭和五十七年五月の開所式に、わが第四航空軍経友会の会長であった時岡収次熊谷組副社長が出席した。時岡さんは、私に「このときサンホセで別れたバレンテン・コレを捜したのだが」と述懐されている）

昭和二十年一月九日、四航軍司令部がここを放棄して北上した。同日、リンガエン湾に上陸した米軍が進撃し、二月二日、マニラ市に突入した。わが陸海軍の将兵は脱出の機会を失い、二月十三日から二月二十一日まで祖国を思いながら苦戦苦闘をつづけた。敵の無差別砲撃により、堅固なビルも瓦礫《がれき》の山となるも反撃、斬り込みを敢行し、遂に玉砕に至った。
遠く祖国と肉親を偲《しの》び、その繁栄を願い戦死された多くの将兵を追悼し、今も涙を禁じ得ぬ『マニラ防衛隊の苦闘』（「公刊戦史」）をつぎに綴る。

二月二日、敵マニラに侵入す。マニラ陸軍指揮官、野口勝三大佐（二月二十五日、農商務省ビルを脱出し、午前三時頃、ルネタ公園地区で敵火を浴びて戦死）はパシック川の北一キロ地点に敵侵入の報に驚き、本部たる中央郵便局に向かって駆けつけた。米軍の急激な侵入を予測していなかった。

〔マ海防〕（マニラ海軍防衛隊）岩淵少将は二月一日、海軍大臣、聯合艦隊その他宛の報告電に「所在各隊各廳《かくちょう》死力を尽くして防備築城に専念中、各工事資材豊富なれどその指導的人材に乏しきため、市街戦に対し強固不抜なる合理的陣地の完成には未だ相当時日を要する。〔マ海防〕戦備概《おおむ》ねなり。全員これ特攻隊となり来攻の全敵をここに邀撃す（以下略）」と報告した。

マニラ四大橋爆破

二月四日、敵はケソン橋北方約三百メートルを移動哨戒していた。野口部隊は、この方面の敵とマラカニアン宮殿の敵に砲撃と斬り込みを加え、四大橋のうち、東方の二橋（一一四

五、ケソン橋。一三〇三、アヤラ橋）を破壊した。

五日、日本軍はパシック川下流において北側を確保していたが一三三〇、残存二橋（サンタクルス橋、万歳橋）も爆破のやむなきに至った。

四大橋南方において台湾電力、市役所、議事堂を含む地域に袖岡大隊（本部―市役所）、水道局、陸軍病院跡、メトロポリタン、貨物廠跡、中央郵便局をふくむ地域に野内大隊（本部―中央郵便局）となった。

野内（東）、袖岡（西）大隊前面のパシック河岸に進出すると、敵は続々マラカニアン宮殿方面に増勢した。

八日、〇四三〇のマニラ戦況（マ海防八日〇七一〇発電）

一　マラカニアン宮殿南方ヲ渡河セル敵ハ陸軍兵器廠及パンダカンノ一部ニ集結、水陸両用戦車四―五、兵力約三〇〇、之ニ対シ四回斬込隊ヲ侵入セシメ約一箇大隊ヲ以テ包囲総攻撃実施中

二　敵ハ終日終夜我カ陣地並ニ戦闘司令所ニ迫撃砲集中射撃ヲ実施セルモ損害極メテ軽微、我カ高射砲間接射撃ヲ以テ之ニ応シ、サントトマス大学ニ直撃一五発

三　敵ノ迫撃砲焼夷弾ニ依リ中央郵便局（現地召集の兵隊が守備する野口支隊本部、野内大隊本部）炎上鎮火亦《また》炎上、尚《なお》目下陸軍放火決死隊ヲ以テ河北ニ潜入、敵集結後方ニ放火焼討ヲ決行中ニシテ、目下河北数ケ所炎上、本夜北東ノ風風速十数米ニテ盛ニ延焼中

四　南部戦線ニコルス飛行場西方ニテ至近距離ニ敵ト対峙中ナリ　一五〇〇ヨリ一九三〇

迄ニ戦車装甲車約一〇ヲ伴フ約二〇〇ノ敵サンファン拠点ニ二回ニ亘来襲之ト交戦撃退

マニラの市民は、〔マ海防〕の市民排除の希望にもかかわらず、別の上司の方針に基づき、市民がわが軍隊の移動や軍需品搬出の妨げにならないよう指導したせいもあって、市民約七十万がまだ留まっていた。当時〔マ海防〕岩淵海軍少将は、上級の振武司令部よりの「マニラ撤退の発信」を信じていた。

撤退か死守か

敵の市内侵入とともに通信線は寸断され、住民はゲリラ化し、各要点に拠る部隊は孤立状態になりつつあった。諸部隊は〔マ海防〕指揮のもと、要点を破壊焼却して移動を開始し、市内は混乱を極めつつあった。岩淵少将は農商務省ビル（元南方軍総司令部跡）を戦闘指揮所にした。

バギオの尚武（山下方面軍司令部）では、有馬海軍参謀長が『〔マ海防〕を退《さげ》るのは今』、武藤陸軍参謀長は、『振武集団の善処に信頼している』など、数万の将兵の死活を握る最高幕僚が、呑気にもこのような禅問答を交わしていた（振武集団はマニラ以東の作戦担任集団であり、集団長横山静雄中将）。

野内大隊本部は、中央郵便局より脱出し、イントラロス城壁洞窟に移った。

市内は九日朝から修羅場となり、火炎に包まれ、敵戦車が大東亜通り陣地前にも出現するに至った。マニラの将兵は、紀元節（二月十一日）には〔振武〕主力方面から大攻勢がある、と噂していたが、その徴候はなく「最後の一兵まで敢闘」すべき命令が出た。同夜、在マッキンレーの萱嶋《かやしま》海軍参謀より、「十三日出撃。十六日斬込突破」との電報が届き、少将は翌日、つぎの報告をした。

岩淵少将二月十二日〇二三七発電――

「迫撃砲ノタメ陣地兵器ハ破壊サレ敵ニ目見《まみ》エズシテ人員ノ損害既ニ五〇％ニ及ビ全弾ヲ撃チ尽セルモノ少ナカラズ　敵ニ損害ヲ与フルコト少ナクシテ徒《いたずら》ニ迫撃砲ノタメ戦力ヲ喪失セシメラルルハ真ニ遺憾ノ極ミナリ　最後ノ時機ニ総員斬込隊トナリ総反攻決行敵戦力ヲ破摧《はさい》セントス」

岩淵少将は、「今や海軍固有の任務を終え、集団長の作戦方針に転ずべき転機なり」とし、マニラ港内の残艦艇を去らせた。

遂に〔マ海防〕は敵に包囲され、斬り込み脱出も不可能な状態となる。〔振武〕は、岩淵少将に〔マ海防〕司令部だけでもマニラ脱出を命じた。少将は陣頭指揮精神に徹し、また野口大佐の存在を強く考えていた。野口大佐以下に撤退命令を下すことなく、自分が退《さが》ることはできなかった。司令部のみの後退命令が出たことは一般に伏せていたが、野口大佐はこれを知っていた。

訣別電報

二月十五日、岩淵少将は大川内伝七南西方面艦隊司令長官（在バギオ）に、つぎの訣別電を発した。

岩淵少将十五日二一一〇発電（大河内司令長官宛）──

「小官非才ノ為多クノ部下ヲ殺シ任ヲ全フシ得ズシテ事ココニ至ル　真ニ慙愧ニ堪エズ然共隊員ハ最善ヲ発揮奮戦シ余ス所ナシ　吾等ハ世紀ノ戦争ニ際会シ畢生ノ御奉公ヲナスノ機会ニ恵マレ　衷心歓喜シ感謝措ク能ハザルトコロナリ　イデヤ残存兵力ヲ携ゲ射チ捲リ日ニ物見セン　謹ミテ　天皇　陛下ノ万才ヲ寿ギ奉ル（注　最後ノ一兵迄敢闘スル決心ナルモ通信杜絶ヲ考慮シ御挨拶申上グ）」

陸軍野口大佐は、上級の小林兵団長あて左記書状を伝令に携行させ、十六日夜、出発させた。

「開戦以来、支隊ハ為スベキヲ為シ尽スベキヲ尽シ、今ハ唯天命ヲ待ツノミ　『マニラ』脱出ハ至難ナリ　サレド砲弾ノ好餌タルニ忍ビズ、十八日未明ヲ期シ総員斬込ヲ敢行シ、敵ヲ斬ッテ斬リマクリ祖国ノ必勝ヲ祈念シツツ悠久ノ大儀ニ生キントス　生前ノ厚誼ヲ感謝シ永久ニ御別レ申上グ

野口大佐」

十七日、稲政海軍第二大隊長（重傷）と木下海軍第五大隊長はフィリピン大学（四航軍司令部跡）において敵の完全包囲下、ガソリン火炎攻撃を受け、米軍の攻撃はいよいよ猛烈を加えた。〔振武〕は十七日一四〇四（午後二時四分）「全マニラ部隊」の撤退を発令するにい

たった。

米軍はマニラ埠頭を完全に利用するため、日本兵一人といえども残存を許さなかった。早期占領と日本兵殲滅《せんめつ》のためには岩淵部隊の被包囲下にある比島人の生命をも顧《かえり》みるべきではないとした。マッカーサー元帥は無差別爆撃を許さず、二十～二十四センチの巨砲を準備し、十七日から徹底的無差別砲撃を開始した。

後日、戦争裁判の際、米比軍側は「マニラにおける住民の死亡約十万」と概算した。十八日、すでにいかに激烈な戦況になっていたかが推察されよう。

十七日からの「無差別爆撃に代わる無差別砲撃開始」により城内は燃えはじめた。城内にあるサンオーグスチン教会と、デルモニコ教会は吊鐘を叩きつづけ、その地下室で数千の比島人が震えていた。

〔振武〕は十八日一一五〇発電で〔マ海防〕に斬り込み脱出を命じた。

マニラ部隊玉砕

十八日の「振武」電は、「貴隊ノ突破ハ十八日ノ夜ヲ最適トスベシ　突破方面、時機通報アリタシ」その他の連絡である。

これにより岩淵少将は、同日「今夜二三〇〇ヲ期シテ陸海軍全員最後ノ斬込（注、斬り込み脱出の意）ヲ決行ス　各部隊ハ三日間ノ糧食弾薬ヲ携行、海軍部隊ハ司令部（農商務省ビル）ニ集合スベシ」と命令した。

しかし、敵はわが企図を知り、阻止射撃を加えたもようで、集中砲火により海軍部隊の集結が不可能となった。

二月二十日、城内は大火災を起こし、火の海となる。マニラホテルも火災、収容中の傷病兵は多く自決した。ルネタ公園内にある三ヵ所の司令部ビルも包囲され、砲弾のみならず、機銃弾も打ち込まれるようになった。

一　〔農商務省ビル〕四階建てコンクリート建築である。二月二十五日、岩淵少将は古川参謀以下、できるだけの人員を脱出させたのち二十六日〇四〇〇頃自決した。残存者が三月一日まで抵抗して玉砕し、侵入した敵が同日百五十の死体を算した。脱出者中、振武主陣地に達しえた者は一名にすぎなかったようである。

二　〔財務省ビル〕四階建てコンクリート建築。野口大佐は多数の意見を聴取し、「〇一〇〇脱出、本属小林兵団復帰」と決定し、二十五日〇三〇〇頃、後藤、野内少佐と脱出したが、いずれもルネタ公園地区で敵火を浴びて戦死した。ビルに残った者は三月三日まで抵抗して、マニラ最後の抵抗者として玉砕した。

三　〔フィリピン大学〕大学内の本部にあって重傷の稲政博海軍第二大隊長は二十一日「今夜最後の斬込」と言って絶命し、最後をみとった木下進海軍第五大隊長は同夜、七十五名を率いて出撃、玉砕した。

四　〔国会議事堂〕四階建ての堅固なコンクリート建物である。重傷の袖岡經男陸軍臨時第三大隊長が全将兵それぞれの所信に委《まか》せた。今や、振武主陣地への転進が成る算はほとんどないと考えられた。すなわち出ずるは死と考えられた。止まっても死は明白だった（残留者の最後の自決は二十八日である）。

五　〔マニラホテル〕二十二日、米軍の猛攻をうけ、傷病者はことごとく服毒し、敢闘した藤村中隊が全滅した。

六　〔旧城内〕十七日からの無差別砲撃により廃墟となっていた。観測機上の米飛行士は、「今やまったくの焼野原、瓦礫原で瓦礫《がれき》の状況から道路跡が判別できるだけ」と報告したと言う。

すでに数万の比島人が砲弾に爆死、火災に焼死し、わずかに約三千名の人たちが二つの教会の地下で震えていた。

二十二日、城内において、北西角のサンチャゴ要塞（わが将兵の死体四百）、サンオーグスチン、デルモニコ教会（わが将兵の死体百九十）、南部城壁隣水族館（わが将兵の死体百十五）が落ちた。南港方面においては台湾と朝鮮軍属二百五十人が敵に投降した。

二十四日、マニラ部隊との通信は、すべて途絶した。

二十五日、城内と南港はすべて敵の地域に入った。そして〔マ海防〕の全域が敵の地域となり、二十六日より米軍はマニラ港を使用したのである。

岩淵少将は二十六日未明に自決し、戦闘が終焉した。

マニラの部隊が玉砕したころ、北部ルソンも戦闘地域となった。サンホセを占領した米軍は、バレテ峠に向かいつつあり、いよいよ本格的な攻防戦が始まろうとしていた。

また、太平洋に浮かぶケシ粒のような火山島硫黄島を、日本本土を爆撃するB－29の洋上不時着基地として利用するため、米軍が圧倒的な物量を背景に二月十九日、上陸を開始した。ここでも栗林忠道中将の指揮する日本軍は必死に防戦したが、この二十六日、遂に元山飛行場が敵の手に渡った。

ルソン島では四航軍解体後、第四飛行師団は山下方面軍の直属となった。『米《こめ》輸送隊』臨時第四（長・堀内岳次少佐）、臨時第五（長・楠田満少佐）輸送隊は三月十日、二十二日、マニラ航空廠（冨永軍司令官がマニラ死守の決心を変えてから北上した）の人員で編成された。

去る警備勤務小隊

矢野見習士官も、遂に高千穂部隊に転属していく。警備勤務小隊も近く任務を解かれて転属するらしい。彼らと別れることで、ますます寂しくなる。

かつて漆黒の闇夜、私が街道から砂糖黍畑を手探りで帰り、集落に入りかけると、「だれか！　だれか！」と衛兵に誰何《すいか》された。歩哨守則によると、「三回誰何すれど答えなきときは発砲すべし」とある。その声の主は香川県の合田上等兵だ。彼は典範令《てんぱんれい》通り厳しく実行する頼もしい兵隊だった。

板本上等兵も好人物だが、彼とは性格の相違がある。板本は敵機の爆音には敏感に反応して私を驚かせた。ときどき街道荒らしの敵機がエチアゲ街道を哨戒しながら低空で飛ぶと、彼はそのたびに血相を変え、素早く近くの防空壕の奥へ飛び込んで身を潜めた。二人とも私が心を許せる戦友だったが、遂に別れるときがきた。

私は中村雇員が乗って駆する水牛の橇《そり》で、サンチャゴの兵站からわずかな芋の交付を受けた帰り道だ。手造りの小さい車に装具を積み、街道を南下する彼らと擦れ違った。突然のことに驚き、「どこへ行く?」と聞くと、「バレテ峠の前線だ。高橋班長元気で、さようなら」とだれかが言う。合田、板本上等兵の姿を捜すと、二人は銃を担ぎ、笑顔を向け手を振って別れを告げた。

前出の奥田主計准尉作成の名簿によると、全員四国出身の彼らは、大谷重蔵伍長を長とする総員四十二名からなり、伍長一、兵長一、上等兵六、残りは全員一等兵で兵種は山砲、野砲兵である。

七月頃、アシン川複郭陣地の渓谷で板本上等兵に会った。彼は相変わらず、敵小型観測機の爆音を聞きつけては洞窟の奥に逃げ込んだ。そのとき彼が「合田は死んだ」と一言呟《つぶや》いた。当時は自分しか頼れず、友の死を悲しむ心の余裕は私に失せていた。その板本上等兵も帰っていない。

(四航軍経理部に勤務した護衛勤務隊四十二名中、手元の名簿に帰還と確認された人は十名に満たない。戦後、大谷伍長の本籍地高知県高岡郡にその消息を尋ねたが、あまりに時が経ち過ぎていた。おとなしい下士官だった)

集中爆撃の犠牲者

経理班長渥美少尉の当番は、庶務科にいた長身の太田喜久雄雇員（東京都本所区）が務めている。彼は「高橋班長殿、勤務兵にやられました」と言う。宿営地広場の一角に掘った防空壕の中に、経理部が保有する物資が保管してあるのを私も知っていた。勤務兵は壕の前で夜間衛兵に立哨しながら、貯蔵した缶入り煙草、航空糧食、甘味品、交換用物資などを持ち出していた。それらは曳いた車の天幕の下に隠されていたのだ。彼らはもともと経理部の兵隊ではない。自由に持ち出すのを役得と喜んだであろうが、ともあれ彼らをじつに羨ましく思ったのである。

私は拾った拳銃がどれほどの貫通力があるのか知りたかった。交付所にした建物の壁に、厚さ十ミリの板を三枚を重ね、二、三メートル離れて数発撃った。板は二枚しか貫通せず、案外、殺傷能力が小さいことが分かる。集落に帰ると菊池技手が、「銃声がしたが、やっぱりあんただったか」と言う。

集落の上空を、双発爆撃機編隊が頻繁に通過するようになった。すでにマニラ周辺の飛行場を手に入れた米軍が、北上した日本軍の退路を絶つための飛行であろう。交付所の横に、一人隠れるほどの樹木に囲まれた場所があった。以前から考えていた「敵機を撃つとどうなるか」を実行する決心をした。

この日も轟々と爆音を響かせた編隊が真上を通過して行く。ずんぐりした流線型の胴体が特徴の、マーチンB-26マローダーだ。地上を警戒する様子もない敵機がつぎつぎと北上するのを見た私は、九九式小銃の銃口を上に向け、編隊先頭機を狙ってためらわず引金をひいた。約二百メートルは、大きい目標に確実に命中する距離だ。爆音のため小銃の射撃音は耳に入らないが反動がある。

もう一発、別の機を狙って撃った。敵機のどこかに命中したはずだが、何も動揺を見せず、編隊はそのままの隊形で飛び去った。

後日、われわれの宿営地だったこの集落は、敵機の集中爆撃を浴びて壊滅した。私たちが北部のマビニ集落に移動したあとである。不幸にもソラノから追及してこの地に宿営していた庶務科相沢哲郎軍曹が「防空壕の中で爆死した」ことを聞いた。サンチャゴの町から離れたこの寒村に対する集中爆撃は、「日本兵から受けた銃撃に対する仕返しだったのか」とそのとき思った。

幸運な脱出者

防衛庁「公刊戦史」は、台湾へ移動した四航軍の人員を、つぎのように記す。

《台湾に移った飛行隊の人員はきわめて僅少(各隊とも多くとも数名)で、呂宋《ルソン》には各飛行隊の多数の人員が残った。第四航空軍は軍司令部の人員、特殊技術者、空中勤務者、整備基幹人員などを台湾に三百九十名空輸、四百七十名海上輸送する計画を立てていたが、あまり成功しなかったようである。

各飛行部隊の人員で残留した者は高千穂部隊や、上村(臨歩十五)大隊などに編入されて果敢な地上戦闘を行なった》（注、台湾から三隻の潜水艦がアパリに向かったが、撃沈破され挫折した。二月八日、同じくアパリに潜水艦八隻が向かうことになった。この際、二隻が陸軍に割り当てられた）

昭和二十年一月二十五日、台湾着陸前に墜落死した戦死者は、西田大佐、矢口中佐、西垣准尉、山本伍長の四名である。ここで私は戦後に知り得た、台湾に飛んだ幸運な脱出者について述べる。

三浦大尉（主計科）　経理部高級将校が戦死したため、経理部長代理職として二月五日、落下傘部隊輸送用飛行機にてツゲガラオ飛行場発、台湾屏東飛行場に着陸し、二月二十五日、台北に位置する第八飛行師団、経理部勤務班長を命ぜられた。

河村大尉（衣糧科）　私がマニラのケソン病院に車で迎えに行き、村田少尉とともに退院した大尉である。第八飛行師団から内地に転任した。

日暮大尉（衣糧科）　台北の第八飛師隷下の飛行場大隊付となったが、その際、三浦大尉が依頼した貴金属品を携行する（マニラ野戦貨物廠が押収して、三浦大尉が北部へ輸送した貴金属）。当時、日暮大尉がツゲガラオで「飛行機に搭乗するため、パイロットに貴金属を渡した」との噂を聞いた。

時岡中尉（施設科）　一月二十七日、エチアゲ飛行場発、一月二十八日、第八飛師司令部付。四月十八日、台北飛行場発、同日調布着。五月一日、東京需品本廠廠員となる。台北で三浦大尉より委託された貴金属品を、需品本廠に届けた（時岡中尉は昭和初期から土建業の飛島組、熊谷組などの業財界で知られていた。軍にも貢献ありとして、高級将校戦死直後、エチアゲ飛行場からいち早く台湾に飛んだ実力者である。戦後、経友会会長に就任)。

藤村准尉の行動

藤村准尉(施設科)は私を「ツゲガラオに来《き》れ」と呼んでくれた一人だが、その後、彼の消息が途絶えた。気が強く行動力のある准尉は、ツゲガラオ飛行場から脱出は不可能と断念し、アパリへ救助にくると噂がある潜水艦を目指して北上したものと思った。当時アパリ周辺に集まってくる空中勤務者や落伍兵は、ゲリラと住民の襲撃をうけて犠牲者が増えており、藤村准尉も、彼らに襲われて戦死したと信じていた。

終戦後、カランバン収容所のキャンプで再会した戦友はだれもが「藤村准尉は戦死したはず」と言った。しかし、戦後開催した戦友会の席で三浦大尉がそれを否定した。「藤村准尉は帰ってるだべ。俺が台湾の第八飛行師団にいるとき、面倒を見てやった。内地さ復員のとき指揮者として一番で帰らせてやった」と証言されている(藤村茂准尉の名簿が厚生省援護課にある。それにより昭和五十六年十月、山口県光市援護課宛て問い合わせたが、「本人留守担当者とも消息不明」と返信があった)。

奥田三郎准尉(衣糧科)が「藤村准尉はツゲガラオを離陸した」と証言する。奥田さんの消息が昭和六十一年に判明し、甲府市で開催した経友会に初めて出席された。そのとき、「藤村准尉はツゲガラオ飛行場で一緒だった。軍偵が一機着陸したとき、自分に乗るチャンスがあったが、経理部員の功績名簿類を保管しており、万一のこと（墜落事故）があると申し訳なしと一瞬躊躇《ためら》った。

そのとき横にいた藤村准尉が『俺が行く』と、一人乗りの後部座席に乗り込み、軍偵はすぐ離陸したから台湾に着いたはず」と話されている。

奥田さんは、京都育ちで温厚な人柄である。陸軍罫紙に書いた貴重な経理部員名簿を隠し持ち、名古屋港に上陸（中村茂雄氏と同じ昭和二十一年十二月二十八日）復員された。頂いた名簿は、この回顧録を書く貴重な資料になった。

塚本軍曹（主計科）彼は三浦大尉と同行してツゲガラオに先行したのであろう。二月十一日、ツゲガラオ飛行場を夜間離陸し、台湾屏東飛行場着陸。その後、桃園飛行場大隊に配属された。経理部でルソン島を脱出し、生還した者はこの六人であった。二月末、〔尚武〕は、カガヤン河谷に移動した航空、船舶、海軍部隊の戦力化を計り、これらで臨時野戦補充隊を編成した。

消滅した経理部

大尉相当官の永野政義陸軍技師はツゲガラオで、当時を日記につぎのように記している。
二月二十日頃　日暮大尉、佐々木大尉、永野技師、大北中尉、鎧中尉、猪股少尉、田辺少尉の残留幹部ツゲガラオに向かう。
二月二十六日　第三十六航空地区司令部付に補せらる。司令官、若月金丸中佐。高級副官、鳥居才次少佐なり。

三月二十日　臨時第八野戦補充隊、第五大隊（鳥居少佐）付に補せらる。永野、佐々木、鎧、大北、猪股、田辺、隊員約百三十名。

以上のように、ツゲガラオで経理部の将校は地上部隊に編成された。さらに戦局の推移により南北に分離して戦闘に参加し、終戦を北部山岳地帯で迎えた。各地に設置してある米軍の武装解除を受けて、ルソン南部のカランバン収容所に輸送された。収容所で生き残りの戦友と再会を喜びあったが、空腹と労働により体力を消耗しつつ内地帰還の日を待ちわびたのである。

われわれ経理班が、さらに六十キロ北のマビニ集落に移動する噂を聞いたある日、渥美少尉が私を呼び、「バンバンの野戦貨物廠へ行き、塩を受領してこい」と命じた。さらに「オリオン峠の麓のコルドン集落に駐留している高千穂部隊に寄り、転属した矢野見習士官と同行せよ」と指示した。

当時、米軍はバレテ峠に迫りつつあった。一瞬ためらったが、「はい、行きます」と答えた。矢野さんと久し振りに会えるのも嬉しいことだ。三八式騎兵銃と実弾二十五発を受領し、手榴弾《しゆりゆうだん》五個を腰に付けて渥美少尉に出発の申告をした。矢野さんがいるコルドンは、サンチャゴのつぎの町だ。久し振りにオリオン峠へ南下する海軍の連絡トラックに便乗した。

バンバンには〔尚武司令部〕（在バギオ）のバンバン派遣班がある。参謀副長として赴任した小沼治夫少将（大本営参謀、陸大教官を経て第十七軍高級参謀、ガダルカナル戦を指導）

が、武藤参謀長を補佐してバンバンで戦闘指揮所を構えていた。また、マニラから排除した貨物廠の集積地でもある。近くに「アリナス天然岩塩の山」があると聞いた。塩がとんな形状をしているのか？　矢野さんがいるから何とかなるだろう。私は若かった。

高千穂部隊の集結地

矢野見習士官が転属した高千穂部隊は隣村の寒村、コルドンに駐留中である。サンチャゴを通過するトラックに便乗したのは午後だった。

（高千穂部隊は第一空挺団がレイテ島空挺作戦に失敗し、残った第二空挺団で編成された部隊である。マニラから四航軍司令部の護衛部隊としてエチアゲまで同行したが、訓練された精鋭部隊として注目されていた）

オリオン峠にかかる麓の村コルドンに降りると、椰子林の中から矢野さんが少尉の襟章を付けた新品の将校服姿で現われ、「高橋伍長、元気だったか」と笑顔を見せた（将校の軍服は、内地から将校行李に詰めて出征したものと兄君、鎮雄氏語る）。高千穂部隊長は奇しくも、私が以前、マニラ航空寮で残務整理に勤務したときの第六飛行師団参謀長、徳永賢治大佐であった。

街道の東側は奥深い椰子林で、椰子の葉が陽射《ひざ》しを遮《さえぎ》る空き地に携帯天幕を張った小さい幕舎が点在している。忙しげに動く将兵の姿を見ていると、矢野さんが「高橋、お前、部隊長殿を知っているそうだが、ご挨拶して行け」と導いた。天幕で囲った狭い中で、机を前にした徳永大佐が座っている。

矢野少尉が紹介すると、八の字の髭を蓄《たくわ》えた顔を向けた。緊張した私は大佐に敬礼し、「お元気でありましたか」と言うと大佐は頷《うなず》き、何か声をかけた。緊迫した空気がこの薄暗い椰子林に漂うのを感じた私は、早々に敬礼をして椰子林を出て、街道に腰を下ろして矢野少尉を待つことにした。

しばらくすると、椰子林から完全武装した将兵が続々と出てきた。四列横隊となって路上に整列し、約六十名の高千穂部隊員を前に部隊長が壇上に上がる。

指揮官が大声で「部隊長殿に対し、捧《ささ》げぇ銃《つつ》っ」と号令して徳永大佐に注目した。将校は抜刀礼《ばっとうれい》を、兵は着剣した銃で捧げ銃をする。指揮官が大声で何か申告をつづけるのを見ていると、なぜか目頭が潤《うる》んできた。

矢野少尉に部隊の行き先を聞くと、「内地に帰るのだ」と言ったが、何か隠している感じだった。

（この部隊は北端のアパリまで移動した後、ふたたび呼び戻されて〈徳永支隊〉に編成された。バレテ峠付近の激戦地に進出し、押し寄せる米軍と激戦をつづけ、斬り込み挺進攻撃を繰り返した。そして多大の犠牲を強いられながら、終戦を迎えたのである）

峠に現われたゲリラ

矢野少尉と私の任務は、オリオン峠を越えて橋脚が破壊された馬頭橋を渡り、バンバンの野戦貨物廠から塩を受領して帰ることだ。交渉に長《た》けた矢野少尉がいるので安心だが、オリオン峠越えはいつも不安である。起伏のある坂道が蛇行する山道は、ゲリラの絶好の待ち伏せ地域で、「数日前、通過車輌が襲撃され、乗用車が炎上する損害あり」と告げられた。

海軍トラックの指揮官に便乗を頼み、コルドンを出発したとき、辺りは暗かった。昼間は上空を哨戒する敵機の目標になるため通過は夜間である。二台のトラックは海軍の人員輸送車で、荷台に積んだ物資の上に陸戦服を着た年配の兵員が十数人乗っていた。小銃は数丁だが、運転台の上に据えた新型の九九式軽機関銃が眼につく。軽快な射撃で定評があるチェコ軽機をモデルにしたもので、射手が自信ありげに笑顔を見せた。

暗い峠を遮光灯で照らして進むと、道路に樹木が倒れているのが見える。腐木ではなく、妨害してあるのは明白だ。全員下車して警戒しながら、慎重にこの木を排除して徐行する。ライトの光はゲリラに所在を知らせるものだが、光芒は樹間を照らして縦横に移動するのが気になる。エンジンを噴かせてゆっくり登りつづける前方の暗闇に、長さ約十五メートルの木橋が見えた。

この付近はゲリラが狙いそうだ、と警戒して先頭車がちょうど橋の真上に差しかかったとき、右側の谷底から火箭《かせん》が幾筋もスーッと先頭車を狙って飛んだ。エンジン音で銃声は聞こえない。

「ゲリラだっ！」。私たちのトラックは二十メートルほど手前で停車、全員飛び下りて左側の窪地に伏せた。小銃を持つ海軍さんの中の、射撃操作を知らない人がうろたえて何やら叫ぶ。

機銃を持った勇敢な二人が弾倉を取り付け、道路中央で伏射姿勢になり、射撃を始めた。軽快な音を立てた七・七ミリの曳光弾が窪地の叢林《そうりん》に吸い込まれた。力を得たわれわれも小銃を連射したが、敵の反撃はない。

拳銃を構え、私の横で半身を起こす矢野少尉に谷底を指差し、「手榴弾を投げましょうか」と聞くと、即座に「よしっ、投げろ」と言う。私は腰の九九式手榴弾を地面で撃発点火し、目標に二発投げ込んだ。いい場所に命中した感じで、炸裂音がボーン、ボーンと谷に谺《こだま》したが閃光は見えない。

擲弾筒の炸裂音

側で伏せている海軍さんが近寄ってきて、「陸軍さん、この手榴弾も投げてください」と言う。それは一回り大きい支那事変当時の旧型である。九九式は撃発すると、四秒後に炸裂する。「二秒間は手に持ち、投げると、二秒後の着弾時に炸裂する」と教えられている。

この重い旧式は初めてだが、この際は尻込みは許されない。撃発してすぐに投げ込むと、火薬量が多いため大きい爆発音が聞こえた。先頭車は素早く先行して姿が見えない。

軽機が弾倉を換え、一連射撃ち込んだが、反撃はなく静かだ。逃げたのかも知れない。

「まずトラックを渡せ」。見守るなかを、車は徐行して無事に木橋を通過した。私たちも低い姿勢で駆け抜けて乗り込み、直ちに走り出した。しばらく走ると、先頭車が停車している。

近づくと、「どうしたんだ?」と尋ねる。

「お前ら、橋の下からゲリラに撃たれたんだろう。どうしたはないもんだ」と言うと、不思議そうに、「あれはゲリラが出そうな場所だったから、渡るとき下に向けて撃った軽機の曳光弾だ。われわれは撃たれてない」と言う。私にも確かに下から撃ち上げたと見えたが、緊張のあまりゲリラ襲撃と信じ込んだのだ。

「それならそれで連絡してくれたらよかったのに」と、一応納得して発車しかけると、銃を手にした兵隊が二人近づいてきた（後にオリオン峠の討匪《とうひ》と道路啓開に当たる勤兵団所属の二宮大隊の警備兵と知った）。

「いま向こうで擲弾筒《てきだんとう》（小型迫撃砲）の音がしたが、何かあったか?」と聞く。気味悪い山中に日本軍警備兵がいるのを意外に思いながら、「そうですか、そんな音は聞かないですよ」と本当のことは恥ずかしくて言えず、われわれは早々に発車して先を急いだ。峠を下り、ツアオ、ソラノ、バヨンボン、馬頭橋を経てバンバンに着き、少尉が手配したトラックに約五十俵の塩叺《しおかます》を積んだ。

帰途、馬頭橋の急斜面も無事に登り、輸送車輌隊は、ふたたび夜のオリオン峠に入ったが、警備隊の駐留を知っているので気楽だ。走行中、異常な気配がしてエンジンを止めると、真っ暗な頭上近くに大編隊の爆音が響いていた。

「ライトを消せ!」。われわれは道路から離れて伏せ、耳を澄ませた。友軍機であるはずはないが、今までなら決して日本軍を見逃さない敵機だ。目標がほかにあったのか、爆撃されなくてじつに幸運であった。

矢野四郎少尉を偲ぶ

オリオン峠を下り、高千穂部隊宿営地のコルドンに着いたのは夜明けだった。ここで塩叺を半分下ろし、矢野少尉は、笑顔を向けて「高橋、元気でな」と言って椰子林の中へ入った。帰る途中、矢野さんと打ち合わせをしたのは、オリオンで実弾を使用した理由報告だ。『往路、オリオン峠でゲリラの襲撃を受け応戦した』ことにして口裏を合わせた。二人しか知らないことである。

朝靄《あさもや》の中を、サンチャゴ郊外の宿営地に到着した。私は奥の宿舎へ行って隊長当番の太田雇員に塩叺運搬の人員を頼み、トラックへ引き返した。寝ぼけ眼《まなこ》をした数人の雇員が街道に来て塩叺を担ぎ、運搬が終わったとき、数が二俵足りない。

運転した二人は、「全部下ろした」と知らぬ顔だが、私が奥へ連絡したとき、どこかに隠したのである。独立自動車隊の兵隊は積載貨物を失敬するのは当然とする慣習? があり、隠し場所は私にわかるはずがなく、彼らへの謝礼と諦めることにした。

渥美少尉に塩の輸送任務終了の申告をして、「往路オリオン峠通過中、ゲリラの襲撃をうけて海軍部隊とともに反撃した際、手榴弾二発、小銃弾○発使用致しました」と、矢野さんと打ち合わせどおりの報告をした。少尉は、「大変だったなあ、ご苦労、ご苦労」と笑顔を見せて心から労《ねぎら》ってくれた。私もだんだん軍隊の要領を覚えたのだなあ、と思った次第である。

矢野少尉とコルドンで別れたのが最後で、ふたたび顔を見ることはなかった。矢野少尉は昭和二十年六月二十六日、米戦車群との最後の決戦場バレテ峠に近いピルークにて戦死された。兄鎮雄氏は自分の軍隊経験から「愛する弟の生還を願うあまり、主計将校を勧めたのが仇になった」と私に述懐された。

『任　主計中尉　矢野四郎』——時に弱冠二十三歳であった。

矢野鎮雄氏は愛する弟を偲《しの》び、建立した招魂碑に、つぎの文を刻まれた。

『昭和十九年六月二十日　東京陸軍経理学校卒業、比島派遣第四航空軍司令部付。昭和二十年一月　米軍上陸後、北部ルソン第二空輸挺進団付。同年六月二十六日　ルソン島ピルークにて戦死。任　主計中尉。昭和四十四年八月三十日　従七位・勲六等単光旭日章を追贈せらる。

昭和六十年六月二十六日　　兄・鎮雄』

エピローグ――生と死の分岐点

マビニ集落へ移動

カガヤン河谷は、豊富な米の生産地である。前線へ補給のため、収米と治安確保、米輸送等の必要から、応急的に航空と海軍部隊の人員が使用された。

臨時第一、第二、第三輸送隊は海軍将兵で編成され、第四、第五輸送隊はマニラ航空廠要員、その他で編成された。われわれは四航軍解隊後、三月二十二日付で臨時第五輸送隊に編成された（長・第四飛行師団付楠田満少佐）。

輸送隊の任務は、約四十キロ北の穀倉カワヤンからサンチャゴ間の籾輸送である。渥美少尉以下の主力はマビニ集落（北方七十キロ）へ移動することになって先発した。

私たち数人はなぜか〔電報班増田大尉〕の指揮をうけ、横の倉庫に貯蔵してあるバラ積みの籾を、輸送隊本部の所在地カワヤンへ輸送する作業に当たった。

籾の山に挑んで、スコップで袋に入れ、トラックに積み込んだ。汗にまみれた体に籾殻がついて皮膚を刺激し、作業はきつい。軍属たちの手は休みがちだが、私はただ一人の伍長としての責任がある。二日がかりで籾のピストン輸送が終わった。

最終便で宿営地から、マビニへ輸送する梱包物の中に鰹節を発見した。中から抜きとった二本は嬉しい収穫である。

トラックの運転手は四航軍自動車班の竹内上等兵で、班の兵隊も置き去りにされて不安がっていると話した。

マビニ集落は、五号線の街道から農道を約一キロ西に入ったところにある。周囲は広い耕地が起伏し、住民の集落が遠く樹木の影に点在していて、水牛が放され、草を食《は》むのが見える。

われわれは数戸並ぶ高床のニッパハウスに分宿した。広場の井戸から奇麗な冷水が湧き、サンチャゴと異なる農村地帯であった。

不審な野火

マビニ集落では、渥美少尉と当番兵の太田雇員が隊長室に入り、転任してきた某軍曹と山本伍長と私の三人が下士官室に同居した。清水、石田、村上、菊池、永岡の各技手と、和田、中村、石井、保田の技術雇員、一ノ瀬調理師のほか、徴用雇員約十八名もそれぞれ分宿した。

毎朝、中村雇員（甲府農専出）がニッパ椰子の葉で編んだ帽子をかぶり、木橇《きそり》を引《ひ》いた水牛に跨《またが》って口笛を鳴らし、現地人の姿で国道へ向かう。私は集落にいたので輸送隊の作業内容は知らない。

給養の向上を計るため、近くの住人と交換した大きい黒豚を料理させた。井戸端で後ろ脚を縛って木に吊るして喉を刺し、血液を容器に採って地面に下ろす。沸騰した湯を掛けて蛮刀でゴシゴシ擦《こす》ると奇麗に毛が抜け、白い皮膚の豚になる。彼らは厚い脂肪が付いた皮と内臓を手に入れ喜んで帰った。

水牛は農耕運搬その他に欠かせない動力で、動きは遅いが力があり、従順で少年でも操れる住民が大切にする家畜である。扱いに慣れない日本兵が荷物を積んで運搬中、水溜まりを見ると突進して泥の中に体を転がし、水浴びをする習性は特に注意を要する。肉質は堅く、脂肪分はほとんどないが貴重な蛋白源である。

あるとき、松野雇員らが水牛二頭を引っ張って意気揚々と戻ってきた。

松野雇員は、現地人が放牧したのを勝手に拾い物と決め、曳いて帰り上機嫌だ。しばらくすると予感が当たり、住人七、八人が血相を変えて広場に入り、「アコ（自分の）、カラバオ（水牛である）」と、水牛を指差してわめき立てた。二頭の耳の後ろに目印があり、彼らはわれわれに有無を言わせず、意気揚々と水牛を曳いて立ち去った。

その数日後の昼下がりは、全員が午睡中だった。何やら叫び声がしてハウスの外に出ると、街道方向約百五十メートル先の草むら一面に、野火が風に舞い上がっている。白昼のため火炎は見えにくいが、暑い日光に干された草が燃え、宿舎に向かってくる。「ゲリラの妨害では？」と、辺りを見たが、人影はなく静かだ。

野火は帯状に広がり、黒い焼け跡を残して宿舎に迫ってくるが、さいわい風は弱い。われわれは棒やスコップを振るって火を消しながら、辺りの気配に注意した。遠くに見える集落は静かで人影はないが、水牛騒ぎの後だ。「彼らはどこかでこちらの騒ぎを窺《うかが》っている」とそのとき感じていた。

離別のとき

尚武の兵站監部は、敵戦車阻止のため道路、橋梁の陣地構築を命じたため、今まで共に行動した土木、建築技手も各兵站部隊へ転属命令が発令され、渥美少尉が逐次発表した。

（清水熊吉技手の手記によると、清水、石田技手はバンバンの高木兵站に、村上、中村技手はカワヤンの野口兵站に、菊池、永岡技手はバガバックの山田兵站に、それぞれ転属先の記録がある）

送別会は全員、車座になり、バシー酒を酌み交わした。賑やかではあったが、人員が少なくなり、残る者も将来が不安であった。笑顔で「頑張れよ、しっかりやれ」と肩を叩きながら、心中の空虚は隠せなかった。この頃すでに島上等兵、鴨下雇員の姿はない。マビニにいる徴用軍属は太田さん、炊事一ノ瀬さんのほか数人になった。そしてその人々のほとんどは、キャンガン地域で倒れてしまった（昭和五十六年八月十三日の厚生省援護局調査資料室長によると、第四、第五臨時輸送隊の名簿は保管されていない）。

マニラの佐官宿舎で調理師だった一ノ瀬清雇員（岡山県苫田郡。明治四十二年生まれ）は、マビニ集落でその経歴からいろいろな私物を持っていた。私はアンガット川渡河の混乱中に手に入れた〈棒チョコレート〉を大切に持っていたが、彼は「どこから手に入れたのか」と聞いて欲しがった。

私は彼が持っているライターと発火石との交換を提案し、交渉の結果、数本のチョコレートと交換が成立した。このライターは印籠《いんろう》型の完全防水型で、故障はほとんどないがガソリンが必要である。私は自動車班から入手したガソリンをサイダー瓶に詰め、ニューギニアの教訓を生かして発火道具として終戦まで活用した。

終戦時にキャンガンでの武装解除で、隠し場所を米軍の曹長に発見され、取り上げられたことは、返すがえすも残念であった。今一つ便利なものは、ホタル式と呼ぶ懐中電灯で、国内でも新案特許品として発売していた。

電池は不用で、本体から伸びた握り金を数回握ることにより、ラチエットギアが小型発電機先端のピニオンギアを回転させ、発電する仕掛けだ。マニラの司令部で入手したものだが、ギアの材質が軟鋼であるため、歯先が磨耗して噛み合いが悪くなり、空回りすることがある。ダイカスト金属製で重かったが捨てられず、非常用にしばらく持ち歩いた。

転属命令

遂に『臨時第五輸送隊楠田大隊ニ転属ヲ命ス』との命令がでた。大隊の所在地は約四十キロ南下したカワヤンである。最終的には、私をバレテ峠に布陣する『戦車撃滅隊』の要員として動員する第一歩であった。

私は平素から仲良しの太田雇員に別れを告げるためと、内緒で煙草をくれると思い、隊長室へ行った。背が高く面長で気が優しい彼は興が乗ると、この歌をよく口ずさんだ。

〽叱られて叱られて　あの子は町までお使いに……

彼は別れを惜しんで私の手を堅く握り再会を約したが、煙草はくれない。英国製の五十本缶入り煙草（象印）は「隊長のものだ」と言って、大袈裟に手を振った。しかし、そのときすでに二缶は私のポケットの中に入っていた。

集落から街道へ通じる小道を歩きながら、私は衝動に駆られ、どこか近くにいる二人に届けと大声で叫んだ。

「島上等兵、島上等兵！　鴨下雇員、鴨下雇員！　元気でなあ、さようなら―」。惜別の念をこめて辺りを見渡した。涙が止まらない。私の声は何の反響もなく、マビニの青空に消え去っていった。

島余慶さんは無事帰還して、函館市本願寺別院の輪番僧に復職されたが、一ノ瀬調理師以下十八名の徴用軍属たちには年長者が多く、ほとんどの人が昭和二十年の七月頃、『山岳州キャンガン付近で戦死』と留守宅へ公報されている。

戦後、生還者との再会は不可能で、その詳細を知ることはできなかったが、厚生省に依頼していた鴨下さんの留守宅が判明した。青梅市在住の次男「鴨下信俊」さんであった。当時の状況を知らせると、留守家族の喜びは大きく、「母が生きておれば、さぞ嬉しかっただろうに」と礼状を頂いた。太田さんと鴨下さんの面影はマビニ集落の頃が最後で、忘れられぬ悲しい思い出だ。

比島派遣威第一五三〇〇部隊経理部庶務科　陸軍軍属
［故］太田喜久雄（東京都本所区太平町、大正八年十月生まれ）
比島派遣威第一五三〇〇部隊経理部施設科　陸軍軍属
［故］鴨下輝男（埼玉県入間郡飯能町、明治四十一年二月生まれ）

カワヤンへの途

マビニから国道五号線へ出て無人の家が並ぶ通りを歩いていると、人気のない家並みから思いがけなくレコードの音色が聞こえてきた。その曲は私の好きだった、青春を惜しむ歌『十九の春』である。しばらく路上に佇《たたず》み、懐かしいこの曲を聞いた。何度も繰り返し掛けて痛んだレコードの曲を、ここの兵隊はどんな気持ちで聞いているのか。未知の戦場に向かう私には、送別の曲にも聞こえ、強い郷愁を感じる一時であった。

転属命令は同期の岩重伍長とともに発令されている。第五輪送隊の中継所の一つが、カワヤンの南方七キロのサンゲリルエモにあり、衣糧科の奥村曹長以下経理班七名が駐留していた。

親友の岩重がそこにいるはずだと思い、私はまずその中継所へ行くことにした。サンゲリルエモにも岩重の姿はなく、集落に兵器、通信、自動車班など、四航軍の残党約五十名が分散宿営していた。

見渡す限り沃野が広がり、散在するバナナ林に囲まれた住居に多くの住民が住み、砂糖、豚、鶏も豊富にある。収集した物資を、毎週カワヤンの本部に輸送するのが任務である。宿舎の庭に十数頭の豚が飼われて、若い雄豚が発情期の雌豚を追い回し、ピンク色の尻に乗ってギャーギャーと騒ぎたて、悩ましく私の息子を興奮させてくれる。

付近にゲリラが出没し、討伐隊も被害を受けたそうだ。ときどき、米軍爆撃機の編隊が青空を北方へ通過していくのが見える。この頃から軍属さんとの別れがつづき、だれと一緒だったか覚えがない。

奥村曹長が「カワヤンへ行くから、お前も一緒に転属先の楠田大隊へ行け」と言う。私はもう少しここにいたいと言うと、「我儘《わがまま》を言うな」と叱られた。尤《もっと》もだが私はなぜか気が進まず、なるべく先に延ばしたかった。

カワヤンは大きい村落である。村の中をカワヤン川の支流が流れ、住民の姿はない。その家屋に多くの兵隊が分宿していたが、水流に恵まれたオアシスのような遮蔽地で、爆撃の被害はないようだった。

私が留まった宿舎は葉たばこの収納庫で、暗い奥の方に乾燥した葉たばこの大束が積んである。私は図嚢の蓋を開け、ガソリン瓶の横に上物の葉たばこを詰め込んだ。今後に備える自活用品が装備の重さを増していく。

一日間の炊事班長

同宿した下士官の中に、兵器部の軍曹がいた。彼はサンチャゴで私が拾った拳銃を、「兵器部の〇〇中尉が落としたものだ」といった男である。精神的に病んでいたのか、その顔に生彩がない。約二ヵ月後、キャンガンの山中で会ったとき、彼はすでに生きる意欲を失って哀れな姿で彷徨《さまよ》っていた。

臨時第五輸送隊の本部は、樹木に囲まれた中にあった。狭い小屋の中に簡単な机と椅子があり、少佐が隊長で将校が二人いた。私が「第五輸送隊本部へ転属命令により、只今、到着致しました」と申告すると、「ご苦労だった、本日付をもって当分の間、経理室勤務炊事班長を命ず」と笑顔を見せた。

この隊長は元四航軍兵器部庶務科長の楠田満少佐（十六期少尉候補者）で、四航軍解隊後は尚武集団の指揮下に入り、第四飛行師団付であった。

付近には竹藪が多く、開けた空き地でさまざまな肌色の人たちが忙しげに働いていた。鼓《つづみ》型の臼を囲む数人が、長い杵《きね》を交互に打ち降ろして脱穀している。唐箕《とうみ》で籾殻を吹き分けるもの、玉蜀黍《とうもろこし》の実をもぎ取るもの、その中に現地の男女もいたが、ほとんど台湾人の軍夫である。かしましい本島語が飛び交い、監督する日本人軍属が、ときどき大声で「国語を喋《しゃべ》れ！」と怒鳴った。

鬱蒼とした樹葉が空を遮《さえぎ》り、その下に整地した炊事場があった。大小の釜が数個並ぶ以外は雑然としている。

年配の炊事上等兵に従い、流れる小川を渡って少し上がった場所の草葺き小屋へ入る。彼は台湾人を意のままに使い、輸送隊の炊事を担当するベテランらしく、「班長殿は何もしなくてもよいから、ここにいて下さい」と言い残して炊事場へ立ち去った。

しばらくして食事が届いた。副食は何だったか覚えていないが、椰子殻の器《うつわ》に入れたものは青いパパイア入り塩汁である。普通は玉蜀黍《とうもろこし》と米半々の炊飯だが、炊事班長には熱い白米が盛ってある。鰹節を削り、粉醤油をまぶして食べながら、噂に聞いた炊事班長はよいものだと悦にいった。

だが、「陸軍主計伍長高橋秀治。同、岩重朝男。右は○月○日付を以て馬尼刺《マニラ》陸軍航空廠に転属を命ず」と発令されたのは、その翌日のことだった。

（五月二十日、臨時第五輸送隊は楠田臨時歩兵大隊に改称され、六月初旬、バレテ峠のドバックス付近に進出したが、一挙に粉砕されてしまった）

〔後記〕

若かった二十三歳の初夏、私は現役兵として滋賀県八日市にあった加古川陸軍教育隊に入隊し、東部ニューギニア戦線へ派遣されたのち、ルソン島の山中で終戦を迎えた。

本書は、その間に私が体験した戦場の中から、ルソン戦線に焦点をあて、わが祖国の安泰を願いつつ歩んだ道のりを、記憶を振り返りながら偽りなく記録したものである。

なお、私が知りえなかった戦況や周囲の状況などは、主に防衛庁戦史室編纂の戦史叢書『南太平洋陸軍作戦〈2、3〉』『ルソン決戦捷号陸軍作戦〈2〉』の記述を《》印を付して引用した。また、他の参考引用文献は本文中に明記した。記して謝意としたい。

単行本　平成二十年十一月　光人社刊

NF文庫

第四航空軍の最後

二〇一五年一月九日 印刷
二〇一五年一月十五日 発行

著 者 高橋秀治
発行者 高城直一
発行所 株式会社 潮書房光人社
〒102-0073 東京都千代田区九段北一-九-十一
振替／〇〇一七〇-六-五四六九三
電話／〇三-三二六五-一八六四(代)
印刷・製本 株式会社シナノ
定価はカバーに表示してあります
乱丁・落丁のものはお取りかえ
致します。本文は中性紙を使用

ISBN978-4-7698-2867-9 C0195
http://www.kojinsha.co.jp

NF文庫

刊行のことば

第二次世界大戦の戦火が熄《や》んで五〇年――その間、小社は夥しい数の戦争の記録を渉猟し、発掘し、常に公正なる立場を貫いて書誌とし、大方の絶讃を博して今日に及ぶが、その源は、散華された世代への熱き思い入れであり、同時に、その記録を誌して平和の礎とし、後世に伝えんとするにある。

小社の出版物は、戦記、伝記、文学、エッセイ、写真集、その他、すでに一、〇〇〇点を越え、加えて戦後五〇年になんなんとするを契機として、「光人社NF（ノンフィクション）文庫」を創刊して、読者諸賢の熱烈要望におこたえする次第である。人生のバイブルとして、心弱きときの活性の糧《かて》として、散華の世代からの感動の肉声に、あなたもぜひ、耳を傾けて下さい。